YSBRYD
YR OES

Er cof annwyl am fy ngŵr

William Elwyn Lloyd Williams

YSBRYD YR OES

Mari Williams

Argraffiad cyntaf: 2018
© Hawlfraint Mari Williams a'r Lolfa Cyf., 2018

Cynllun y clawr: Sion Ilar

Rhif Llyfr Rhyngwladol: 978 1 78461 648 9

Dymuna'r cyhoeddwyr gydnabod cymorth ariannol
Cyngor Llyfrau Cymru

Cyhoeddwyd ac argraffwyd yng Nghymru
ar ran Llys Eisteddfod Genedlaethol Cymru gan
Y Lolfa Cyf., Talybont, Ceredigion SY24 5HE
e-bost ylolfa@ylolfa.com
gwefan www.ylolfa.com
ffôn 01970 832 304
ffacs 01970 832 782

Cymeriadau ym Mhenodau John Penry a'r Piwritaniaid

Ffrindiau a Chefnogwyr yr Achos

John Penry a'i wraig Eleanor.

Mr Godley: tad Eleanor.

Ficer Snape: ef a briododd Eleanor a John yn Northampton.

Syr Richard Knightley: yswain Maenordy Fawsley yn Northampton.

Mr Francis Johnson: bugail yr achos yn Llundain.

Mr Job Throgmorton: Aelod Seneddol.

Mr Barrowe: twrnai a chyd-fyfyriwr i John Penry yng Nghaergrawnt.

Mr Greenwood: cyd-fyfyriwr i John Penry yng Nghaergrawnt.

Mr John Udall: clerigwr a chyd-fyfyriwr i John Penry yng Nghaergrawnt.

Mr Rippon: cynhelid gwasanaethau yn ei gartref yn Southwark.

Mr Boyes: cynhelid gwasanaethau yn ei gartref yn Ludgate.

Dr Cartwright: ysgolhaig yng Nghaergrawnt.

Mr Edwards: aelod o'r cwrdd neu'r confenticl yn Llundain.

Y Wasg

Mr Waldegrave: y prif argraffydd; dihangodd i'r Alban.

Mr Sharpe: rhwymwr y wasg.

Mrs Crane: rhoddodd guddfan i'r wasg yn ei chartref yn Surrey.

Mr Hales: rhoddodd guddfan i'r wasg yn ei gartref yn Coventry.

Simon: cymeriad ffuglennol sy'n cynrychioli'r ysbiwyr.

Yr Uchel Swyddogion

William Cecil, Arglwydd Burghley: Arglwydd Drysorydd ac Ymgynghorwr ei Mawrhydi.

Yr Archesgob Whitgift.

Syr Christopher Hatton: yr Arglwydd Ganghellor.

Y Parchedig Feistr Bancroft: darpar Esgob Llundain.

Syr Francis Walsingham: Prif Ysgrifennydd ei Mawrhydi, erlidiwr y Pabyddion.

Yr Ustus Popham: y Prif Farnwr.

Y Barnwr Young: erlidiwr y Piwritaniaid.

Syr John Puckering: Ceidwad y Sêl.

1
Y Crocbren

AMSER RHYFEDD I farw: pump o'r gloch y prynhawn yn niwedd mis Mai. Marw trwy ewyllys dyn, nid yng nghynddaredd y gad neu o ganlyniad i gweryl personol. Trais araf, bwriadol ydoedd a gynlluniwyd hyd at y manylyn lleiaf. Nid oedd goleuni'r haul yn disgleirio yn yr awyr y diwrnod hwnnw; roedd yn union fel dylni ei gell. Am hynny o leiaf roedd yn ddiolchgar: fe fyddai cerdded o dan haul cynnes yn dwysáu ei dynged. O dan yr amgylchiadau hyn teimlai iddo gael breuddwyd ddi-liw a dreng a ymdebygai i syniadau'r hen fyd am Annwn.

Fe'i harweiniwyd gan weision y Siryf, ei ddwylo mewn cyffion, a gorchmynnwyd iddo ddringo i mewn i'r gert. Ddywedodd neb air ond datgelai eu hwynebau tyn mor ddiflas oedd y gwaith, er mor gyfarwydd iddynt ydoedd. Dihirod oedd y rhai a âi i'r crocbren fel arfer. Gallent weld bod hwn yn wahanol, yn fonheddwr ac yn ymddwyn fel y dylai bonheddwr wneud. Câi nerth wrth ei ddarbwyllo'i hun ei fod yn breuddwydio, neu ei fod yn gwylio hyn oll yn digwydd i rywun arall, er mor hunllefus fyddai hynny hefyd. Eithr, bob hyn a hyn, fe'i hyrddiwyd yn ôl i realiti wrth i olwynion y gert glindarddach dros y cerrig a tharo ambell garreg yn galed. Yn ei ddychymyg, yn ystod y misoedd yn y carchar, roedd wedi'i baratoi ei hun i beidio ag ildio i'w deimladau ar y ffordd i'r crocbren ond yn awr, a phob gobaith wedi'i ddisbyddu, ni allai deimlo dim ar wahân i'r trymder a lenwai ei ysgyfaint a'r oerfel a afaelai yn ei galon. Trodd ei ymennydd yn gaer er mwyn ei warchod ei hun rhag gwallgofi wrth feddwl am ei deulu bach. Yn awr doedd dim byd arall i'w wneud ond cymodi â'i ffawd.

Roedd y strydoedd yn annaturiol o dawel, fel petai'r trigolion wedi cael eu gwahardd gan y gloch hwyrol rhag gadael eu cartrefi. Ar waelod y lôn daeth y crocbren, oedd newydd ei godi, i'r golwg. Clywodd ergydion olaf morthwyl yr adeiladwyr ac yna aroglau'r pren ffres wrth i'r gert agosáu at y lle a adwaenid fel Ffynnon Thomas Sant. Cyrhaeddodd ben y daith yn ddiseremoni a dinod, fel gwestai mewn dathliad mawreddog yn gwisgo dillad carpiog. Clymwyd ei ddwylo y tu ôl i'w gefn. Tynhawyd y rhaff am ei wddf. Ni allai besychu hyd yn oed. Brwydrai am ei anadl. Chwyddai ei lygaid. Teimlai fod ei wyneb ar fin ffrwydro. Roedd y ffin rhwng byw a marw mor denau, bron nad oedd yn lledrithiol. Am un eiliad dirgrynai'i holl gorff mewn ymdrech i gael byw a'r eiliad nesaf roedd popeth yn angof. O wybod i anwybod, yntau wedi llithro trwy'r bwlch rhwng y ddau gyflwr, fel chwa o fwg trwy'r awyr. Ymddangosai fel tric consuriwr a hwnnw wedi creu rhywbeth o ddim, cyn dychwelyd yn ddim. Croesodd i'r drigfan ddall, ddisylwedd lle darfu pob ystyr ac amcan i'w einioes. Ai ofer fu ei holl ddioddefaint?

3
Mynd Adref i Sir Frycheiniog

C ODWYD Y GLICIED a gwichiodd y drws wrth grafu dros lechi'r llawr. Neidiodd y wraig mewn braw a throi ar yr un pryd wrth roi rhagor o danwydd ar y tân ym mhen draw'r ystafell. Oedodd y gŵr ifanc i ysgwyd y glaw oddi ar ei het lydan a'i hailosod i guddio'i wyneb cyn troedio i mewn.

'Ydi Meistres Penry yn byw yma?' meddai gan geisio gwneud i'w lais swnio'n ddieithr.

'John! Ces i ofon. Shwd wyt ti, 'machgen i? Shwd siwrne gest ti?'

'Un hir a herciog ond roedd yn werth baglu dros bob twyn a phant er mwyn gweld yr olygfa dros y Bannau.'

'Chlywes i monot ti'n cyrradd y clos. Welest ti Dafydd yn y stabl?'

'Do, mae'n tendio'r ceffyl yn barod. Un a loges yn y dafarn ben bore 'ma ac mae e wedi ymlâdd. Ble mae pawb?'

'Wrth eu gwaith. Doedden ni ddim yn dy ddisgwyl di tan yfory.'

'Mae Cefn Brith mor swynol ag erioed.'

Edrychodd trwy'r ffenestr fach, gul ar y coed yn ysgwyd eu dail yn yr awel a chlywodd sŵn y nant.

'Gad imi dy weld di'n iawn.' Rhoddodd ei dwylo ar ei ysgwyddau a sefyll yn ôl i edrych ar ei wyneb dan wenu. 'Sut hwyl wyt ti'n 'i gael yng Nghaergrawnt?'

Sythodd John a daeth rhyw dristwch dros ei wyneb.

2

Ymweliad â Sain Ffagan

ROEDD JOHN WEDI dod dros y freuddwyd gas a gawsai'r noson cynt ac erbyn hyn dim ond rhyw frith gof aneglur ohono'i hun ar fin cael ei grogi oedd ganddo. Diflannodd y rheswm pam y cawsai ei gosbi pan ddeffrodd ac eisteddodd fel saeth yn ei wely, gan frwydro am ei anadl. Sylweddolodd ei fod yn fyw ac roedd meddwl am y wibdaith gyda'r teulu y diwrnod hwnnw'n ddigon i ddileu'r profiad annymunol a gawsai. Edrychai ymlaen at ei ymweliad â Sain Ffagan unwaith eto. Byddai'r siwrnai ddifyr hon yn siŵr o roi ychydig o ysbrydoliaeth iddo cyn y tymor newydd.

Wrth fynd dros drothwy plasty teulu Plymouth câi'r argraff fod y neuadd a'i chelfi derw tywyll yn estyn croeso iddo. Yn wir, roedd yr holl awyrgylch yn gyfarwydd rywsut. Teimlai'r math o wefr a gaiff rhywun wrth ddychwelyd i'w hen gynefin ac ail-fyw'r mwynhad a gawsai yno, ond yn ymwybodol y byddai'n diflannu fel persawr wedyn wrth ei ailfeddiannu.

'John,' meddai Helen yn ysgafn, gan dorri ar synfyfyrdod ei gŵr, 'ry'n ni'n gwbod dy fod ti'n hoff o fyw yn y gorffennol, ond fyddwn ni ddim wedi symud o neuadd y plas os na symudwn ni'n gynt na hyn.'

'Mae'r gist yn erbyn y wal 'na wedi dala'n llygad i, fel 'tawn i wedi'i gweld hi o'r bla'n, rhywle.'

'Synnwn i ddim. Ry'n ni wedi bod yn Sain Ffagan droeon. Ti'n debyg o weld llawer o gelfi am y degfed tro wrth fynd o gwmpas heddi.'

'Drycha ar y gader yn y gongl, Dad.' Llais ei ferch ieuengaf yn awr. 'Mae hi ar siâp triongl.'

Trodd John i dalu sylw iddi. Yn ddeng mlwydd oed ac ynghlwm wrth ei iPad fel arfer, yn chwarae gemau ar y sgrin, ni fyddai Ffion yn dangos llawer o ddiddordeb mewn pethau eraill ac felly roedd ei hymateb i'r gadair unigryw hon yn rhywbeth gwerth rhoi sylw iddo.

'Dyw'r gadair ddim mor hen â'r gist 'co,' meddai John. 'Do'dd pobl ddim yn iste mewn cadeirie fel 'na tan droad y ganrif.'

'Beth am y Frenhines Elizabeth?'

'Ro'dd 'da hi orseddfainc, on'd o'dd?'

'Dw i wedi ca'l llond bola. Gawn ni fynd?' galwodd un o'r efeilliaid o garreg y drws a arweiniai at y grisiau a'r oriel hir uwchben. Ai Seren neu Lisa oedd hi? Anodd gweld yn y gwyll. A hwythau dair blynedd yn hŷn na'u chwaer fach roedd y ddwy ferch yn aeddfedu'n gyflym.

Ochneidiodd John. Roedd gan Helen bwynt: fiw iddyn nhw aros yn rhy hir yn unman neu byddai'n rhaid iddo ymweld â'r lle rywbryd eto ac roedd llawer o bethau eraill i'w gwneud cyn diwedd y gwyliau. Ond roedd yn siom iddo sylweddoli nad oedd gan y merched yr un brwdfrydedd tuag at hanes ag yntau. Hwyrach y tyfai'r diddordeb ymhen amser. Er, roedd ef ei hun wedi teimlo'r ddolen gyswllt â'r gorffennol yn ifanc iawn. Teimlai ei fod yn rhan ohono heb i neb blannu'r syniad yn ei ben. Gobeithio na fydden nhw'n colli diddordeb cyn cael cyfle i weld y tai eraill.

O'r teras, roedd y llyn a blodau'r haf ar y llethrau i'w gweld yn eu holl ogoniant yn yr haul. Sgipiodd Ffion i lawr y grisiau cerrig at y twnnel o flaen y lleill. Er eu difaterwch pan awgrymwyd yr ymweliad â Sain Ffagan am nad oedd yn ddigwyddiad newydd iddynt, ni fethai rhamant y lle â chodi hwyliau'r merched. Roedden nhw'n llawn cwestiynau, yn holi sut brofiad oedd dibynnu ar ganhwyllau brwyn a gwneud y menyn a'r caws eu hunain, ac am aroglau'r gwartheg wrth iddyn nhw fyw o fewn yr un adeilad.

'Ydi'r llunie 'ma'n gywir fel o'n nhw pan wnaethon nhw grafu'r gwyngalch o'r walydd?' gofynnodd Seren, ar ôl clywed esboniad y ceidwad yn yr eglwys.

'Wrth edrych ar weddill y gwyngalch, gallwch chi ddyfalu sut o'dd y llunie'n edrych,' meddai John.

'Pam wnaethon nhw roi gwyngalch drostyn nhw yn y lle cyntaf, 'te?' gofynnodd Lisa.

'Roedd y Protestaniaid o'r farn mai eilunod oedd y llunie, ond cyn bod pawb yn gallu darllen y Beibl ro'n nhw'n fuddiol iawn.'

Eisteddodd y teulu ar lain o laswellt i fwyta'r brechdanau roedd Helen wedi'u paratoi.

'Dw i ddim yn mynd i iste fan hyn. Mae'r hen adeilad 'na'n ofnadw,' meddai Lisa'n sydyn gan bwyntio at Dalwrn y Ceiliogod.

'Tro dy gefen ato fe, 'te,' meddai Helen. 'O'dd gwylio ceiliogod yn ymladd yn un o arferion y bobl ac yn un digon atgas. Allwn ni ddim newid hynny.'

'Fydde fe ddim yn cael 'i ganiatáu heddi,' meddai Seren.

'Mae pethe drwg yn perthyn i bob oes,' meddai John. 'Dim ond newid 'u gwedd maen nhw.'

'Dyna beth fyddi di'n 'i drafod yn y gwersi hanes tymor nesa?' gofynnodd Lisa.

Gwenodd Helen arno.

'Mae Sain Ffagan yn fan cychwyn delfrydol i'r modiwl ar hanes Cymru sy gen i ar gyfer Blwyddyn Deg ac mae'r lle o fewn cyrraedd 'fyd.'

'Os wyt ti'n mynd i drefnu trip, gawn ni ddod 'da ti?' gofynnodd Lisa.

'Fe ddaw cyfle i dy ddosbarth di'n nes ymlaen,' chwarddodd John.

Cawsai'r efeilliaid eu gosod mewn dosbarth arall i osgoi unrhyw chwithdod o orfod cael eu dysgu yn nosbarth eu tad, er bod John yn falch eu bod yn cael eu haddysg yn yr un ysgol ag ef, fel y gallai gadw llygad arnynt.

'Ar ôl graddio yn yr haf rwy'n meddwl mynd ymlaen i Rydychen.'

'Ond pam? Ai dy grefydd newydd di sydd wrth wraidd hyn?'

Roedd siom a phryder yn ei llais.

'Fe wyddoch o'r gorau, Mam, 'mod i'n anfodlon iawn â'r Eglwys yma yng Nghymru. Mae cynifer o eglwysi trwy'r wlad yn gorfod rhannu offeiriad. Ni chlyw rhai pobl bregeth o un pen y flwyddyn i'r llall.'

'Cofia dy ddyled i'n hoffeiriad ni, John. Oni bai amdano fe, fyddet ti ddim wedi cael ysgol.'

'Dw i ddim yn gwadu bod rhai yn llawn daioni yn eu plith. Ond ers i leygwyr barus feddiannu mwy a mwy o eiddo'r Eglwys mae llygredd wedi gafael ynddi. Wyddoch chi fod rhai eneidiau truain yn methu adrodd Gweddi'r Arglwydd? Prin eu bod yn gwybod am Iesu Grist.'

'Paid â gweud! Beth ddaw ohonon ni i gyd!'

'Does dim rhaid i bethau fod fel hyn. Mae'r gwŷr a ddaeth o'r Alban i Gaergrawnt wedi datgelu ffordd newydd o addoli, ffordd ddirodres sy'n gweddu i'r Efengyl.'

'Y Piwritaniaid rwyt ti'n feddwl?'

Clywsai ei fam am ei gyfeillion newydd y tro diwethaf y daeth adref.

'Ie. Mae angen dynion sydd am buro'r Eglwys i fod yn benaethiaid arni. Mae sarhad yr awdurdodau presennol yn annioddefol. Sut y disgwylir i drigolion ein gwlad wybod am yr Efengyl os na chânt y neges yn y Gymraeg? Dw i wrthi'n ysgrifennu apêl i'r Senedd.'

'Bydd yn ofalus, John. Rwy'n edmygu dy ddewrder ond yn ofni casineb yr Archesgob.'

Roedd ei mab wedi cyfaddef wrth ei fam eisoes fod drwgdeimlad yn bodoli rhyngddo ef a'r Archesgob Whitgift.

Daeth darlun clir i'w feddwl o'r noson honno yn y coleg. Roedd Capel y Santes Fair yng Nhŷ Pedr Sant yn llawnach nag arfer am fod diwinyddion gwadd, oll yn aelodau o'r brifysgol, wedi ymgynnull i gydaddoli yn y gwasanaeth hwyrol. Roedd sŵn cyfoethog eu lleisiau'n atseinio o'r colofnau gan greu awyrgylch arallfydol ymron. Cawsant y fraint o gael cwmni'r Archesgob Whitgift fel y prif westai. Dechreuodd arwain y drafodaeth wrth y ford yn neuadd y coleg ar ôl iddynt giniawa. Soniwyd am y syniadau diweddaraf am y bydysawd a syniadau'r Groegiaid am bethau ysbrydol cyn troi at bynciau llosg y dydd. Dyna pryd y tramgwyddodd John y gŵr mawr. Fe soniodd am Dr Cartwright a'r pwyslais a roddai ar unigolion yn darllen y Beibl. Fflachiodd llygaid tywyll Whitgift arno.

'Nid yw Dr Cartwright yn athro yma mwyach. Nid yw ei farn yn cyfri,' meddai.

Bu tawelwch llethol am ennyd nes i rywun achub cam John trwy ofyn cwestiwn arall. Y bore wedyn croesodd eu llwybrau ar draws y pedrongl. Bwriodd Whitgift olwg wenwynllyd arno ac ysgubo ei glogyn i'r naill ochr wrth fynd heibio heb gyffwrdd yn ei gapan sgwâr i'w gydnabod.

'Mae rhywbeth i ti yn y gist,' meddai ei fam gan dorri ar draws ei fyfyrdod.

Trodd John ei lygaid tua'r gist a safai yn erbyn y pared cyn mynd ati. Edrychodd yn y ddrôr ganol ac roedd sach fach o sofrenni y tu mewn. Tynnodd ei anadl.

'Mam!'

'Dim gair wrth neb.'

'Ond beth am weddill y teulu?'

'Byddan nhw i gyd yn cael 'u siâr yn 'u tro.'

'Ond mae'r cynhaea wedi bod yn siomedig eleni.'

'Ry'n ni wedi gwneud yn well na rhai. Mae'r Arglwydd wedi bod yn dda wrthon ni. Faint rwyt ti'n aros y tro hwn?'

'Mae gennyf waith yr Arglwydd i'w wneud yn y plwyfi.'

'Pregethu?' Roedd wyneb ei fam yn bryderus. 'Paid â mynd i drybini.'

'Peidiwch â phoeni. Nid o'r pulpud. Ac mae gennyf waith ysgrifenedig i'w wneud hefyd.'

'Dewis dy eiriau'n ofalus.'

'Yn ofalus iawn, bid siŵr. Apêl i'r Senedd sydd gen i'n ymwneud â chyflwr yr Eglwys yma yng Nghymru.'

4
Trafod Priodas

DARLLENAI JOHN EI lyfr hanes:

'I grynhoi'r ddadl, roedd yn fyd lle câi gwrthdystwyr yr Eglwys Sefydledig y gosb eithaf yn y modd creulonaf oll, nid yn uniq qan awdurdodau Pabyddol yn Ffrainc, Sbaen a Lloegr adeg Mari Waedlyd, ond hefyd o dan frenhiniaeth Elisabeth y Gyntaf ar ôl diwygio'r Eglwys. Roedd perthyn i'r Eglwys yn golygu teyrngarwch i'r Unben. Yng ngolwg yr awdurdodau roedd John Penry a'i debyg mor euog â'r Iesuwr, Campion, o deyrnfradwriaeth oherwydd iddynt droi eu cefnau ar yr Eglwys Sefydledig.'

Darllenai John y llyfr trymaidd hwn fel cyflwyniad i'r modiwl y byddai'n ei gyflwyno ym mis Medi. Er ei bod hi'n fis Awst roedd yn ddiwrnod glawog, oer a bu'n rhaid cynnau tân coed. Edrychodd o gwmpas y parlwr a sylwi ar y waliau cerrig a'r distiau pren yn y nenfwd. Roedd lleoliad y tŷ mewn pentref ar gyrion Caerdydd yn hwylus iawn ar gyfer gwaith ac ysgol. Hoffai Helen eu cartref gymaint ag yntau. Roedd hi wedi mwynhau dewis y dodrefn, fel y ford hirsgwar yng nghanol yr ystafell a'r dresel a lanwyd â chrochenwaith addas. Ond roedd anfanteision, ac un ohonynt oedd eistedd mewn ystafell dywyll ar ddiwrnod fel hwn. Teimlai rhywun ymhell o bob man. Ceisiodd John ddal ati i ddarllen ond roedd arddull yr awdur yn anniddorol, rhaid cyfaddef. Caeodd ei lygaid am ennyd. Deffrowyd ef gan sŵn drws y parlwr yn cael ei agor. Gwenodd Helen wrth nesáu ato ym mhen draw'r ystafell hirsgwar.

'Ddylet ti ddim cwmpo i gysgu mor agos at y tân,' meddai.

'Cysgu? Mae'n debyg 'mod i. Breuddwydio 'fyd, ond alla i ddim cofio am beth. Mae wedi llithro o 'ngafael i fel rhith.'

'Rhywbeth i neud â'r llyfr ti'n ddarllen?'

Tynnodd hi un o'r cadeiriau pren o dan y ford er mwyn eistedd wrth ei ymyl. Gwyddai John ei bod hi'n awyddus i siarad am rywbeth arall.

'Wyt ti wedi ca'l diwrnod caled?' gofynnodd iddi.

Gweithiai Helen fel cyfreithwraig yn un o swyddfeydd Caerdydd ac roedd ei diwrnodau bob amser yn gythryblus. Roedd pobl mor gas wrth ei gilydd ac yn aml yn creu trafferthion iddyn nhw eu hunain.

'Ces alwad ffôn bwysig iawn gan Carys,' meddai.

'Popeth yn iawn?'

'Ydi,' meddai'n araf. 'I dorri'r stori'n fyr, mae hi a Tom wedi penderfynu priodi.'

Carys yn mynd i briodi! Doedd e ddim yn cofio adweithio fel y gwnaeth erioed o'r blaen. Roedd yn gymysgedd o gariad, o fraw ac ychydig o eiddigedd: braw yn wyneb ei hannibyniaeth sydyn ac eiddigedd am na fyddai'n gallu dylanwadu ar ei bywyd mwyach. 'Carys fach,' clywai ei hun yn dweud yn dawel. Roedd saith mlynedd rhyngddi hi a'r efeilliaid ac o ganlyniad, gwaetha'r modd, cawsai lai o sylw na'i haeddiant. Nid oedd ef na Helen ar fai yn llwyr chwaith. Ar ôl geni Carys collodd John ei waith gan fod yr awdurdod addysg wedi cwtogi ar nifer yr athrawon, a phan ddaeth ei gytundeb blwyddyn i ben ni hysbysebwyd ei swydd. Ni allent fforddio ychwanegu at y teulu nes i John gael swydd arall. Yna, ar ôl aros i natur gymryd ei chwrs, fe'u cyflwynwyd â dwy ferch ac yna un arall i'w dilyn.

'Dwyt ti ddim yn falch?'

Torrodd llais Helen ar y distawrwydd. Doedd hi ddim yn swnio'n rhy falch ei hun.

'Ei gweld hi braidd yn ifanc dw i.'

'Roedden ni'n ifanc 'fyd, cofia.'

'Ond y dyddie 'ma maen nhw'n tueddu i ohirio priodi. O'n i wedi dod i arfer â'r syniad 'i bod hi a Tom yn rhentu tŷ 'da'i gilydd, ond mae'r cam nesa wedi dod braidd yn glou.'

'Man a man iddyn nhw fod yn briod. O'r wythnos gynta yn y brifysgol, ro'n nhw'n hollol bendant bod y cwlwm rhyngddyn nhw yn un cryf.'

'Ond newydd ddechre ar 'i gwaith yn y cwmni teithio mae hi. Bydde'n well iddi geisio cynilo rhywfaint yn gynta.'

'Wiw inni ymyrryd, John. Mae hi'n gwbod 'i meddwl 'i hunan erio'd ac mae'n rhaid inni ymddiried ynddi.'

'Ddwedodd hi rywbeth am y trefniade?'

'John, ti'n neud i'r peth swnio fel angladd! Mae'n debyg y bydd hi'n moyn gwadd 'i ffrindie ac fe fydd 'i chwiorydd yn forynion iddi a...'

Cododd John ei law i'w hatal rhag mynd ymlaen. 'Dw i'n gweld sut bydd pethe.'

Roedd darlun yn ei feddwl o'r sgyrsiau am brynu dillad, archebu blodau a gwledd mewn gwesty a llu o bethau eraill y bydd merched yn poeni amdanyn nhw ar achlysur fel hyn.

'Bydd yn ddigwyddiad hyfryd. Tybed lle bydd hi'n dewis priodi? Yn dy gapel di neu yn yr eglwys falle.'

Ceisiodd John weld pethau o'u safbwynt nhw ac fe wenodd ar ei wraig. Wedi'r cwbl, clywsai rywun yn dweud taw priodas yw'r peth agosaf at ddrama aruchel ym mywydau pobl gyffredin. Braf cadw'r hen ddefodau ond heb fynd dros ben llestri, wrth reswm.

'Fe gawn ni ddathliad iawn iddi, beth bynnag,' ychwanegodd Helen.

'Dathlu bod yn fyw ac yn iach sy'n bwysig. Roedd pobl y dyddie gynt yn llygad 'u lle yn dathlu 'u priodase'n dawel.'

'Cest ti dy eni i fod yn bregethwr, yn do, John?' chwarddodd Helen.

5
Darpar Ysbïwr

R HUTHRODD Y CARDOTYN yn wyllt ar hyd rhodfa Sant Paul yn yr Eglwys Gadeiriol, a'i elynion ar ei ôl. Gwasgarodd y gwŷr bonheddig wrth iddo dorri llwybr drwyddynt, a thorri ar draws eu trafodaethau. Siarad am fusnes yn hytrach nag am grefydd roedden nhw a cheisio penderfynu faint y dylent ei fuddsoddi yn y mordeithiau i'r byd newydd yn ogystal â thrafod pris cynnyrch fel tybaco a thatws yn y gwledydd a oedd newydd gael eu darganfod, ynghyd â sbeisys a pherlysiau'r dwyrain. O'i weld yn rhuthro heibio, rhyfeddai'r gwŷr hyn at y dyn carpiog a'r giwed a'i dilynai. Daeth ei hynt i ben yn y gangell, lle bu bron â bwrw ffigwr rhodresgar i'r llawr. Gorymdeithiai'r darpar Esgob Bancroft yn bwyllog o dŷ'r Siapter gyda'i osgordd pan drawodd y cardotyn yn ei erbyn. Gafaelodd y clerigwr yn siaced frau'r cardotyn. Ymddangosai fel petai am ei fwrw â'i ffon esgobol ond ymataliodd wrth gofio eu bod yn Nhŷ Dduw.

'Cerwch oddi yma,' bloeddiodd ar erlidwyr y dyn, 'chi'r giwed anwar!' gan beri iddynt gilio mewn ofn.

'Esboniwch, y dihiryn,' meddai wrth y cardotyn a'i dynnu o'r neilltu a chwifio ei law ar yr osgordd i'w cymell i barhau ar eu taith.

Llusgodd dau warchodwr y dyn yn ôl i dŷ'r Siapter, i gael ei holi gan y darpar esgob. Roedd ef newydd orffen cyfarfod yn trafod cyflwr yr adeilad gyda'r clerigwyr eraill. Fel trysorydd a phrebend yr Eglwys Gadeiriol roedd yn destun loes enaid iddo fod yr eglwys wedi dirywio cymaint ers y dyddiau hynny pan oedd yn ei gogoniant. Ni chafodd y meindwr ei ailadeiladu ar ôl ei ddifrodi gan y tân bron ddeng mlynedd ar hugain yn ôl ac roedd y to newydd yn gollwng. Ddeng mlynedd cyn hynny, collasai'r eglwys rai o'i thrysorau harddaf pan chwalwyd hwy gan y diwygwyr eithafol. Cawsant eu hennyn i wneud hynny gan y pregethwyr wrth y Groes ym meili'r eglwys. Testun y pwyllgor dan sylw yn bennaf heddiw, fel bob amser, oedd sut i ariannu'r gwaith o adfer adeiladau'r eglwys. Roedd y Frenhines yn gyndyn iawn i gynnig rhagor o arian o'i choffrau. Ni phenderfynwyd dim heddiw, yn fwy nag a wnaethpwyd cyn hynny, ac o ganlyniad roedd y darpar esgob mewn hwyliau i fwrw ei lid ar unrhyw un. Fe wnâi'r cardotyn hwn y tro.

'Rydych chi wedi sarhau tŷ Dduw,' meddai wrtho a'i wyneb yn goch gan gynddaredd. 'Fe ddylech gael eich crogi!'

Er syndod iddo ni ddangosodd y cardotyn fawr o ofn. 'Mae'n ddrwg gen i, Meistr Bancroft, ond gorfu i mi ffoi am fy mywyd rhag fy erlidwyr.'

'Rydych chi'n gwybod fy enw,' meddai wrtho'n syn. 'Sut mae gwehilion cymdeithas fel chi...?' Ond ni orffennodd ei gwestiwn. Edrychodd yn fwy craff ar y dyn a gweld ei fod yn wahanol i'r rhelyw o'i fath o ran ei eirfa a'i osgo. Ac eto roedd ei ddillad yn hynod o garpiog.

'Pwy ydych chi?' gofynnodd gan feddalu ychydig ar dôn ei lais.

'Simon. Rhywun sy'n parchu'r Eglwys,' atebodd y cardotyn, 'rhywun sydd wedi cael ei ddiarddel gan ei dylwyth oherwydd eu credoau.'

'Tylwyth bonheddig?'

'Ie.'

'A chredoau Pabyddol sydd ganddynt?'

Petrusodd y dyn ac fe ymddangosai'n anghysurus. Ni fynnai i'w deulu ddioddef y gosb erchyll am ymarfer yr Hen Ffydd, er iddo gael ei ddiarddel o'i gartref heb geiniog. Cafodd Bancroft syniad. Gallai'r dyn hwn fod yn ysbïwr buddiol iawn.

'Rwy'n gweld tebygrwydd teuluol cryf iawn yn eich wyneb, ond wna i ddim holi ymhellach am eich achau, os cyflawnwch chi'r dasg sydd gen i mewn golwg.'

'Rydych chi am i mi eich hysbysu pwy yw'r Pabyddion sydd yn ein plith?' gofynnodd yn amheus.

'Nac ydw, Simon... Cyfrifoldeb Syr Francis Walsingham ydi hynny. Rwyf am i chi fy hysbysu pwy yw'r Piwritaniaid, fel y'u gelwir, a fydd yn y Cynulliad yn Northampton.'

Ystyriodd Simon ei eiriau am ysbaid, cyn dweud, 'Bydd angen enwau ac arian arna i cyn gallu cyflawni'r dasg honno, syr.'

'Mae enw Syr Richard Knightley o Faenordy Fawsley yn ddigon i chi. Cewch arian at y daith a rhagor pan ddewch yn ôl â gwybodaeth i mi.'

6
Cymdeithas Northampton

R OEDD GOLEUADAU YN gloywi'n fwyn ym Maenordy Fawsley ger Northampton wrth i John ac Eleanor gerdded ar hyd y llwybr at ddrws y ffrynt. Crynai Eleanor ychydig wrth fynd heibio i'r llyn du a ddisgleiriai yng ngoleuni'r lleuad. Roedd wyneb y ffynnon yn llonydd, y lawntiau yn llwyd a rhwydwaith canghennau'r coed fel petaent wedi'u peintio yn yr awyr. Gwisgai Eleanor y ffrog a wisgasai ar ddiwrnod eu priodas ddeufis ynghynt, a'r llathenni o sidan glas golau yn symud wrth iddi droedio'n ofalus ar hyd y llwybr. Roedd y bodis tyn o'r un lliw yn cynnal ryff o les gwyn a safai i fyny ar ei gwar mewn modd a weddai i'w hwyneb, a'i gwallt gwinau trwchus. Fel John, gwisgai fantell hefyd. Cawsai ef un newydd, un las fel yr wybren a'i hymylon wedi'u haddurno ag edafedd o arian ac aur. Ei thad brynodd y ffrog hardd iddi ar gyfer ei phriodas gan fod ei gŵr ifanc yn un mor deilwng. Oferedd wrth gwrs, ond ni wnâi un eithriad bach fel hyn ddim drwg.

Roedd y Foneddiges Knightley yn disgwyl amdanynt ac fe'u harweiniodd yn rhadlon i'r neuadd helaeth a orchuddiwyd â phren derw o'r nenfwd i'r llawr. Roedd tân mawr yn taflu ei fflamau'n uchel i fyny'r corn, a'r gwres yn nodweddiadol o haelioni a chynhesrwydd y bonheddwr Syr Richard Knightley a'i wraig.

'Tyrd i mewn, 'ngeneth i,' croesawodd y foneddiges hi,

tra oedd John yn hongian ei fantell a'i gleddyf. 'Yn awr caf y cyfle i weld yn iawn y ffrog a wisgaist ar ddiwrnod dy briodas. Mae'r deunydd mor goeth.'

'Bydd yn rhaid iddi bara am gyfnod hir,' meddai Eleanor.

'Wna i byth anghofio dy briodas. Gwenodd yr haul arnoch chi eich dau wrth i chi adael yr eglwys. Mae pethau'n argoeli'n dda iawn i chi.'

Cofiai Eleanor am y llawenydd tawel y diwrnod hwnnw ar ddechrau mis Medi. Cofiai pa mor siŵr y teimlai iddi wneud y dewis iawn, gan ufuddhau i ewyllys Duw yn ogystal â'i chalon, wrth iddi gerdded gyda'i thad. Roedd haul mwyn diwedd haf yn tywynnu a chanai'r adar ymysg y coed yw yn y fynwent ar hyd y ffordd i Eglwys yr Holl Saint. Cawsant eu derbyn gan ficer y plwyf, Mr Snape, dyn diffuant a charedig oedd hefyd yn rhannu eu gobeithion o gael trefn ar yr Eglwys. Gwyddai ei bod yn gweithredu dymuniad ei thad hefyd. Roedd ef wrth ei hymyl ar hyd y daith ac yn fodlon iawn ei rhoi yn wraig i ŵr fel John, gan fod ganddo gymaint o barch i'w egwyddorion. Rhoddodd wledd briodas deilwng i'r pâr priod a doedd dim cadair wag wrth y ford fawr yn neuadd ei gartref.

Ymgasglodd sawl un o'r gymdeithas glòs ym Maenordy Fawsley, yn wŷr ac yn wragedd, wedi dod i fwynhau noson ddifyr yn ôl pob golwg yn hytrach na chwrdd i drafod materion difrifol. Roedd ysbiwyr o gwmpas ym mhobman a'u gweithgaredd yn ddwysach nag arfer, wedi ymgais ryfygus Brenin Sbaen a'i Armada i oresgyn y wlad yr haf hwnnw. Ni oddefai'r sefydliad a grëwyd gan y Frenhines Elizabeth unrhyw awgrym o wrthwynebiad. Cawsai Eglwys Loegr enedigaeth anodd a phoenus: dewis a orfodwyd ar y Frenhines ar ôl iddi gael ei hesgymuno gan y Pab. Gyda chymorth ei hymgynghorwyr roedd hi wedi creu eglwys gynhwysfawr a oedd, yn ei thyb hi, yn gyfaddawd perffaith a fodlonai ddilynwyr yr Hen Ffydd yn ogystal â'r diwygwyr a berthynai i'r sectau newydd. Ceisiai osgoi trasiedi Ewrop oedd yn berwi o ganlyniad i ryfeloedd crefyddol.

'Nid oes angen imi eich cyflwyno i'r gŵr bonheddig hwn,' meddai Syr Richard Knightley wrth y ddeuddyn ifanc. 'Rwy'n credu eich bod yn adnabod Mr Godley.'

'Nhad,' cyfarchodd Eleanor ef. 'Gwyddwn y byddech chi yma.'

Moesymgrymodd John ac ysgwyd ei law.

'Mae Mr Waldegrave a Mr Udall yn sgwrsio fan draw,' parhaodd Syr Richard. Roedd y ddau'n ymddiddan yn y gongl, ym mhen pellaf yr ystafell.

Daeth gwas i mewn yn cario canhwyllbren a chymerodd Mr Udall hi oddi arno. Diolchodd i'r gwas yn foneddigaidd a'i gosod ar y dresel gerllaw.

'John Udall,' galwodd John wrth ddynesu ato. 'Sut hwyl, fy hen gyfaill? Rown i'n meddwl dy fod ti yn y carchar.'

'Taw piau hi. Caeodd y ceidwad ei lygaid pan sleifiais trwy'r pyrth er mwyn gallu bod yma. Rhaid cychwyn yn ôl heno neu bydd ef mewn helynt.'

'Rydyn ni'n byw yng nghysgod ein ffydd. Mae'r trafodaethau academaidd yng Nghaergrawnt yn fyd arall erbyn hyn,' meddai John.

'Ac yr wyt ti'n adnabod Mr Greenwood a Mr Barrowe, wrth gwrs, ers eich dyddiau yng Nghaergrawnt.' Aeth Syr Richard draw atynt gyda John.

'Wrth gwrs. Rwy'n gweld eu hwynebau nawr yng ngolau'r gannwyll.'

Ar yr un pryd canfu'r ddau John trwy'r gwyll.

'John Penry, croeso i'n plith gyda'th annwyl gymar y

tro hwn. Rwy'n deall dy fod ti newydd briodi,' meddai Mr Greenwood wrtho.

Roedd sylw Eleanor wedi'i ddal gan rai o'r gwragedd a eisteddai ar y cadeiriau pren oedd yn erbyn y pared ac aeth i eistedd yn eu plith. Gofynnodd un iddi sut roedd hi'n hoffi ei chartref newydd yn Northampton gan ei llongyfarch am lwyddo i fyw mor agos at gartref ei thad.

Bwriodd John olwg i'w chyfeiriad. 'Rwy'n poeni weithiau y gallaf ddwyn gofidiau i'w bywyd,' meddai John.

'Bydd ei ffydd yn ei chynnal. Mae'n wraig gref,' meddai Syr Richard.

Erbyn hyn roedd dyfodiad John wedi denu rhagor o'r cwmni ac fe wnaed cylch o'i gwmpas. Fe'i cafodd ei hun yn ateb cwestiynau am y traethawd a gyflwynodd i'r Senedd am sefyllfa ddifrifol yr Efengyl yng Nghymru a'r erledigaeth a gawsai o'i herwydd o law'r Archesgob.

'Rwy'n deall eich bod chi wedi cael eich carcharu hefyd,' meddai un wrtho.

'Yn ôl ym mis Chwefror roedd hynny,' atebodd John. 'Rhaid inni i gyd fod yn barod i dreulio cyfnod yno ar gais ei Ras, yr Archesgob.'

'Mae'n anodd credu bod pethau cynddrwg yng Nghymru ag mae'r traethawd yn ei ddatgelu,' meddai Ficer Snape. 'Ydi hi'n wir bod yna rai pobl yno na wyddant fawr ddim am Iesu Grist?'

'Gwir bob gair, mae arna i ofn, syr,' atebodd John. 'A'r rheswm yw, fel yr awgrymais yn y traethawd, na fydd cynifer o offeiriaid yn croesi trothwy eu heglwysi am fisoedd. Mae pregethu yn beth mor brin fel nad ydi'r werin bobl yn gwybod fawr ddim am yr Efengyl ac o ganlyniad, mae ofergoeliaeth yn rhemp yno.'

'Clywais, serch hynny, fod yr Archesgob Whitgift wedi

rhoi caniatâd i'r Beibl gael ei gyfieithu i'r Gymraeg,' meddai Mr Barrowe.

'Ydi, ond rhaid hefyd anfon Cymry, sydd wedi graddio ac wedi'u hordeinio, yn ôl i blwyfi yng Nghymru i ddarllen a dehongli'r Beibl o'r pulpud, yn lle'r rhai mud sydd gennym yno ar hyn o bryd,' oedd ateb John.

'Adfer yr Eglwys yw ein nod ni, ond rwy'n gweld bod cymhlethdod ychwanegol i'r sefyllfa yng Nghymru, John,' meddai Mr Barrowe.

Dros y ford swper gwelodd Eleanor fod John a'i gyfeillion wedi ymgolli mewn trafodaeth ddwys. A barnu wrth eu hwynebau prudd roedd y pwnc dan sylw yn un difrifol. Yn ystod ambell saib yn yr ymddiddan a gâi gyda'r gŵr bonheddig ar y chwith iddi, clywai ddarnau o'u sgwrs.

'Mae'r ddeddf hon gan y Cyfrin Gyngor wedi'i gwneud yn rhy beryglus inni barhau â'r wasg,' meddai Mr Greenwood.

'Fel argraffydd, rwy'n barod i argraffu unrhyw beth sy'n datgelu'r gwirionedd,' meddai Mr Waldegrave.

'Gan bwyll,' meddai John. 'Mae'n annheg gofyn i Mrs Crane gadw'r wasg yn ei chartre yn hwy. Mae ei chartre ym Mouldsey yn rhy agos at Lundain. Mae hi'n gofidio'n ddirfawr eisoes.'

'Fel twrnai, Mr Barrowe, ydych chi'n credu fod modd herio'r ddeddf hon yn y llysoedd barn?' Mr Godley oedd yn ei holi.

'Yn y llysoedd barn, efallai, ond nid yn llysoedd eglwysig Whitgift,' atebodd Mr Barrowe.

'Does ddim dwywaith bod rhai o'n pamffledi ni wedi bod yn ymfflamychol. Hwyrach y dylem liniaru ychydig arnynt,' awgrymodd ei thad.

'Mae ymddygiad rhai o'r esgobion yn haeddu cael ei

watwar,' oedd ymateb Mr Greenwood. 'Os mynni fyw yn fras, bydd yn esgob!'

'Mae mynd yn ôl i symlrwydd yr Eglwys Gynnar yn hanfodol,' meddai John, 'ond eto, mae gormod o wawdio yn wrthgynhyrchiol.'

'Bendith Duw fo arnoch, Syr Richard,' meddai Mr Greenwood. 'Fe ofalwn fod y wasg yn cael ei symud yma o Surrey cyn gynted ag y bo modd.'

Tua hanner nos canodd John ac Eleanor yn iach i'w cyfeillion ac ymadael â'r maenordy. Roedd tylluan yn hwtian yn y coed yn rhywle a chwa o wynt yn gwneud i'r dail sibrwd. Taerai Eleanor iddi weld ffurf ddynol yn symud yn y gwrych ar waelod y llwybr ac arhosodd fel petai wedi rhewi, gan dynnu John tuag ati.

'Beth sydd?' gofynnodd ef.

'Welaist ti rywun yn symud yng nghysgod y gwrych acw?'

'Naddo. Dychmygu roeddet ti,' ceisiodd John ei chysuro wrth ailgychwyn cerdded.

'Oes ofn arnat ti, Eleanor?'

'Nac oes, dychmygu roeddwn i, siŵr o fod.'

'Sôn am y cysgodion sydd i ddod ydw i, nid yr un yn y gwrych. Rwy'n rhagweld y bydd cysgodion tywyll iawn yn disgyn arnom ni.'

'Rwyt ti wedi derbyn galwad yr Arglwydd, John. Gwyddwn innau hynny pan briodais â thi.'

'Gobeithio y cawn ferched 'run fath â'u mam,' gwenodd John. 'Edrychaf ymlaen at ddarllen yr Ysgrythur yn eu cwmni.'

*

Roedd Simon wedi cael digon o amser i ail-fyw ei gyfarfod

â Meistr Bancroft wrth lechu yn y gwrychoedd am oriau hir a llaith y tu allan i'r maenordy. Ofer fu ei ymdrechion i glustfeinio ar sgwrs y cwmni y tu mewn wrth sefyll yn erbyn muriau'r tŷ. Roedd y ffenestri wedi'u cau yn dynn. Llercian ymysg y llwyni oedd yr unig beth y gallai'i wneud. Erbyn i'r cwmni ddod allan trwy'r drws mawr derw ym mlaen y tŷ ddwy awr yn ddiweddarach roedd Simon yn rhynnu yn yr oerfel, serch y dillad newydd a gawsai gan y darpar esgob. Crensiai ambell frigyn wrth iddo frysio i graffu trwy'r dail bythwyrdd i weld pwy oedd yn cychwyn am adref a melltithiodd dan ei anadl. Yn gyntaf daeth gŵr a gwraig ifanc yr olwg. Ymddangosai'r wraig yn nerfus ond ni allai Simon glywed beth a ddywedai. Ond roedd ffawd o'i blaid pan ddaeth y gwesteion nesaf allan yn eu sgil. Clywodd eiriau am symud y wasg o dŷ rhywun oedd yn byw yn Surrey a'r anawsterau a achosai hynny iddynt. Gobeithiai y byddai'r wybodaeth hon yn ddigon i ennill sofren neu ddwy o leiaf gan Meistr Bancroft. Gyda hynny, trefnwyd cyfarfod rhyngddo ef a'r darpar esgob yn yr un lle â chynt.

7
Yn y Ddinas

CWRDDODD HELEN Â Carys yng nghanol y ddinas, i gael chwilio am ddillad priodas am y tro cyntaf. Ar ôl dwy awr o fethu cytuno roedden nhw'n eistedd mewn caffi yn yr awyr agored yng ngerddi'r castell ac yn disgwyl am de prynhawn. Roedd yr holl grwydro wedi codi syched arnyn nhw.

'Mae'n ddrwg 'da fi, Mam, am weld bai ar bopeth o't ti'n 'i hoffi.'

Edrychodd Helen ar y fodrwy ddiemwnt ar fys ei merch a gwenodd. Roedd hi'n falch bod Carys yn cadw at y traddodiad o gael modrwy.

'Dw i'n siŵr y llwyddwn ni i gytuno yn y pen draw,' meddai. 'Rhyw deimlo ydw i bod y siope'n cymryd mantais drwy godi'r fath brisie.'

'Edrych braidd yn gyffredin oedd y pethe rhatach 'fyd, yntefe?'

'Allwn i ddim gweld fawr o wahaniaeth fy hunan, a bod yn onest. Gweld merch bert mewn llathenni o ffrog wen heb sylwi'n rhy graff ar y manylion fydd pobl.'

'Nid y bobl dw i'n nabod,' meddai Carys.

'Oni fydde'n well arbed arian ar y ffrog a'i ddefnyddio i brynu ISA neu rywbeth tebyg?'

'O, Mam, o's rhaid i ti feddwl am gynilo drwy'r amser?'

Daeth gweinyddes draw â thebot tsieina, cwpanau a soseri cain o wahanol setiau a'u gosod ar y ford yn ofalus.

'Bydd y brechdane a'r teisenne bach yn dod nawr,' meddai.

'Rhaid i fi weud,' meddai Helen wrth iddi dywallt y te, 'bydde hi'n annoeth dewis rhywbeth heb ddim byd dros yr ysgwydde rhag ofn y cei di ddiwrnod oer. Er,' ychwanegodd, wrthi ei hun yn bennaf, 'dw i'n sylwi nad yw pobl ifainc fel petaen nhw'n teimlo'r oerfel y dyddie hyn.'

'Falle na fydde ffrog heb ddim dros yr ysgwydde yn syniad gwael o gwbl, Mam, i'r math o briodas sy 'da fi mewn golwg,' meddai Carys, 'ond dw i'n aros i Dad gyrraedd cyn gweud rhagor.'

Fyddai John ddim yn dod i mewn i'r ddinas yn aml heblaw weithiau pan fyddai gemau rygbi. Doedd siopau mawr ddim ymhlith ei hoff leoedd. Y dyddiau hyn, pan fyddai angen llyfr arno, byddai'n haws ei archebu ar y we. Byddai'n ymweld â'r ganolfan arddio o dro i dro, ddim yn bell o'i gartref, ac roedd hynny'n ddigon i ddiwallu ei holl anghenion. Byddai'n barod i gyfaddef, serch hynny, bod cyffro yn y ddinas: roedd yno barciau helaeth a hardd, adeiladau o bensaernïaeth nodedig ac amgueddfa oedd ymysg y rhai gorau yn y byd. Ond heddiw, aeth ei fryd ar rywbeth na sylwodd arno o'r blaen, neu o leiaf nid i'r un graddau. Rhyfeddai wrth weld bod prifddinas Cymru wedi troi'n fetropolis pwysig, dinas a berthynai i'r byd, fel sawl dinas yn Lloegr ac Ewrop. Roedd Caerdydd wedi dod i oed. Yn anad dim, roedd gweld yr amrywiaeth o bobl yn y ddinas yn dangos iddo pa mor gyflym y bu'r newidiadau yn ystod y blynyddoedd diwethaf. Y diwrnod hwnnw, clywodd saith o wahanol ieithoedd, heblaw am Saesneg. Yn wahanol i'r Gymraeg, doedd yr un ohonynt hwy mewn perygl o ddiflannu oherwydd nifer eu siaradwyr ledled y byd, meddyliai'n drist. Roedd Stryd y Frenhines yn llwyfan i gerddorion cymysg eu dawn, oedd yn creu sain ddigon siriol, rhai ag offer recordio a rhai â'u hofferynnau eu hunain. Roedd hefyd yn safle i fân werthwyr balŵns, adar plastig a theganau eraill, yn ogystal â dosbarthwyr pamffledi crefyddol a gwleidyddol. Trawyd John pa mor rhyfeddol oedd y pethau a gymerai'n ganiataol yn yr oes fodern hon, fel yr hawl i ddewis, prynu a chredu'r hyn y bydd rhywun yn ei ddymuno, a hynny'n ddilestair.

Trodd trwy lidiart y castell, cerdded ar hyd y llwybr a sylwi ar y llwyni bob ochr iddo, cyn dod o hyd i'r caffi.

'Jyst mewn pryd i gael darn o gacen, ond bydd rhaid gofyn i'r ferch ddod â mwy o ddŵr poeth i'w roi yn y tebot,' meddai Helen.

"Na'r cwbl sy ar ôl?' gofynnodd John, gan esgus synnu. 'Gawsoch chi hwyl ar y siopa?'

'Do, a naddo,' atebodd Helen. 'O'dd hi'n ddifyr dros ben crwydro o gwmpas gyda'n gilydd, fel yn yr hen ddyddie, ond dy'n ni ddim wedi prynu dim.'

'Y ffaith yw, mae'n rhaid cael ffrog fydd yn hawdd i'w phacio,' meddai Carys.

'Pam hynny?' gofynnodd Helen.

'Mae Tom a fi wedi penderfynu priodi yn y Bahamas.'

Bu ennyd o ddistawrwydd wrth i John a Helen geisio gwneud synnwyr o'r wybodaeth.

'Y Bahamas?' ailadroddodd John. 'Ond elli di ddim. Pwy sy'n deisyg o deithio'r holl ffordd i'r fan honno?'

'Gwranda, Dad. Dw i'n gallu cael disgownt trwy'r gwaith a dw i'n siŵr byddwch chi'ch dou'n mwynhau cwpl o ddyddie yn yr haul. Bydd yr efeilliaid a Ffion wrth 'u bodd.'

'Beth fydd barn rhieni Tom, tybed?' gofynnodd Helen.

Anwybyddodd Carys y sylw.

'Go brin y bydd llawer o bobl erill yn bresennol,' awgrymodd Helen.

'Dyna ran o fantes y trefniant,' meddai Carys. 'Fe gawn ni wahodd ychydig o bobl sy'n arbennig o agos ac osgoi pechu'r lleill.'

'Yn sicr, dw i ddim yn gweld Mam-gu na Tad-cu'n mynd, o'r naill ochr na'r llall,' meddai John.

'Dw i ddim yn gweld pam lai,' meddai Carys.

Nid oedd diben dadlau â Carys. Roedd hi'n ferch annibynnol. Felly y'i gwnaed. Neu efallai fod dyfodiad ei chwiorydd wedi'i gwneud yn ferch hunanddigonol ers ei bod yn ifanc. Edrychodd

John a Helen i fyw llygaid ei gilydd. Gwyddai'r naill yr hyn oedd ym meddwl y llall. Byddai Helen yn siomedig o gael ei hamddifadu o'r cyfle i drefnu priodas eu merch hynaf. Byddai John yn gresynu na châi fynd â Carys ar ei fraich i lawr eil y capel bach a hwnnw'n llawn atgofion melys ers ei blentyndod. Buasai Helen yn fodlon iawn ildio i'w ddymuniad yn hyn o beth, yn hytrach na mynnu seremoni yn yr eglwys, lle priododd hi a John. Druan o John, ond gobeithio y byddai'n fodlon claddu ei siomedigaeth yn ei lyfrau, fel y gwnâi fel arfer.

*

Roedd yr haul yn dal yn gryf wedi'r prynhawn yn y parc gyda Carys ac roedd ei rhieni yn gwneud yn fawr o noswaith fwyn o haul ar y patio, gan sipian gwin a darllen. Paratoi'r ffeithiau roedd Helen, cyn amddiffyn dyn ifanc a safai o flaen ei well fore trannoeth.

'Mae rhai pobl yn y byd yn achosi trafferthion iddyn nhw eu hunain,' ochneidiodd hi. 'Fel pe na bai bywyd yn creu digon o drasiedïau yn barod.'

Edrychodd John arni. 'Achos y protestiwr yn erbyn y llywodraeth sy dan sylw?'

'Ie, mae'r heddwas gafodd ei fwrw ganddo yn anymwybodol yn yr ysbyty o hyd. Mae'r bachgen yn difaru, wrth gwrs, ac yn gweud nad oedd wedi bwriadu niweidio neb.'

'Fydde'r peth ddim wedi digwydd petaen nhw wedi cadw at y daith a gytunwyd. Mae'r hawl i brotestio'n rhywbeth i'w barchu, nid i'w gamddefnyddio fel 'na. Maen nhw wedi anghofio beth oedd y pris a dalwyd i ennill yr hawlie hyn.'

Trodd John y dudalen at y bennod nesaf.

8
Ysbeilwyr ym Maenordy Northampton

ROEDD Y GWAS yn y seler a rhywun ag anadl drwg a dannedd pwdr yn ei guro. Prin iawn y gallai weld yr ymosodwr, oherwydd bod ei lygaid wedi chwyddo.

'Ble ddiawl rwyt ti wedi'u cuddio nhw?' gofynnodd y llais cras wrth i ergyd ar ôl ergyd lanio ar gorff y bachgen wrth iddo ynganu'r geiriau.

'Syr,' meddai, yn sychu'r gwaed o'i wyneb. 'Dwyf i ddim yn gwybod am beth rydych chi'n sôn!'

'Y pamffledi. Ble maen nhw?' sgrechiodd y dyn.

'Pa bamffledi?' griddfanodd y gwas.

'Dwedodd y meistr wrthot ti am 'u rhoi nhw yn rhywle, on'd do?'

Glaniai'r ergydion fel gordd ar y bachgen. Cyn iddo wadu unwaith eto, daeth sŵn traed ar y grisiau carreg a arweiniai i'r ddaeargell ddu.

'Gad lonydd i'r bachgen. Arglwydd, beth rwyt ti wedi'i wneud iddo? Wyt ti am 'i ladd, yr hurtyn?'

'Mae'n gwrthod datgelu dim,' meddai'r ymosodwr yn filain.

'Does dim byd yma. Dere. Mae'n rhaid i ni ffoi.'

Ymlusgodd y bachgen i fyny'r grisiau ar ôl i sŵn y lleisiau

dewi. Diolchodd i'r Iesu fod y drws ar agor. Yna, ar ei bedwar, ymlwybrodd i'r neuadd a chuddio dan y stâr eang a wynebai ddrws y ffrynt, gan glustfeinio ar sŵn crensian eu traed yn cilio yn yr eira a ddisgynnodd gwta fis wedi'r Nadolig. Ar ôl sbel, gwelodd y drws trwm yn cael ei agor a Mr Godley a'i wraig yn camu i mewn ar ôl bod mewn cwrdd.

'Jack! Beth yn y byd sydd wedi digwydd i ti?' gofynnodd Mr Godley. 'Gest ti godwm ar un o'r ceffylau?'

Ysgydwodd Jack ei ben ond ni ddeuai'r un gair o'i enau. Roedd ei ddannedd yn rhincian.

'Ble mae'r morynion?'

'Yn cuddio yn y llaethdy,' sibrydodd Jack.

Rhuthrodd Mrs Godley yno gan weiddi ar ei gŵr i gario'r bachgen i'r gwely. Sylwodd Mr Godley ar y crafiadau ar y parwydydd a bod y cadeiriau wedi'u dymchwel yn yr oriel, wrth iddo gario Jack i ystafell y gwesteion a'i osod yn dyner ar y gwely.

'O, am gael gafael ar bwy bynnag wnaeth hyn i ti,' meddai. Aeth ati i wneud y bachgen mor gyfforddus â phosibl, gan sychu'r gwaed oddi ar ei wyneb yn dyner, cyn i'r morynion gyrraedd i ymgymryd â'r gwaith. Ar y ffordd i lawr y grisiau clywodd Mr Godley sŵn llefain yn lleisiau'r merched wrth iddynt ddisgrifio i'w meistres sut y gwthiodd y dynion brwnt heibio iddynt pan atebodd un ohonynt y drws, a sut roeddent wedi rhedeg am eu bywydau i'r llaethdy i guddio. Nid oedden nhw'n gwybod ble cawson nhw afael ar Jack. Sylwodd Mr Godley yn awr fod rhywun wedi torri drws y llyfrgell ar y chwith i'r neuadd. Aeth i mewn a'i wynt yn ei ddwrn a gweld yr hyn a ofnai. Roedd llyfrau amhrisiadwy wedi cael eu taflu a'u gwasgaru ar hyd y ford a'r llawr a rhai o'r tudalennau wedi'u rhwygo o'u rhwymiad. Roedd llawysgrifau a darluniau wedi'u sathru dan draed. Roedd ei wyneb yn glaerwyn.

'Mari!' galwodd ar un o'r morynion. 'Cer â nodyn i Mr Penry. Cymer y llwybr byr dros y caeau.'

*

Toc wedi i'r forwyn gyrraedd rhuthrodd Eleanor i ystafell John a sŵn dychryn yn ei llais. 'Ydi Nhad a Mam yn iawn?'

Diflannodd y tyndra o wyneb John a gollyngodd y nodyn ar y ford. Rhaid dyhuddo Eleanor ar unwaith yn ei chyflwr presennol.

'Ydyn, Elen. Paid â phoeni. Maent yn holliach a phawb arall yn y tŷ hefyd. Ond mae rhywun wedi torri i mewn ac wedi chwalu trwy'r llyfrgell a dymchwel y dodrefn.'

Roedd ei wyneb yn wyn ond ni soniodd air am y llyfrau gwerthfawr a roesai i'w dad-yng-nghyfraith i'w cadw'n ddiogel.

'O, John, mae'n waeth na hynny y tro hwn. Galla i ddweud ar dy wyneb di.'

Gwyddai Eleanor o'r cychwyn y byddai ei bywyd, fel gwraig John, yn her. Roedd hi wedi priodi arwr a wrthodai gyfaddawdu â'i egwyddorion. Rhagluniaeth oedd wedi'i ddewis i sefyll dros ei bobl, i achub ei bobl rhag eu hanwybodaeth o'r Efengyl, ac yn hwyr neu'n hwyrach, fe fyddai'n dioddef oherwydd hynny. Roedd hi wedi cael ei pharatoi ers ei phlentyndod ar gyfer hyn, gan fod ei thad o'r un feddylfryd â John. Bron na chredai mai rhodd gan Dduw oedd cymryd rhan yng ngwaith John dros yr Arglwydd. Ond yn awr, aeth ias o ofn trwyddi wrth feddwl am y plentyn yn ei chroth. Fyddai hi'n ddigon cryf i wynebu'r treialon anochel a ddeuai?

Cofiodd John ei addewid iddi y byddai'n ei thrin fel cymar cydradd. Dyna oedd ei haeddiant fel pob chwaer arall yn yr Arglwydd. Ac roedd ei annwyl Elen yn meddu ar ruddin arbennig.

'Maen nhw wedi gwneud cryn ddifrod ymysg y llyfrau a'r llawysgrifau,' meddai.

'Pwy sydd wedi gwneud hyn, John?'

'Yr Archesgob sydd wrth wraidd y drwg, siŵr o fod. Mae wedi siarsio'r Maer i anfon ei ddynion yno. Dydyn ni ddim wedi cael munud o lonyddwch ers inni symud y wasg o dŷ Mrs Crane i'r maenordy. Mae fel Chwilys Sbaen.'

Llwyddasai ei gyfeillion i gludo'r llythrennau metel o Faenordy Fawsley i noddfa arall nid nepell i ffwrdd, mewn crud wedi'i osod ar drol, fel petai baban yn cysgu ynddo. Ond roedd yn waith caled datgymalu distiau a ffrâm haearn y peiriant, yna'u tynnu i fyny'r grisiau troellog a chul liw nos. Roeddent mewn perygl o gael eu darganfod yn llusgo'r holl offer i ffermdy gwag yn y cyffiniau gan nad oedd Syr Richard wedi rhybuddio'r gweision i newid eu lifrai.

'Beth yn union oedd yn dy draethawd a'u cythruddodd nhw gymaint?' gofynnodd Eleanor. 'Wyt ti'n meddwl bod y cyfeiriad at Armada Sbaen fel rhybudd gan Dduw wedi'u cynhyrfu?'

'Hynny, neu alw'r esgobion yn "adar ysglyfaethus",' meddai John, gan ledwenu yn chwerw.

Edrychodd Eleanor arno'n daer ac roedd y cysgod sydyn a ddaeth dros ei hwyneb yn bradychu ennyd o amheuaeth. Gallai John ei ddirnad yn syth.

'Dwyt ti ddim yn meddwl taw fi yw Martin Marprelad, nac wyt? Allwn i byth ysgrifennu darnau mor anweddus â hwnnw, pwy bynnag yw e.'

'Maddau imi, John. Wyddwn i ddim beth i'w feddwl.'

'Elen fach, rwyt ti'n f'adnabod i'n rhy dda i feddwl y byddwn yn cyhoeddi rhywbeth heb roi fy enw arno.'

'Bob amser yn rhy onest, er dy les dy hunan.'

'Go brin bod gen ti unrhyw syniad pa mor ofnadwy yw cynnwys y pamffledi.'

'Dydw i ddim wedi'u darllen, fel y gwyddost.'

'Naddo, siŵr. Maent yn rhy anllad i unrhyw wraig eu darllen. Mae gweithredoedd rhai esgobion yn dwyn gwarth arnynt eu hunain ac mae iaith y pamffledwyr hyn yr un mor aflan.'

'Ond y drwg ydi eu bod wedi dy bardduo di ar yr un pryd.'

Edrychodd Eleanor arno'n drist.

'Erfyniais yn daer ar i'r Senedd anfon pregethwyr i ddysgu fy mhobl yn eu hiaith eu hunain, dyna i gyd. A chefais garchar am hynny fel y gwyddost.'

'Digiodd Whitgift, am dy fod ti wedi dweud y gwir,' meddai Eleanor.

'Mae e'n bengaled ac yn ddidostur. Ysgrifennais am yr anghenion a'r anhrefn sydd yn bodoli yn fy ngwlad. Dylai Cyngor y Gororau ymchwilio i'r sefyllfa. Dyw hynny ddim yn ormod i'w ofyn mewn gwlad Gristnogol.'

'Maen nhw'n dy weld di a'th gyfeillion fel bygythiad i'r gyfundrefn, John, waeth pa mor aml rwyt ti'n haeru nad ydi'r gwir yn creu niwed i'r tywysogion.'

'Sut mae papurau Marprelad yn cael eu cynnwys yn gymysg â'r rhai sydd yn dod o'r wasg, hoffwn i wybod,' meddai John.

'Wyt ti'n meddwl mai rhywun sydd yn gweithio i'r wasg sydd yn gyfrifol?' awgrymodd Eleanor.

Bu saib tra oedd John yn meddwl am y dynion a weithiai yno. Cofiodd fod Mr Sharpe, y rhwymwr llyfrau, yn cwyno bod gormod o waith ganddo. Roedd yn ddyn rhyfedd, ond annheg fyddai ei amau ef na neb arall yno ychwaith.

'Mae pawb yno'n frwd iawn dros yr achos ac mae'r gweithwyr, a'r boneddigion sydd yn ysgrifennu, oll yn ddynion anrhydeddus,' meddai o'r diwedd. 'Ond rydyn ni wedi canfod unigolion yn llechu yn ymyl yr adeilad.'

'Fel yr un yng ngardd Syr Richard, y noson honno?'

'Os mai llechgi ydoedd, ac nid cysgod yn unig,' meddai John.

Roedd Eleanor wedi cael digon o fraw am un diwrnod, meddyliai.

9
Noson Rieni

YN SYTH AR ôl gwers ola'r prynhawn, cynhaliwyd y noson rieni yn yr ysgol. Roedd hi wedi bod yn ddiwrnod hir i John. Roedd y pwyslais ar hunan-ddysg a chydweithio, ac roedd disgwyl i bob disgybl gyfrannu ychydig o'i waith ymchwil. Er bod hyn yn syniad da yn y bôn, eto fe olygai lawer iawn mwy o fewnbwn gan yr athro nag oedd neb wedi'i sylweddoli. Meddyliai'n aml am yr athrawon a gawsai yntau'n blentyn. Roedd y dull presennol o ddysgu wedi dechrau yn eu cyfnod hwy a doedd e ddim wedi llwyr werthfawrogi eu hymdrechion nes iddo ddod yn athro ei hun. Ystyriai'r tîm rheoli fod ochr ymarferol pob pwnc yn bwysig iawn hefyd. Felly, fe dreuliai'r nosweithiau'n cynllunio gwaith crefft yn ogystal â marcio llyfrau. Weithiau, pan deimlai'n wrthnysig, fflachiai'r syniad trwy ei feddwl y byddai'n llawn mor effeithiol dangos llun milwr mewn arfwisg ar faes Bosworth ag ydoedd i fynd ati gyda'r dosbarth i greu milwr o ddeunydd ailgylchu. Prinder amser i gyflawni'r maes llafur fyddai'r bwgan bob amser.

Roedd hi'n nosi'n barod wrth i'r athrawon osod y byrddau a'r cadeiriau yn eu safleoedd penodedig yn y neuadd fawr ac yn fuan byddai'r nos yn troi'r ffenestri'n ddu, gan ddileu'r olygfa odidog o'r bryniau a ymestynnai i'r pellter. Estyniad oedd y darn yma o'r adeilad, diolch i rywun ar bwyllgor cynllunio'r Cyngor a dybiai fod yr ysgol yn haeddu estyniad newydd dymunol ar ôl aros mor hir amdano. Roedd yr efeilliaid, Seren a Lisa, yn eistedd mewn cornel, yn gwneud eu gwaith cartref ac yn bwyta brechdanau wrth ddisgwyl am eu tad. Aethai Ffion i dŷ ffrind i gael te am fod ei mam hefyd yn gweithio oriau hwyrach na rhai'r ysgol.

Digon araf fyddai'r rhieni'n ymddangos ar ddechrau'r noson, fel arfer, a difyrrai John ei hun wrth siarad ag Arwel, yr athro Mathemateg, a eisteddai wrth y ford nesaf ato. Bu yntau ar y daith i Lundain a drefnwyd gan John y dydd Sadwrn cynt i ddangos Tŷ'r Cyffredin i ddisgyblion y Chweched Dosbarth ac esbonio gwaith yr Aelodau Seneddol. Dyma oedd y cyfle cyntaf a gawsant i drafod y diwrnod.

'Cyfle gwych i ddangos iddyn nhw gymaint ry'n ni'n 'i gymryd yn ganiataol heddiw,' meddai Arwel.

'Yn hollol, pan ti'n meddwl mor wan oedd cynrychiolaeth pobl gyffredin bedwar can mlynedd yn ôl.'

Gwelodd John trwy gil ei lygad fod ei gwsmeriaid cyntaf yn aros amdano. Brysiodd yn ôl i'w le. Roedd yn hawdd gweld pwy oedd y disgybl dan sylw wrth edrych ar wyneb y tad. Cyfarchodd John y ddau riant â gwên ond difynegiant oedd wynebau'r rhieni.

'Mr a Mrs Pierce, ie? Mae'n dda gen i ddweud bod Robert yn gwneud ei waith yn drylwyr a'i fod yn hapus yn y dosbarth.'

Chwiliodd John trwy bentwr o lyfrau er mwyn dod o hyd i lyfr Robert.

'Efallai ei fod e'n hapus, ond dy'n ni ddim,' meddai Mr Pierce.

'O?' meddai John yn syn. 'Ym mha ffordd?'

'Ry'n ni o'r farn bod y cwrs Hanes ry'ch chi'n ei gynnig yn rhoi gormod o bwyslais ar yr ochr grefyddol.'

'Mae'n anodd rhedeg cwrs ar y Tuduriaid heb roi pwyslais ar yr ochr grefyddol,' meddai John. 'Roedd hi'n gyfnod y Diwygiad ac roedd crefydd wrth wraidd pob mudiad, digwyddiad a gweithred.'

'Dyna'r drwg. Mae'n hen bryd rhoi'r gorau i'r holl lol 'na!'

'Allwch chi ddim newid ffeithiau, Mr Pierce. Dyma yw un o'r testunau ar y maes llafur Hanes ac mae crefydd yn destun hanfodol yn y cyfnod ry'n ni'n 'i astudio.'

'Mae angen newid y cyfnod, felly,' oedd cyfraniad Mrs Pierce. 'Mae crefydd yn dal i fod yn felltith ar gymdeithas. Drychwch ar yr helyntion mae'n gyfrifol amdanyn nhw heddiw, ledled y byd.'

'Mae'n gyfrifol am bethau da hefyd. Mae'n un o gerrig sylfaen gwareiddiad.'

Bu saib.

'Mae dysgu Hanes heb gynnwys crefydd fel trio gwneud te heb ddefnyddio dail,' meddai John, mewn ymgais i ysgafnhau'r ddadl rywfaint.

'Dyw hyn ddim yn fater i wamalu amdano,' atebodd Mr Pierce. 'A pheth arall dw i'n ei wrthwynebu yw'r ymweliad ry'ch chi'n 'i drefnu â'r Eglwys Gadeiriol.'

'Ydi Robert am fynd?'

'Nac ydi. Fe fydd yn treulio'r diwrnod yn yr ysgol yn astudio rhywbeth buddiol.'

'Mae hynny'n drueni. Mae cymaint i'w ddysgu ar ymweliad fel hyn: pensaernïaeth o wahanol gyfnodau, creiriau Celtaidd, cerfddelwau ar feddrodau'r Tuduriaid sy'n dangos y math o ddillad o'n nhw'n wisgo…'

'Mae'n swnio i fi fel cyfle i sôn am eu credoau a'u defodau hurt. Dw i ddim yn fodlon. Waeth i chi ga'l gwbod ddim, dw i'n mynd i gwyno wrth y prifathro.'

'Mae'n ddrwg 'da fi 'ych bod chi'n teimlo fel 'na,' meddai John, 'ond galla i'ch sicrhau chi fod Robert yn gwneud cynnydd ardderchog yn y pwnc.'

Cododd y ddau riant i fynd. Gwenodd Mrs Pierce.

'Diolch, Mr Williams,' meddai. 'Dw i'n gwbod pa mor anodd ydi plesio pawb.'

'Mae arna i ofn 'mod i wedi gwneud gelynion,' meddai John wrth Arwel pan gafodd y ddau saib prin rhwng dau riant.

*

Ar ddiwedd y tymor roedd John wedi gobeithio y byddai'r Ŵyl yn newid y cywair yn yr ysgol. Siomedig braidd oedd ymateb y dosbarth i'r ymweliad â'r Eglwys Gadeiriol. Efallai eu bod ychydig yn rhy ifanc i glywed manylion am y croesau Celtaidd, y storïau o'r Beibl yn y ffenestri lliw ac olion o gyfnod y Diwygiad. Roedd yn ddigon anodd i bobl mewn oed amgyffred y dadlau mawr a fu yn yr Eglwys, heb sôn am bobl ifainc yn eu harddegau. Roedd ffynonellau anghydfod astrus yr Eglwys a'r erchyllterau a gyflawnwyd yn ei henw yn amherthnasol i oes fodern y plant.

Fel arfer byddai noson garolau yn yr ysgol ac fe orymdeithiai'r côr i mewn i'r neuadd gan gario canhwyllau. Roedd yn un o uchafbwyntiau'r flwyddyn, yn nhyb John. Gwyliodd ef y plant yn addurno'r neuadd ar ôl gorffen eu profion diwedd tymor. Roedd y neuadd wedi'i britho â ffigyrau bach a mawr yn dynodi Sinderela a'i choets, Aladin a'i lusern, Jac a'i blanhigyn ffa a llawer mwy ar hyd y wal a arweiniai at y goeden Nadolig a safai ar y llwyfan.

'Beth y'ch chi'n feddwl ohoni, syr?' Cododd wyneb siriol un o'r merched a fu wrthi'n addurno'r goeden â rhubanau a goleuadau.

'Ardderchog, Zoe. Ry'ch chi i gyd wedi manteisio ar y gwersi celf, mae'n amlwg. Dwn i ddim sut y'ch chi wedi llwyddo i wneud gwaith mor gelfydd. Y'ch chi am roi symbolau Nadoligaidd ar y goeden hefyd?'

'Maen nhw i gyd 'ma, syr. Cymeriade mewn pantomeim yw'r thema eleni.'

Penderfynwyd mewn cyfarfod athrawon na fyddai'r cyngerdd carolau yn cynnwys canhwyllau y flwyddyn honno, oherwydd rheolau iechyd a diogelwch. Mewn ateb i gwestiwn, hysbyswyd y cyfarfod gan yr athro cerdd bod y plant yn dysgu nifer o ganeuon poblogaidd i'w perfformio hefyd, wedi iddyn nhw ystyried yr amrywiaeth o draddodiadau y dymunai'r ysgol eu hadlewyrchu.

On'd oedd yn rhyfedd, meddyliodd John, mewn cyfnod pan fydd pobl yn cael yr hawl i gredu'r hyn a fynnont na wnaen nhw ddim credu'n gryf yn unrhyw beth? Tan y byddai'r pendil yn troi, a phobl yn cael eu gorfodi gan y to nesaf o ffanatics i ddilyn eu dogma hwy.

'Eich meddyliau, John?' Llais y prifathro wnaeth ei ddeffro o'i fyfyrdod.

'Dim byd o bwys.'

10
Galwad i'r Maenordy

ROEDD JOHN PENRY yn teimlo'n fwyfwy cynddeiriog wrth iddo ysgrifennu, ond gwnaeth yn siŵr ei fod yn cadw'r iaith o dan ddisgyblaeth. Rhaid dwyn perswâd ar yr awdurdodau ei fod ef a'i gyfeillion yn sefyll dros gywirdeb y Ffydd a ffyniant teyrnas ei Mawrhydi, y Frenhines Elizabeth, heb unrhyw fwriad i'w dinistrio. Ond roedd sylwadau'r Dr Some, Meistr ei hen goleg a enwyd ar ôl Pedr Sant, yn egr iawn. Hawdd oedd clywed llais yr Archesgob y tu ôl i'w eiriau. Brathodd John ei wefusau wrth ailddarllen disgrifiad Dr Some o'i draethawd fel 'corff gwahanglwyfus' ac o'i genadwri fel 'tân drain'. Mewn anobaith ysgrifennodd apêl arall at y Senedd yn protestio yn erbyn ei erledigaeth. Manteisiodd ar y cyfle i'w dangos i Mr Godley pan alwodd ef heibio i holi am iechyd Eleanor.

'Mae dy resymeg di'n berffaith,' meddai ei dad-yng-nghyfraith. 'Allan nhw ddim gwadu tystiolaeth yr Ysgrythur, nac addewid y Frenhines i amddiffyn hawliau ei phobl. Gweddïo ar i Dduw agor eu llygaid sydd raid.'

Ond gwyddai'r ddau na fyddai llwyddiant i'w gael. Arhosodd John yn effro am gyfnod hir wedi i Mr Godley fynd adref, nes cwympo i gysgu dros ei waith yn ei fyfyrgell.

Gwawriodd bore braf arall, a hithau yng nghanol y mis bach, wrth i'r haul godi'n belen goch ar y gorwel. Hymiai'r forwyn yr alaw ddiweddaraf y clywsai'r glêr yn ei chanu yn y ffair yn Northampton wrth iddi estyn y blawd o'r cwpwrdd yn y gegin i wneud bara. Roedd y tân wedi cydio'n gryf. Fel arfer byddai Mrs Penry yn ymuno â hi wrth ei gwaith, ond cawsai ei chynghori i aros yn ei gwely'n hwy yn ystod y misoedd olaf wrth ddisgwyl am enedigaeth ei phlentyn.

Clywodd y forwyn y gnoc sydyn ar y drws a rhewodd yn y fan a'r lle. Roedd yn rhy gynnar i'w chariad alw ar ei ffordd i'w waith ar y fferm, fel y byddai'n ei wneud bron bob bore er mwyn dwyn newyddion iddi, neu flodau'r maes ac weithiau hyd yn oed gleiniau o'r farchnad. Yn araf agorodd y drws a safai ffigwr yno a chwfl budr yn cuddio'i wyneb. Sgrechiodd Sarah ond chwarddodd y ffigwr.

'Pwy wyt ti'n meddwl ydw i?' gofynnodd yn gryg. 'Efallai 'mod i'n edrych fel y diafol, ond ddof i ddim â drwg i ti.'

'Beth rwyt ti angen?' holodd Sarah dan grynu. 'Does gen i ddim i'w gynnig i ti. Dydw i ddim wedi gwneud y bara eto.'

'Gwnaiff tafell o gig moch y tro,' meddai gan gyfeirio at yr ystlys oedd yn hongian o'r nenfwd. 'Mae gen i nodyn i Mr Penry.'

Chwifiodd y nodyn yn ddigon pell o'i chyrraedd, i ddangos ei fod o ddifri am gael y cig moch.

'Rho hwnna i fi'r dihiryn,' meddai Sarah. 'A cer oddi yma. Dydyn ni ddim yn derbyn crwydred.'

'Beth sy'n bod yma?'

Daeth John Penry i mewn i'r gegin. Cipiodd y nodyn o law'r dyn a'i ddarllen mewn tawelwch. Crychodd ei dalcen a sylwodd Sarah ar guriad ei ewynnau yn ei foch.

'Sarah, rho ddarn o gaws a chig moch i hwn am ei drafferth. A dyma ddarn arian i ti hefyd,' ychwanegodd wrth y dyn.

'Diolch, Mr Penry,' meddai hwnnw cyn diflannu heibio i gongl y tŷ.

'Paid â gadael i neb dy weld di ar y ffordd oddi yma,' galwodd John ar ei ôl.

Syllodd Sarah yn gegrwth tua'r buarth. 'Roeddwn i'n meddwl taw'r gŵr drwg oedd e,' meddai.

'Mae diawliaid gwaeth o lawer yn y byd hwn nag ef, Sarah fach,' meddai John, dan wenu. 'Dwed wrth dy feistres 'mod i wedi gorfod mynd i weld Syr Richard ar fyr rybudd. Os galwith rhywun dieithr, dwed bod salwch yn y tŷ a'n bod ni'n ofni'r pla.'

Edrychodd Sarah arno'n syfrdan wrth iddo gydio yn ei fantell o'r bachyn ar y drws a'i lapio amdano. Roedd yn anelu am y stablau cyn iddi allu gofyn am esboniad. Cododd y nodyn oddi ar y llawr a cheisio adnabod y llythrennau. Roedd Mr Penry wedi bod yn ei dysgu sut i ddarllen ond roedd y nodyn hwn yn rhy anodd iddi. Rhedodd i fyny'r grisiau i ystafell ei meistres. Roedd Eleanor yn gorwedd yn effro ar y gwely a'r llenni bob ochr iddi ar agor. Rhoddodd Sarah y nodyn iddi:

'At John, fy mrawd yn Iesu Grist. Yn sgil gorchymyn yr Archesgob Whitgift i ymaflyd ym mhob llyfr sydd yn ei farn ef yn fradwrus ac yn sarhaus, a bod perchennog y fath lyfrau yn derbyn cosb enbyd, rhaid ymgynnull ar unwaith i drafod ble i symud y wasg unwaith eto.'

Roedd Whitgift wedi'i osod ei hun y tu hwnt i feirniadaeth, yn wir deyrn. Doedd neb yn y Cyfrin Gyngor yn ddigon dewr i'w herio, ar wahân i Arglwydd Burghley, ond roedd ef yn rhy brysur i'w atal ar hyn o bryd.

*

Ar y ffordd yn ôl o Faenordy Fawsley clywodd John ddadwrdd mawr wrth iddo ddynesu at sgwâr y dref. Roedd yn ddiwrnod marchnad. Arafodd ei geffyl ar gyflymder cerdded, cyn ei glymu wrth bostyn tafarn ac amneidio ar y gwas, a safai gerllaw, i ofalu amdano. Roedd y strydoedd culion yn wag. Trwy gil ei lygad sylwodd fod gwraig yn pwyso allan o ffenestr llofft un o'r siopau a dim ond ei boned wen yn y golwg.

'Beth yw'r helynt?'

Cododd y gwas ei ysgwyddau mewn difaterwch.

Ar derfyn y stryd gwelodd John y dyrfa ar y sgwâr. Daethent i wawdio'r truan a oedd ynghlwm mewn cyffion. Wedi prynu nwyddau ar ymylon y sgwâr trodd y dynion a'r gwragedd i daflu llysiau wedi pydru o'r stondinau a phoeri arno, yn ogystal â bwrw'u sen. Adwaenodd John ef. Ef oedd y crwydryn a ddaeth â'r nodyn gan Syr Richard iddo rai oriau ynghynt.

'Beth mae hwn wedi'i wneud?' gwaeddodd John.

'Wedi cael ei ddal â cheiniog yn ei law,' oedd ateb un o'r dorf. 'Mae e'n dweud ei fod e wedi dod o hyd iddi ar lawr, ond ei dwgyd hi wnaeth e, siŵr o fod.'

'Peidiwch!' Safodd John rhwng y truan a'r dorf.

'Beth sydd a wnelo ef â thi?' bloeddiodd rhywun. 'Mae e'n haeddu'i grogi hyd yn oed, nid dim ond treulio diwrnod mewn cyffion!'

'Af yn syth i ofyn i'r ustus ei ollwng e'n rhydd,' meddai John gan frasgamu tua'r adeilad uwch y colofnau yng nghanol y sgwâr a dechrau dringo'r grisiau carreg at ystafell y llys.

Collodd y dorf eu diddordeb a chilio'n sarrug, fesul un ac un. Ni fynnent estyn croeso i'r ustus.

'Fe allet fod wedi dy achub dy hun,' meddai John wrth y crwydryn ar ôl iddo gael ei ryddhau.

'Nid bradwr mohono i,' meddai'r dyn, 'fwy na chithau, Mr Penry.'

Disgynnai'r tywyllwch yn ddisymwth yr adeg honno o'r

flwyddyn, ac ar ôl y digwyddiad ar y sgwâr ysgogodd John ei geffyl i garlamu ar hyd y llwybr fel y gallai gyrraedd adref cyn colli golau dydd. Dychmygai'r holl waith roedd angen ei wneud wrth symud yr offer, ac fe weddïodd ar yr Arglwydd i'w gwarchod rhag cael eu darganfod. Yr wythnos ddilynol, ar y dydd Llun, byddai'n rhaid datgymalu'r offer argraffu unwaith eto a'i ailosod yn Coventry lle byddai nai Syr Richard yno i'w dderbyn. Pwy a ŵyr am ba hyd y byddent yn ddiogel yn y fan honno? Roedd Syr Richard Knightley yn ddyn bonheddig a dewr iawn ac wedi cynnig mynd â'r cwbl yn ei goets. Byddai angen sawl siwrnai i gyflawni hyn a phob un yn beryglus. Boed bendith Duw arno ef a'i nai, Mr Hales. Byddai'n rhaid meddwl hefyd am ddulliau o gelu'r gweithwyr ar y daith ac wrth eu gwaith.

Roedd ei feddwl yn byrlymu â syniadau a gododd o'r cyfarfod y bore hwnnw, fel gosod llenni i guddio'r peiriant argraffu mewn un rhan o'r ystafell a gynigid gan Mr Hales, a bod y gweithwyr yn cymryd arnynt eu bod yn wehyddion. Hyd yn oed pe gallent actio'r rhan a dysgu'r grefft, byddai ar ben arnynt petai un o'r erlidwyr yn gofyn i ba urdd roeddent yn perthyn. Hefyd, roedd cadw'r papur yn destun penbleth gan y byddai'r gelynion yn siŵr o chwilio'r seler yn nhŷ Mr Hales. Allen nhw eu rhwystro trwy sôn bod llygod mawr yno? Asiantwyr a wnâi waith y llyfrgwn fel arfer. Teimlai'n fferllyd wrth feddwl am dynnu'r certiau yn llawn prennau, darnau haearn a blychau o lythrennau metel ar draws y caeau ac ar hyd y llwybrau anwastad liw noson o aeaf, a dim ond golau oer y llusernau fel canhwyllau corff yn dangos y ffordd yma ac acw.

Daeth pwl o flinder drosto wrth feddwl am yr holl oblygiadau ond ni pharhaodd yn hir. Fe'i ceryddodd ei hun am fod mor ddigalon. Roedd yn gwneud gwaith yr Arglwydd, er bod hynny wedi mynd ag ef ar hyd llwybrau anodd ac anaddas i rywun â theulu ifanc. Ac eto i gyd, credai fod Eleanor wedi'i dewis gan Dduw i fod yn wraig iddo. Am y tro cyntaf ers hydoedd, wyddai e ddim beth i'w wneud a fyddai er ei lles hi. Efallai y dylai dderbyn y cymorth a gynigiodd Mr Job Throgmorton y bore hwnnw. Ef oedd wedi cyflwyno deiseb gyntaf John i'r Senedd. Roedd yn gyfaill diwair i'r achos, yn berchen ar holl fanteision ei hil a'i dras, a chanddo sedd yn y Senedd a ddefnyddiai er lles ei ffrindiau yn y mudiad i buro'r Eglwys. Yn awr roedd o'r farn bod angen lloches ar ddyn mor ifanc â John ar ddechrau ei fywyd teuluol ac fe addawodd dalu iddo ddianc gyda'i wraig i'r Alban i ymuno â'r argraffydd Waldegrave, a'r brodyr a'r chwiorydd yn y wlad honno. Ceisiodd ddarbwyllo John y gallai ddal ati i wneud ei waith pwysig o'r fan honno.

11
Gwers Hanes

G ALLAI JOHN WELD nad oedd eu meddwl ar eu gwaith. Roedd
y dosbarth wedi dod i mewn yn hwyr ac fe synhwyrai
aflonyddwch yn yr awyr. Eisteddai Robert Pierce yn ei sedd arferol yn
y cefn a nifer o ferched o'i gwmpas. Y distawrwydd oedd yr arwydd
bod rhywbeth ar droed. Yn lle'r si a godai wrth i'r plant gymharu
eu gwaith roedd lefel y sŵn yn is heddiw, er bod sibrwd i'w glywed
bob tro y byddai John yn plygu dros waith rhywun yn nes at y tu
blaen. Ymchwilio i fywyd bob dydd adeg oes y Tuduriaid ar eu
tabledi electronig roedd y dosbarth, ac yna gwneud yr ymarferion
a restrwyd ar waelod y sgrin. Symudodd John yn annisgwyl i gefn
y dosbarth i edrych dros ysgwydd Robert Pierce. Cafodd fraw wrth
weld bod y bachgen wedi lawrlwytho llyfr erchyll ac anaddas yn
ôl teitl y gyfrol. Disgrifio bywydau llofruddion cyfresol enwog yr
ugeinfed ganrif roedd y gyfrol. Dangosai Robert Pierce y testun a'r
lluniau gwaedlyd i'r criw o'i gwmpas.

'Pam wyt ti'n darllen sothach fel hyn? Rwyt ti i fod i wneud gwaith
ar y Tuduriaid.'

'Wedi gorffen.'

Yn lle ei holi am yr anwiredd amlwg dewisodd John dacteg arall.

'Dyw hynny ddim yn esgus i ddarllen anfadwaith fel hyn a
llygru, nid yn unig dy feddwl dy hun, ond rhai dy ffrindiau hefyd.
Llofruddion cyfresol wir!'

'Ond ry'n ni wedi dysgu am bethau tebyg gennych chi. Beth am y
crogi, y llosgi a'r llusgo i farwolaeth adeg y Tuduriaid?'

'Ry'n ni'n dysgu am bethau felly i'w condemnio, nid i'w mwynhau.'

'Ry'ch chi'n dweud bob amser y dylen ni ddarllen yn eang ac mae hwn,' gan daro'r tabled, 'yn adrodd ffeithie.'

'Mae'n well osgoi darllen rhai pethau erchyll os taw unig bwrpas y darllen yw difyrrwch.'

'Dwedwch hwnna eto,' oedd ateb gwawdlyd Robert.

'Meddylia sut mae pobl ar hyd y blynyddoedd wedi marw dros yr hawl i sgrifennu a darllen beth maen nhw moyn, a bod pobl yn manteisio ar yr hawl honno i sgrifennu a darllen sothach fel hyn. Mae'n drist, on'd yw e, Robert?'

Bu tawelwch anesmwyth cyn i'r gloch dorri ar y sgwrs.

Y diwrnod wedyn cafodd John alwad i weld y prifathro.

'Mae arna i ofn 'mod i wedi cael cwyn gan Mr Pierce,' meddai ar ôl i John gau drws ei swyddfa. 'Mae'n ymddangos eich bod wedi beirniadu deunydd darllen ei fab. Y'ch chi'n meddwl, efallai, eich bod chi braidd yn Biwritanaidd yn yr oes sydd ohoni, John?'

Gwyddai John fod y gair 'Piwritanaidd' wedi dod o enau Pierce.

'I ddechrau arni, roedd y bachgen yn darllen deunydd amherthnasol yn ystod y wers.'

Cododd y prifathro ei aeliau.

'Doedd y gyfrol ddim yn rhan o'r dasg,' parhaodd John.

'Soniodd e ddim am hynny,' cyfaddefodd y prifathro, gan nodi'r peth ar bapur. 'P'run bynnag, ga i air ag e am hynny. Fynnwn i ddim tramgwyddo Mr Pierce, fel y'ch chi'n deall, John. Mae'n gefnogol iawn i'r ysgol, ac yn un o'r llywodraethwyr, wrth gwrs.'

'Wrth gwrs,' adleisiodd John braidd yn ddirmygus.

Wrth yrru i fyny'r dreif serth a'r coed ffawydd yn siglo'u canghennau bob ochr iddo, teimlai John ollyngdod. Diolch i Dduw am gael bod gartref. Ond roedd golwg bryderus ar wyneb Helen wrth iddo fynd trwy ddrws y gegin.

'Oes rhywbeth yn bod?' gofynnodd wrth ei gweld yn plicio moron yn egnïol.

'Mae Lisa wedi dod gatre yn 'i dagre ac mae hi wedi mynd yn syth i'w stafell.'

'Ddywedodd hi pam?'

'Mae hi wedi addo esbonio nes mla'n.'

'Beth am Seren?'

'Heb gyrraedd 'to. Tro Glenys o'dd hi i fynd â'r merched i'r wers biano.'

'A' i lan ati,' meddai John.

Gwyddai fod Lisa'n blentyn mewnblyg ac fe hoffai gadw'r hyn a'i poenai iddi hi ei hun. Dim ond pan fethai ddatrys ei phroblemau y gofynnai am help. A chan ei bod hi a'i hefaill, Seren, mor agos, roedd y cyd-ddealltwriaeth rhyngddynt yn ddigon i'w galluogi i oresgyn y rhan fwyaf o broblemau ieuenctid. Fel eu chwaer hynaf, roeddent yn annibynnol eu natur. Credai John fod personoliaeth rhywun wedi'i phennu ar ei enedigaeth. Roedd ei ferch ieuengaf, Ffion, yn fwy allblyg a theimladwy. Dyna lle'r oedd hi'n awr yn anwesu ei chwaer hŷn yn yr ystafell a rannai'r efeilliaid.

'Paid â llefen,' meddai. 'Bydd popeth yn iawn.'

'Cer i neud dy waith cartre, 'nghariad i,' meddai John wrth Ffion.

Llithrodd hithau allan yn ddidrafferth. Sylwodd John ar sgrin y ffôn symudol yn llaw Lisa. Darllenodd y negeseuon hyll ar Trydar a gwelwodd.

'Bydd yr un pethe ar ffôn Seren,' meddai Lisa a dafnau tryloyw yn aros ar ei hamrannau.

'Fy mai i ydi hyn,' meddai John yn gryg gan eistedd wrth ei hymyl ar y gwely.

'Beth ti'n feddwl, Dad?'

'Dim byd i ti boeni amdano,' atebodd. 'Bore dydd Llun fe gei di weud wrth bawb dy fod ti wedi colli dy ffôn.'

'Beth am Seren?'

'Fe gaiff y ddwy ohonoch chi weud 'yn bod ni wedi bod i ffwrdd dros y penwythnos a bod y ddau ffôn wedi cael 'u dwyn o'r car.'

'Ond sut gallwn ni ddod i ben hebddyn nhw?'

'Yr un ffordd ag o'n i'n arfer neud yn 'ych oedran chi. 'Na'r unig beth i'w neud o dan yr amgylchiade. Yn y cyfamser dw i'n mynd i'w cloi nhw yn y stydi.'

'Ond, Dad! Dyw hynny ddim yn deg,' meddai Lisa. 'Pam bod ni'n ca'l 'yn cosbi? Dim ni sy ar fai.'

'Ceisio helpu dw i,' meddai John. 'Mae'r ateb yn syml hyd y gwela i. Y'ch chi'n moyn gweld rhagor o'r math 'na o nonsens ar y ffôn?'

'Dim dyna'r pwynt! Ry'n ni moyn gwbod beth mae pawb yn neud a ble byddan nhw'n mynd.'

'Fe gewch chi newid eich rhifau ffôn yr wythnos nesa,' atebodd John.

'O, Dad, ti ddim yn deall. Fydd 'ny ddim yn neud unrhyw wahaniaeth o gwbl,' meddai Seren, oedd newydd ddod i mewn ar ôl ei gwers biano. 'Mae'r holl stwff yn ca'l 'i basio mla'n yn awtomatig, licio fe neu beidio.'

'Ry'ch chi'n dibynnu llawer gormod arnyn nhw, ta beth,' oedd ateb John.

Roedd y merched yn rhy ddig i ymateb.

'Ben bore fory ry'n ni'n mynd yn y garafán i fwrw'r Sul,' meddai John ar ôl saib.

'Yn y garafán?'

'Ie. Neith les i ni i gyd.'

'Dw i ddim isie mynd yn y garafán,' meddai Lisa. 'Mae'n syniad dwl.'

'Na fi,' meddai Seren.

'Diwedd mawr!' gwaeddodd Helen o'r gegin. 'O's posib cael tipyn o heddwch 'ma? Paciwch 'ych pethe'n glou a byddwch yn ddiolchgar!'

12
Ffarwél i Sir Frycheiniog

ROEDD YN RHAID ffoi. Roedd John yn ymwybodol ei fod yn cael ei ddilyn yn feunyddiol. Clywai gamre ar gerrig crynion y strydoedd culion a byddent yn distewi wrth iddo yntau aros. Sylwai ar y symudiadau sydyn yn y perthi wrth deithio ar hyd llwybrau'r wlad. Un bore, daeth o hyd i'w gath fach yn gorwedd yn farw y tu allan i'w dŷ. Ond y peth mwyaf brawychus oedd y tân, a fu bron â throi'n wenfflam, yn y stablau un noson. Wedi'r ddau ddigwyddiad hyn taerai'r forwyn fod ysbryd drwg ar waith.

Taflwyd cyfeillion i wahanol garchardai yn Llundain – y Clink, y Marshalsea a Newgate – i bydru yn y celloedd llaith a'r rheini'n llawn llygod mawr a thrychfilod aflan. Defnyddiai Whitgift lysoedd yr Eglwys i gau cegau'r sawl a wrthwynebai'r offeiriaid rhagrithiol, gan eu gorfodi i gymryd llw, er nad oedd ganddo hawl i fynnu hynny cyn iddynt dystio. Pan ymwelai John â hwy gwnâi ei barodrwydd i farw dros yr achos yn hysbys, ond câi ei gymell ganddynt, bob un, i beidio â mentro trwy lidiart y carchar mor aml. Parhau â gwaith yr Arglwydd oedd ei orchwyl, felly dylai wneud pob ymdrech i sicrhau ei ryddid, er mwyn cyflawni'r gwaith.

Yn hwyrfrydig felly, derbyniodd gynnig y gŵr hael a haeddai gymaint o barch, Mr Job Throgmorton, i ariannu ei daith i'r Alban fel y gallai aros yno gyda'i deulu. Fe gâi ei atgyfnerthu gan y cymdeithion yno a châi gyfle i ddysgu llawer ganddynt. Ond yn gyntaf, fe'i gyrrwyd gan hiraeth i ymweld â'i fam yn Sir Frycheiniog. Bu'n amau taw dyma'r tro olaf y'i gwelai hi ac fe'i llanwyd â thristwch.

*

Disgwyliai ei fam amdano wrth ffenestr gul y gegin. Rhoesai John neges i un o'r porthmyn a deithiai o Aberhonddu trwy Northampton i ddweud ei fod yn bwriadu galw. Clywodd hithau sŵn carnau ei geffyl ar y buarth ac fe'i gwyliodd yn croesi tuag at ddrws cefn isel y tŷ.

'John, 'y ngwas i,' meddai wrth ei gofleidio. 'Mae golwg flinedig arnat ti. Dere at y ford i gael bwyd yn syth. Rhaid dy fod ti'n llwgu ar ôl yr holl deithio.'

Atebodd John ei chwestiynau tra oedd hi'n paratoi'r bwyd. Torrodd hi dafell o ystlys hallt a hongiai yn y gegin, ymysg y clystyrau o berlysiau sych. Yn fuan iawn roedd y cig moch yn hisian yn y badell ffrio a dau wy wrth ei ochr. Llanwyd y gegin â sawr da. Agorodd hi'r ffwrn ar ochr y tân i estyn bara newydd ei bobi, cyn holi, 'Sut mae Eleanor?'

'Fe wyddoch o'r gorau, Mam, ei bod hi'n ferch ddewr, ond fedra i ddim dioddef gweld Eleanor yn cael ei dychryn fel hyn. Cyneuwyd tân yn y stablau gan rywun ac mae'n rhaid i mi ystyried ei diogelwch.'

'John, beth yw dy gynlluniau di a dy deulu, felly?'

'Fe wyddoch beth yw 'nghenadwri i mewn bywyd. Mae ar achos yr Arglwydd angen gwaith fy nwylo. Ond mae un peth y gellwch chi 'i wneud a fydd o gymorth i mi ac rwyf wedi galw i ofyn am y ffafr honno.'

'John, rwyt ti'n gwybod y bydda i'n gefen i ti, beth bynnag ddigwyddith.'

'Os digwydd rhyw anffawd i mi, wnewch chi ofalu am Eleanor, a'r plant a ddaw yng nghyflawnder amser?'

'Bydd cartre iddyn nhw yma, wrth gwrs, John, a digon i ddiwallu'u holl anghenion.'

Gwenodd, a sylwi bod dagrau wedi cronni yn ei llygaid. Gallai weld ei wyneb ei hun yn ei hwyneb hi.

'Hwyrach na wnaiff hynny byth ddigwydd,' meddai, gan geisio swnio'n fwy siriol. 'Efallai y bydd pethau wedi tawelu erbyn i mi ddod gartre o'r Alban.'

'Yr Alban?'

'Rwyf wedi penderfynu y bydda i ac Eleanor yn ymfudo yno dros dro.'

Osgôdd sôn am y peryglon y gallai eu hwynebu petai'n aros yn Lloegr.

'Ond mae mor bell oddi yma.'

'Mae'n lle delfrydol i asesu llwyddiant yr Eglwys ar ei newydd wedd. Fe gaf gyfle a heddwch i sgrifennu papurau ymchwil yno hefyd.'

'Rwy'n falch iawn ohonot ti, John, a'r gwaith rwyt ti'n 'i wncud. Pa mor hir rwyt ti'n debyg o fod yno?'

'Blwyddyn neu ddwy, fel pan oeddwn i yng Nghaergrawnt a Rhydychen.'

Ceisiodd swnio'n hapus ac yn gadarnhaol, ond edrych yn amheus arno wnaeth ei fam.

'Awn i ddim yno oni bai 'mod i'n hollol siŵr y bydd fy mrodyr a'm chwiorydd annwyl yn gysur i chi yma, Mam,' meddai wrth ei chofleidio.

'Am faint rwyt ti'n bwriadu aros yma, 'machgen i?' gofynnodd hithau.

'Mae arna i ofn bydd rhaid i mi'ch gadael chi ben bore fory,' meddai John yn ddigalon, 'rhag ofn...'

Amneidiodd ei fam i ddangos ei bod hi'n deall y peryglon a wynebai ef a'i wraig.

Wrth iddo godi o'r gwely plu yn fore iawn trannoeth a distiau derw'r llofft yn clecian oddi tano, gresynai John na chawsai'r cyfle i ymwneud llawer â gweddill y teulu. Fe fyddai'n wahanol y tro nesaf, addawodd iddo ef ei hun.

Gwyliodd hithau ef yn ymadael ar gefn ei geffyl a throdd i bendroni am ei rôl hi fel mam. Pan fydd gwraig yn dal baban newydd-anedig yn ei breichiau nid oes modd iddi ddychmygu beth fydd ei ddyfodol, os yn wir y caiff ddyfodol. Ond un peth sy'n sicr, bydd yn fodlon ceisio'i amddiffyn hyd yr eithaf a sicrhau'r dyfodol hwnnw iddo.

*

Roedd Llyn Syfaddan yn adlewyrchu'r heulwen a min y tonnau'n disgleirio pan chwythai chwa o wynt drostynt. Dyma un o'r golygfeydd y dymunai John ei chadw'n fyw yn ei gof pan fyddai ymhell o fro ei febyd. Wrth i'w geffyl droedio ar hyd y llwybr cysgodol, gwelodd ffigwr trwy'r dail yn sefyll ar y lan ganllath i ffwrdd. Tynnodd John ar ffrwyn y ceffyl a sefyll yn stond. Ond fe welodd y ffigwr hwy a chwifiodd ei law. Aeth John ato'n ochelgar, ac wrth iddo nesáu sylwodd ar ei ymddangosiad. Fe wisgai gapan sgwâr a chlogyn hir tywyll. Roedd ganddo farf fain a llygaid du'n pefrio ac yn fflachio'n hudol, bron.

'Bore da, Mr Penry,' galwodd.

'Sut ydych chi'n f'adnabod?' holodd John yn syn.

'Pwy arall allai fod yn y cyffiniau hyn, yn edrych fel bonheddwr o fri, yn ei glogyn glas?'

'Syr, mae gennych fantais arnaf.'

Chwarddodd y dyn heb ddatgelu pwy ydoedd.

'Ga i fod mor eofn a gofyn beth sydd yn dod â chi i'r parthau hyn?' gofynnodd John.

'Drychwch i mewn i'r dŵr yn ofalus iawn.' Fe wthiodd John yn ysgafn a chamodd ef yn ôl. Chwarddodd y dyn a phwyntio i mewn i'r dŵr â'i gledd. 'Os gwnewch chi syllu i'r dyfnderoedd yn ddigon hir fe welwch chi anheddau dynion yr oes a fu'n dirgrynu yn y dyfnder,' meddai'n ddramatig.

Edrychodd John arno'n betrus.

'Mae'r gorffennol gyda ni bob amser, a hynny nid yn unig mewn llyfrau,' meddai'r dyn.

'A beth yw eich diddordeb yn y gorffennol?'

'Gweld ysbrydion y meirw ydw i. Gwneud iddynt ddod yn fyw eto, yn fy nychymyg. Oni welwch chi drigolion y llyn, onid ydynt yn galw arnoch chi?'

'Galw?' holodd John gan frwydro i guddio'i ofn. Nid oedd gwaith ei fywyd ond megis dechrau. 'Pam y bydden nhw'n galw arna i?'

'I ddweud bod eu hen gredoau yn ymgais i ddeall ystyr bywyd, fel credoau gwahanol bobl ym mhob man. Dysgu doethineb yr hen amseroedd i ni, dyna yw eu nod.'

'Ofn yr Arglwydd, dyna ddechrau doethineb,' meddai John yn dawel.

'Edrychwch, felly, ar waith Duw,' meddai'r dyn, gan dorri cangen o goeden gerllaw a'i hastudio. 'Welwch chi'r patrymau o fewn patrymau ar ymylon y dail? Mae angen mesuriadau di-ben-draw i'w creu.'

Roedd John wedi'i gyfareddu gan y dyn rhyfedd hwn er gwaethaf ei amheuon.

'A pham bod y dail yn wyrdd a'r gangen yn frown?'

Ysgydwodd John ei ben.

Edrychodd y dyn tua'r haul gan gysgodi'i lygaid â'i law. 'Mae'r haul yn mesur ei belydrau mewn meintiau gwahanol i greu'r holl liwiau, dyna pam. Mathemateg sydd wrth wraidd y bydysawd, gyfaill. Mae rhifau haniaethol yn troi'n bethau sylweddol.'

Sylwodd John fod un llogell ym mantell y gŵr od yn bochio ac fe ymatebodd y dyn i'w drem. Tynnodd ddarn o garreg dryloyw ohoni a'i throi yn ôl a blaen yng ngolau'r haul er mwyn dangos ei bod yn disgleirio.

'Yn awr fe gewch chi'r gwir ateb i'ch cwestiwn gynnau. Mae cwarts fel hyn yn fy nhynnu i'r parthau hyn. Byddaf yn chwilio amdanynt yn y creigiau ac o gwmpas y llyn.'

Roedd ofnau John yn dwysáu fwyfwy. 'Carreg y dewiniaid!' Daeth y geiriau o'i enau heb iddo feddwl.

Amneidiodd y dyn. 'Mae'r garreg yn bwerus iawn.'

'Ond, syr,' meddai John, 'perthyn i Dduw yn unig mae pŵer.'

'Ond mae Duw wedi rhoi ymennydd i ni ddeall y pŵer sy'n perthyn i'w Gread. Deall o dipyn i beth.'

Cydnabu John y rhesymeg yn ei ddadl, er na theimlai'n esmwyth yn ei gwmni.

'Hoffwn drafod ymhellach gyda chi, gyfaill,' meddai John, 'ond mae fy amser yn brin.'

Daeth gwên eironig i wefusau'r dyn. 'Rydych chi'n meddwl 'mod i'n ddewin, onid ydych chi?'

Esgynnodd John ar gefn ei geffyl heb ddweud gair.

'Ar ddechrau ein sgwrs soniais am y gorffennol,' meddai'r dyn. 'Wrth ganu'n iach rwy'n mynd i sôn am y dyfodol fel pob dewin gwerth ei halen. Rwy'n darogan y gwnaiff yr oesoedd a ddêl gofio amdanoch, Mr Penry. Byddwch yn gadael eich marc ar hanes.'

Sythodd John yn y cyfrwy ond ni fwriodd drem yn ôl.

'Rhwydd hynt i chi, Mr Penry, megis un rebel wrth un arall. Dowch i weld fy llyfrgell ym Mortlake pan fyddwch yn Llundain.'

Trodd John yn syfrdan wrth sylweddoli pwy ydoedd. Ond roedd y Dr John Dee wedi diflannu erbyn hynny.

13
Cynlluniau Priodas

Â I CYNLLUNIAU'R BRIODAS yn hwylus, er i John adael yr holl fusnes i Helen a Carys tra pendronai yntau ynglŷn â bywyd yr efeilliaid yn yr ysgol. Roedd yr ymosodiadau seicolegol yn eu herbyn gan rai o'u cyd-ddisgyblion wedi tawelu ond o'i safbwynt personol ef ei hun, cafodd hi'n anodd maddau iddynt. Ar yr un pryd, ystyriai'n dawel bach chwilio am swydd yn rhywle gwahanol, ymhell i ffwrdd. Roedd hysbyseb am swydd yng Nghaeredin wedi ymddangos ar y we ac wedi dechrau troi'r olwynion yn ei feddwl. Hoffai Gaeredin yn fawr iawn, gan fod naws unigryw iawn i'r lle a byddai'n ddinas gyffrous i fyw ynddi. Efallai y byddai croeso arbennig i bobl o'r gwledydd Celtaidd ymgeisio am swyddi. Roedd yn bryd iddo dorri cwys newydd, ond tybed a fyddai Helen yn cyd-weld ag ef yn hyn o beth? Beth am ei swydd hi? Byddai'n rhaid penderfynu yn derfynol yn ystod yr wythnosau nesaf fel y byddai ganddo ddigon o amser i ymddiswyddo pe bai'n cael cynnig swydd arall. Ceisiai fagu digon o ddewrder i fynegi ei syniadau a'i gynlluniau wrth Helen.

Teimlai'n ansicr, ond byddai'n rhaid iddo fod yn siriol a siaradus heno, gan fod Helen wedi gwahodd pobl draw i drafod y briodas. Dim ond y cylch mewnol fyddai'n dod, sef rhieni Tom a'r forwyn briodas oedd yn cydweithio gyda Carys yn yr asiantaeth deithio. Aeth Helen i lawer o drafferth oherwydd nad oedden nhw'n adnabod rhieni Tom yn dda.

Felly, roedd y cyllyll a ffyrc arian wedi'u gosod ar y ford, y llestri gorau wedi'u tynnu o'r dresel a blodau mawr persawrus wedi'u trefnu mewn llestr gwydr yn y canol. Treuliodd Helen y prynhawn Sadwrn cyfan yn y gegin yn rhostio eog a ffowlyn ffres a gawsai ym marchnad y ffermwyr a phobi melysfwyd yn ôl rysáit ei mam-gu. Roedd y cochni ar ei hwyneb yn brawf o'i hymdrech. Bu'n rhaid i Carys weithio'r diwrnod hwnnw, ond fe ddaeth o'i swyddfa yng Nghaerdydd cyn gynted ag y gallai.

'O, Mam, rwyt ti wedi gwneud y cwbl,' meddai wrth ddod i mewn i'r gegin trwy'r drws cefn a rhoi cusan ar foch boeth Helen. 'Diolch yn fawr. Ble mae Dad?'

Camu'n ôl a blaen yn yr ystafell fwyta roedd John.

'Fe fyddi di'n hoffi Richard a Margaret,' galwodd arno. 'Maen nhw'n bobl dawel, ond dymunol iawn.'

'Siŵr o fod,' atebodd John, gan geisio swnio'n bositif. Prin iawn ei fod e'n adnabod ei ddarpar fab-yng-nghyfraith, heb sôn am ei rieni.

'Ac Alys hefyd. Mae hi'n gymeriad. Yn llawn hwyl a sbri. Fe wnaiff hi forwyn briodas berffaith. Ble mae'r merched? Ydyn nhw am weld patrwm 'u ffrogie?'

'Dy'n nhw ddim yn rhyw awyddus iawn i eistedd wrth y ford 'da ni i gyd heno. Maen nhw wedi ca'l pitsa. Hwyrach y dôn nhw i lawr i weud "Helô" nes ymlaen,' meddai Helen yn ymddiheurgar. 'Cer lan llofft i ga'l gair 'da nhw.'

O fewn munudau rhedodd Lisa i lawr y grisiau a Seren yn ei sgil.

'Beth yw'r brys?' meddai Helen. 'Mae'n swnio fel 'tase'ch traed chi'n dod trwy'r lloriau.'

'Dy'n ni ddim yn mynd i wisgo hwn,' meddai Lisa, gan ddangos y llathenni o sidan piws oedd dros ei braich.

'Mae'n hyll,' meddai Seren.

'Paid â bod mor ddwl,' meddai Helen. 'Beth sy'n bod arno fe?'

Sylwodd ar Carys yn dod i lawr yn bwyllog ar eu holau a'i hwyneb yn bictiwr o siom.

'Bydd pawb yn chwerthin am 'yn penne ni.'

'Mae'n draddodiad i forynion wisgo pethe fel hyn mewn priodas, ferched. Chi'n gwbod 'ny,' atebodd Helen.

Ond fe wyddai'n iawn y byddai'r ddadl yn rhygnu ymlaen ac yn codi ei phen dro ar ôl tro yn ystod y misoedd nesaf. Doedd hi dim yn edrych ymlaen fel y dylai at y briodas, rhaid cyfaddef.

Daeth cnoc ar y drws cyn i Helen gael amser i gribo'i gwallt na newid ei hesgidiau. Cyrhaeddodd Alys yr un pryd â'r lleill ac ar ôl tipyn o ffwdan wrth barcio'r ceir, safai'r pedwar wrth garreg y drws. Daeth Margaret â thusw o flodau i Helen ac roedd hynny'n help i dorri'r garw. Er ei holl ymdrechion ni allai John gael gwared ar yr iselder a deimlai trwy'r dydd, ac felly doedd yr awyrgylch ddim mor hwyliog ag y dylai fod. Darganfu'n syth nad oedd ganddo ef a Richard fawr ddim yn gyffredin. Fel arfer, byddai Helen yn dod i'r adwy ar achlysuron fel hyn ond roedd hi'n rhy brysur yn rhuthro 'nôl a blaen i'r gegin. Digon nerfus oedd Carys a Tom, a rhywsut doedd sylwadau ffraeth Alys ddim yn ysgafnhau'r awyrgylch. Edrychai bord Helen yn wych, er efallai ychydig yn rhy ffurfiol gan wneud i bawb deimlo'n lletchwith braidd wrth fwyta'r saig cyntaf, yr eog.

'Helpwch eich hunain i'r llysie,' meddai Helen ar ôl estyn platiaid o gig i bawb.

'Beth y'ch chi'n feddwl am y syniad o fynd yr holl ffordd i'r Bahamas i weld eich mab yn priodi?' gofynnodd John, gan newid y testun o'r mân siarad a oedd wedi rheoli'r sgwrs tan hynny. Roedd yn hen bryd troi at y pethau pwysig.

'Ry'n ni'n edrych 'mlaen,' meddai Margaret yn siriol. Roedd hi'n amlwg yn wraig hawdd dod ymlaen â hi. 'Beth amdanoch chi? Bydd yn gyfle i ni ga'l gwylie 'fyd.'

'Gweld e braidd yn bell i fynd yno i briodi,' atebodd John. 'Dw i'n siŵr fod y Bahamas yn lle braf, ond dw i ddim yn un am wylie ar y tra'th.'

'Ble byddwch chi'n mynd ar 'ych gwylie, 'te?' gofynnodd Richard yn rhadlon. Roedd yn ŵr allblyg, naturiol ac yn wahanol i John, meddyliai Helen.

'O ran dewis, dw i'n hoff iawn o fynd i Ewrop a chwilio am safleoedd hanesyddol.'

'Bydd hyn yn gyfle i ti gael newid bach,' meddai Helen yn frysiog. 'Cadw'r traddodiade fydd John, yn gyndyn i newid.'

'Dychmygu gweld y seremoni mewn eglwys wledig, felly?' meddai Margaret.

'Hynny neu'r capel yn y pentre.'

'A siarad yn bersonol, dw i'n meddwl fod y dyddie hynny drosodd,' meddai Richard. 'Yn wir, holl fusnes capel ac eglwys.'

'Ofni dw i y bydd pethe gwaeth o lawer yn dod yn 'u lle nhw,' meddai John.

'Mae hwn yn bryd ardderchog o fwyd, Mrs Williams. Chi wedi bod yn brysur,' meddai Tom wrth ei ddarpar fam-yng-nghyfraith.

Teimlai Helen yn ddiolchgar iawn iddo. Gwir fod Tom yn fachgen tawel ond fe wyddai pryd i ymyrryd. Dyna a fyddai'n siŵr o'i wneud yn gyfreithiwr da, ryw ddiwrnod. Roedd e wedi creu argraff dda yn barod yn ei swyddfa, lle roedd yn gwneud ei erthyglau.

'Wyt ti wedi bwcio'r diwrnod yn y Sba ar gyfer parti'r c'wennod 'to, Carys?' gofynnodd Alys yn uchel, yn awyddus i lywio'r sgwrs i dir hapusach.

'O'n i'n meddwl taw dy waith di o'dd 'ny,' meddai Carys.

'Iawn, 'te. Gore po gynta. Dw i'n gwbod am le rili, rili da. Mae'n cynnig pecyn o driniaethe am bris rhesymol iawn.'

'Beth maen nhw'n 'i gynnig?' gofynnodd Carys.

'Mae e'n dechre 'da *massage*. Maen nhw'n tylino dy gorff di ag eli planhigion a gelli di'i brynu fe ar ddisgownt wedyn. Mae e'n help i gadw'r croen yn ifanc.'

'Do's dim angen pethe fel 'na arnoch chi,' meddai Helen.

'Byth yn rhy gynnar i ddechre, Mrs Williams,' atebodd Alys. 'Maen nhw'n cynnig Botox 'fyd i bobl 'ych oedran chi, cofiwch.'

Chwarddodd Helen i ddangos nad oedd hi wedi cael ei thramgwyddo. 'Dw i ddim yn meddwl y gall unrhyw beth wneud i rywun edrych yn ifancach. Hawdd dyfalu oed rhywun bob amser.'

'Mae llenwi'r croen â Botox yn siŵr o fod yn llawn mor beryglus â rhoi plwm gwyn ar 'ych wyneb, fel o'n nhw'n arfer neud adeg Elisabeth y Cyntaf,' awgrymodd John.

'Ta beth,' meddai Alys, 'mae stafell 'na sy'n edrych fel ogof a phob math o oleuade lle gallwch chi ddala grisial cwarts.'

'Pam?' holodd Tom.

'Mae cwarts yn dda i wella'r holl bethe sy'n mynd o le yn y corff.'

'Mae e'n edrych yn neis ar silff y pentan,' meddai John, 'ond do's 'da nhw ddim unrhyw rinwedde iachusol, credwch chi fi.'

'Shwt y'ch chi'n gwbod?'

'Wnaethoch chi ddim gwrando'n ddigon gofalus yn 'ych gwersi gwyddoniaeth, Alys,' meddai John.

'Ond mae e'n syniad hen iawn, Dad,' meddai Carys.

'Mae rhai syniade'n werth 'u cadw ond mae'n well anghofio'r lleill, fel eli i atal heneiddio a chrisiale hudol a rhyw nonsens fel 'na. Mae'r dyddie 'ny drosodd. Beth sy a wnelo diwrnod mewn sba â dechre bywyd priodasol, ta beth?'

Tro Helen oedd bod yn isel wedi i'w gwesteion adael, mor gynnar. 'Dw i'n gwbod bod 'da ti bethe ar dy feddwl,' meddai wrth John, 'ond dylet ti fod wedi neud mwy o ymdrech heno i fod yn hyblyg.'

Sylweddolodd John iddo osod penyd arno ef ei hunan: ni allai sôn wrth Helen am ei awydd i symud i fyw am yn hir ar ôl y swper.

14
Ysbïwr yn y Wasg

'RYDYCH CHI'N GWYBOD beth fydd y cam nesaf, onid ydych chi?' oedd ymateb Meistr Bancroft pan gyrhaeddodd Simon yn ôl gyda'i adroddiad. 'Rhaid i chi ymdreiddio i mewn i'w gwasg nhw a'm hysbysu am bopeth sy'n digwydd yno.'

'Sut gallaf i wneud hynny, syr?'

'Mater i chi fydd hynny. Ddylai hi ddim bod yn anodd eu perswadio eich bod yn argraffydd sy'n chwilio am waith.'

'Ond sut y galla i roi gwybod ichi am yr hyn fydd yn digwydd yno? Mae Llundain mor bell.'

Edrychodd y clerigwr yn ddiamynedd arno. 'Hwyrach, yn y dyfodol, y bydd dynion wedi dyfeisio ffordd o gadw gwyliadwriaeth ar ei gilydd a throsglwyddo'r wybodaeth mewn byr o dro. Ond ar hyn o bryd, mae hynny'n perthyn i fyd dewiniaeth. Yn y cyfamser, mae'n rhaid dibynnu ar rwydwaith i drosglwyddo'r negeseuon.'

'Bydd angen y manylion arnaf, felly,' meddai Simon.

'Rhof enw tŷ tafarn i chi. Chwiliwch am rywun sy'n gwisgo modrwy debyg i hon.'

Rhoddodd fodrwy fechan i Simon a thrwydded deithio.

*

Safai'r argraffwyr yng nghegin Mr Hales yn ei blasty yn Coventry. Gwnaethpwyd lle yno i gynnwys Gwasg y Pererin.

Parodd hyn anhwylustod mawr i'r gweision a'r morynion a weithiai yno ac a fyddai'n bwyta yn y gegin. O ganlyniad, bu'n rhaid iddynt ddefnyddio ystafell wag arall â lle tân ynddi ar lawr isaf y tŷ. Nid oedd y broses o goginio mor lletchwith â'r drafferth o gludo dŵr yn ôl a blaen mewn lle cymharol gul. Ond, gan eu bod hwy i gyd yn gredinwyr, fel Mr Hales a'i ewythr Syr Richard Knightley, roeddent yn barod i ddioddef hyn ac roedd y gyfrinach yn ddiogel gyda hwy. Er hynny, rywsut neu'i gilydd, daeth eu gelynion i wybod am fodolaeth y wasg, a'i hela o un lle i'r llall. Methai'r cyfeillion â deall sut y digwyddai hynny. Roedd cadw un cam ar y blaen iddynt yn straen ar eu nerfau yn ogystal â bod yn lluddedig i'w cyrff. Nid gwaith hawdd oedd symud y peirianwaith.

Yr argyfwng diwethaf oedd y gwaethaf. Bu'n rhaid newid lleoliad y wasg ar fyrder wedi i'r Archesgob Whitgift gasglu'r holl lyfrau a ystyriai'n ysgymun. Roedd Mr Waldegrave, y prif argraffydd, wedi dianc i'r Alban erbyn hynny a Mr Sharpe y rhwymwr wedi diflannu, yn unol â chyngor Syr Richard. Ond hyd yn oed yn awr, teimlai'r gweithwyr ei bod yn hen bryd i olynydd Mr Waldegrave gilio i dŷ Syr Roger Wigston, nid nepell i ffwrdd, gan ffugio mai busnes gwehyddu oedd ganddynt. Roedd ymweliad annymunol yr ustus, oedd yn esgus ei fod yn gyfaill i Mr Hales, wedi'u cynhyrfu.

'Beth a wyddon ni am Simon?' gofynnodd Mr Hales i John Penry pan gwrddodd y ddau i drafod y broblem yn y gweithdy ar ôl oriau gwaith. 'Efallai mai ef sydd yn ein bradychu.'

'Go brin,' atebodd John. 'Mae'n ymddangos fel gŵr ifanc diffuant. Pan drodd i mewn i'r gweithdy yn Northampton a gofyn am waith roedd golwg mor ymbilgar arno.'

'Yn sicr, roedd o gymorth mawr pan oedden ni wrthi'n cludo'r offer a'r sypiau o bapur ac wrth osod y ffrâm yn gadarn yn ei lle,' meddai Mr Hales.

'Mae ganddo nerth bôn braich hefyd a welsom wrth iddo drin y plât, ond eto, gwrthododd roi cynnig ar osod y teip,' meddai John.

'Roddodd e ddim esboniad digonol am ei absenoldeb yr wythnos ddiwetha, chwaith,' ychwanegodd Mr Hales.

Synhwyrodd John fod rhywun yn sefyll y tu ôl iddyn nhw. Cyffyrddodd yn llewys Mr Hales ac fe drodd y ddau ar yr un pryd i weld rhywun yn cysgodi wrth garreg y drws.

'Simon,' meddai John. 'Am ba hyd wyt ti wedi bod yn sefyll yn y fan yna?'

'Newydd ddod ydw i, syr,' atebodd Simon yn ddiniwed. 'Roedd y drws ar agor.'

Edrychodd John arno'n ofalus o'i gorun i'w sawdl. Yn y gwyll, sylwodd ar fflach y byclau ar ei esgidiau newydd ac ar y fodrwy a wisgai ar ei fys bach, felly roedd yn gwybod.

'Cefais i fy nhwyllo i feddwl dy fod ti'n fachgen diffuant, Simon, y gallen ni ddibynnu arnat ti,' meddai John yn drist. 'Rwyf bellach wedi sylweddoli fy nghamgymeriad, felly rhaid imi ofyn i ti fynd oddi yma nawr, a pheidio byth â dod yn ôl.'

Rhedodd Simon nerth ei draed dros gerrig mân y llwybr a arweiniai o ddrws y gegin at y llidiart ac ar draws y caeau tywyll.

'Pam y gadewaist iddo fynd?' gofynnodd Mr Hales.

'Gobeithio y gwnaiff e gofio am hynny ryw ddiwrnod, a gwneud cymwynas debyg â rhywun arall.'

Ysgydwodd Mr Hales ei ben yn anghrediniol.

15
Ffrind Ymysg y Mawrion

CYRHAEDDODD JOB THROGMORTON Lundain ar droed. Wedi gadael ei goets yng nghartws y dafarn yn Islington aeth i gyfeiriad afon Fleet a'r carchar dychrynllyd o'r un enw. Lledodd cryndod o ddicter trwyddo wrth feddwl am y rhai a orweddai y tu mewn oherwydd eu daliadau crefyddol – y Pabyddion a'r Diwygwyr yn gymysg. Roedd y rhwyg yn yr Eglwys wedi creu rhwyg yn ei deulu ef hyd yn oed. Roedd pob canrif wedi dod â'i chwyldro ei hun a chrefydd oedd wrth wraidd yr un presennol. Pris cyfrannu'n gyhoeddus oedd byw mewn perygl o gael eich cyhuddo o frad a chael eich taflu i garchar gan y rhai a feddai ar y grym ar y pryd. Nid oedd perthyn i deulu bonheddig yn amddiffynfa ychwaith. I'r gwrthwyneb, mewn gwirionedd.

Ar y chwith iddo roedd afon Tafwys fel stribed o blwm yn symud yn araf ac yn cludo badau, a'r rheini'n dilyn ei gilydd, rhai yn dosbarthu nwyddau a glo a rhai'n cludo pobl o un rhan o Lundain i ardal arall. Wrth grwydro ar hyd y strydoedd fel hyn fe lwyddai Job i amsugno awyrgylch y ddinas. Roedd y bythynnod bach to isel ynghlwm wrth ei gilydd yn taflu eu cysgod dros y strydoedd culion ac eto roeddent yn fywiog. Clywid cri plant yn chwarae pêl, tincial morthwyl y gof ar y gongl, sŵn berfa'n llawn maip, moron a ffrwythau cynnar, yn taranu dros y dramwyfa o gerrig mân a rhegfeydd y gyrrwr wrth i'r ferfa gael ei dal, o bryd i'w gilydd, yn y rhigol a redai ar hyd y ffordd. Daeth Job allan o'r stryd i olau'r haul a stryd ehangach. Daliai i anelu tua'r gorllewin, i lawr y Strand ond nid tuag at Dŷ'r Cyffredin y tro hwn.

Cawsai ei wahodd i gartref neb llai nag aelod disgleiriaf teulu Seisyllt, sef Arglwydd Burghley. Ni allai amau ei rym na'i ddylanwad ar y Frenhines, wrth iddo droedio trwy byrth o rwyllwaith cain. Y llyn mawr o flaen ei balas oedd y peth cyntaf a drawai'r llygad. Chwythai'r gwynt ddŵr y ffynnon yn y canol a disgynnai'r dafnau yn ôl ar osgo. Gloywai'r colofnau gwyn bob ochr i'r drws a safai dau was, mewn lifrai, wrth eu hymyl yn barod i groesawu ymwelwyr.

Cymerodd Job rai eiliadau i ymgynefino â thywyllwch y tu mewn. Wedyn fe sylwodd ar y grisiau eang yng nghanol y cyntedd a phenddelwau ymerawdwyr Rhufeinig yn syllu arno o gilfachau'r wal wyngalchog ar ben y grisiau. Uwch y penddelwau hyn fe hongiai tapestri yn darlunio myth Groegaidd. Teyrnged oedd yr adeilad i'r pensaer, Palladio, ac i'r Frenhines a'i hymerodraeth a oedd yn tyfu'n gyflym. Eithr, ar wahân i'r cyffyrddiadau cain diweddar hyn, rhyfeddai at geinder y pren tywyll caboledig y tu mewn, wedi'i gerfio'n feistrolgar yn yr hen ddull.

Roedd Arglwydd Burghley yn disgwyl amdano yn ei lyfrgell ar y llawr cyntaf. Roedd dau wydraid o win o Fenis a melysion siwgr ar ford fach yn barod i'r gwestai a'i westeiwr.

'Clywais eich bod yn Llundain,' meddai'r arglwydd gan amneidio â'i law at gadair y gallai Job eistedd ynddi. 'Ni allwn golli'r cyfle i'ch cyfarfod eto.'

A chyfle iddo yntau arddangos ei dŷ ysblennydd, meddyliodd Job.

'Mae fy hanes yn hysbys i chi,' atebodd Job, gan wybod na fyddai'n colli eironi'i eiriau.

'Mae'n anorfod bod gŵr mor weithgar â chi dros ryddfreiniau crefyddol yn cael ei adnabod pan ddaw i'r brifddinas.'

'Wedi dod i ymweld â rhai o'm hen gyfeillion yn Nhŷ'r Cyffredin ydw i.'

'Ac ennill noddwyr i gyfaill arall sy'n meddwl encilio am sbel.' Cododd yr arglwydd wydraid o win Sbaen i'w wefusau.

'Mae teithio'n fusnes costus, yn enwedig i ŵr â theulu. Clywais sôn mai'r Alban fydd pen y daith.'

Edrychodd y ddau i fyw llygaid ei gilydd am ennyd.

'Does gan y gŵr anffodus hwnnw fawr o ddewis, f'arglwydd,' meddai Job o'r diwedd. 'Yn fy marn i, mae'n cael cam.'

'Yn fy marn i, mae traethodau Marprelad yn anfadwaith.'

'Ac fe fyddai'r gŵr rydyn ni'n sôn amdano'n cytuno â chi.'

Cododd Burghley ei aeliau.

'Mae'n ŵr ifanc pur o galon. Ni ddaw gair annheilwng dros ei enau. Ceisio gwella'r Eglwys, nid ei difetha, mae ef.'

'Dyn distadl sydd wedi cael addysg ac o'r herwydd yn gweld cyfle i wneud ei farc mewn bywyd. Pam na all fodloni ar adael y fath faterion i lywodraeth ei Mawrhydi?'

'Mae addysg yn creu anfodlonrwydd. Dyna'i nod. Fel Canghcllor Caergrawnt fe wyddoch chi hynny, arglwydd.' Ceisiodd Job swnio mor ymostyngol ag y gallai.

'Mae wedi mynd yn rhy bell,' atebodd Burghley yn synfyfyriol. 'Mae'n ddyn ifanc byrbwyll. Pryd wnaiff e ddysgu bod newid pethau'n cymryd amser?'

'Rwy'n ei chael hi'n anodd bod yn amyneddgar fy hun.'

'Rhowch eich hun yn fy sefyllfa i, Job. Mae gen i Whitgift a Walsingham ar fy ngwar a'r ddau yn gweiddi "brad". Whitgift oherwydd y sarhad a deimla, a bod yn onest, oherwydd bod y feirniadaeth ar offeiriaid Eglwys Loegr yn pwyso ar y dolur, a Walsingham oherwydd bod gormod o gyw offeiriaid yn dychwelyd o goleg y Pab yn Rheims ac yn llithro trwy ei fysedd. Rwy'n croesi cleddyfau â dau elyn ar yr un pryd. Pwy a ŵyr na wna'r gŵr ifanc hwn godi gwrthryfel ac ymosod ar y deyrnas o'r Alban?'

'Heddychwr yw e.'

'Gobeithio eich bod yn iawn.'

'Wnewch chi mo'i rwystro, felly?'

Ochneidiodd Burghley. 'Os caiff ei rwystro, nid fi fydd yn gyfrifol.'

16
Anghydfod

'**G**A I AIR 'da chi?'

Roedd John wedi bod yn ymdroi yn y coridor y tu allan i swyddfa'r prifathro ers dechrau ei wers rydd nes iddo ymddangos o rywle.

'Dewch i mewn,' meddai'r prifathro, gan agor y drws a chynnig cadair. 'Be ga i neud i chi, John?'

'Dw i'n bryderus iawn ynglŷn â'r tecsts mae'r efeilliaid 'co'n eu derbyn ar 'u ffone symudol.'

'Maen nhw'n dal i'w ca'l nhw, ydyn nhw? Ro'n i'n meddwl 'u bod nhw wedi newid 'u rhife.'

'Ma pawb yn y dosbarth yn gwbod y rhife newydd, mae arna i ofon. Alla i ddim gweld bai arnyn nhw chwaith. Wedi'r cwbl, dyna mae'r ffôn yn dda.'

'Oes yna fygythiade?'

'Oes, ac mewn iaith frawychus 'fyd.'

'Brawychus?'

'Geirie na fynnwn i mo'u hailadrodd wrthoch chi.'

'Dy'ch chi ddim yn meddwl taw rhywbeth dros dro yw hyn ac y bydd pawb wedi anghofio amdano fe mewn dim? Falle taw 'u hanwybyddu yw'r peth gore.'

Edrychodd John arno'n anghrediniol.

'Cyn belled ag mae'r iaith yn y cwestiwn...' Ceisiodd y prifathro ei ddyhuddo wrth weld ei fod yn anfodlon. 'Ry'n ni'n cystadlu â'r we fyd-eang, gwaetha'r modd. Gosod esiampl yw'r unig ffordd o ddatrys y broblem, am wn i.'

'Dw i ddim yn credu bod hynny'n ffordd ddigon effeithiol o ddelio â'r achos arbennig hwn.'

'John, tybed oes a wnelo'r broblem â chi'n rhannol?'

'Beth y'ch chi'n feddwl?'

'Do'n i ddim yn mynd i sôn am hyn wrthoch chi, ond dw i wedi cael cwpl o gwynion unwaith eto'n ddiweddar yn ymwneud â rhai o'ch sylwade chi mewn gwersi.'

'Y Pierces 'na 'to? Ers pryd maen nhw'n arbenigwyr mewn Hanes?'

'Nid yn unig y Pierces ac nid mewn gwersi Hanes chwaith, mae arna i ofon.'

'Y cwrs Sylfaen, felly?'

'Ie. Y modiwl am grefyddau'r byd. Mae rhai'n dweud 'ych bod chi'n canolbwyntio ar storïe o'r Beibl ar draul y crefydde erill.'

'Wel, pam lai?' meddai John yn bendant.

Roedd wedi difaru iddo gytuno bod yn rhan o'r tîm i gynnal y pwnc arbrofol hwn, pwnc oedd i fod i gyflwyno cefndir ystod eang o bynciau eraill.

'Dw i'n parchu'ch daliade chi, John, a'ch ymlyniad wrth y pethau gorau, ond mae'n well osgoi'u gorbwysleisio rhag i'r plant ddiflasu.'

'Diflasu? Shwt all hynny ddigwydd pan nad y'n nhw erio'd wedi clywed y storïe cyn hyn?'

'Wna i ddim dadle 'da chi, John. Gair i gall, dyna'r cwbl. Fe wna i rybuddio'r ysgol gyfan bore fory y bydda i'n delio'n llym ag unrhyw un sy'n anfon tecsts ffiaidd. Ac wrth gwrs, bydda i'n ca'l gair bach 'da'r merched am yr holl achos.'

Aeth John i eistedd yn ystafell yr athrawon yn dawedog. Teimlai'n unig, ac ar hyn o bryd fe wyddai nad oedd ganddo lawer o ffrindiau agos ymhlith y staff. Sut y gallen nhw fod mor ddi-hid ynglŷn â'r dirywiad y sylwai ef arno? Nid dirywiad yn unig ond y ffaith eu bod wedi anghofio'r gorffennol a heb werthfawrogi ymdrechion eraill i ennill y manteision oedd ganddynt hwy nawr.

*

Roedd y coed ffawydd copr yn ysgwyd eu pennau deiliog uwchben y car wrth iddo ddringo i fyny'r dreif i'w gartref. Ymhyfrydai John yn yr encil yng nghysgod y coed. Fe fyddai'n chwith ganddo symud o'r cartref hwn. Sylwodd ar y pelydr o haul yn taflu stribed o olau ar draws y ford ar ganol yr ystafell a'r dresel oedd yn erbyn y pared. Roedd Helen wedi cyrraedd adref o'i flaen ac roedd hi'n brysur yn trefnu tusw o flodau gwyllt yn y lle tân, gan na fyddai angen cynnau tân yno am rai misoedd.

'Dw i wedi cael diwrnod uffernol,' meddai wrthi, gan ollwng ei becyn o lyfrau i'w marcio ar y llawr.

'Dwyt ti ddim yn swnio'n hapus iawn yn dy waith, John.'

Teimlai hi'n rhwystredig na allai mo'i helpu yn ystod ei gyfnodau o iselder, heblaw drwy wrando ar ei gwynion. Wedi iddo adrodd digwyddiadau'r diwrnod aethant allan i'r patio â gwydraid o win a chael gwrando ar ganu godidog yr adar wrth i'r dydd hwyrhau. A hwythau ddim ond wedi cymryd llymaid o'r gwin, clywsant ddrws car yn cael ei gau a sŵn traed yn agosáu at y giât wrth ochr y tŷ. Carys oedd yno er na fyddai hi fel arfer yn dod yn syth i'w gweld o'i gwaith.

'Mae hyn yn annisgwyl,' meddai Helen â gwên o bleser ar ei hwyneb. 'Tyrd i gael diod bach o win 'da ni.' Ond er i'w mam gynnig ei llaw iddi, roedd golwg anarferol o brudd ar wyneb Carys a'i llaw yn llac.

'Rhaid i fi weud wrthoch chi, cyn neud dim byd arall,' meddai wrth gyrraedd y ford fach fetel. 'Fydd y briodas ddim yn digwydd. Mae'n ddrwg 'da fi, Mam a Dad.'

Edrychodd Helen arni'n syfrdan. 'Beth sy wedi digwydd, Carys fach?'

'Mae Tom wedi ca'l llond bola ar 'i waith a mae e am agor 'i fusnes 'i hunan.'

'Pa fath?' Cododd John ei ben wrth ofyn y cwestiwn.

'Rhywbeth i neud â bwyd.'

'Dim bwyty arall, gobeithio,' meddai Helen. 'Mae digon ohonyn nhw yma'n barod!'

'Ble mae e'n mynd i ga'l yr arian?' holodd John.

'Mae'i dad yn mynd i fuddsoddi yn y busnes gyda fe.'

Gwingodd John ac fe sylwodd Carys arno.

'P'run bynnag,' meddai, 'mae'n ormod o fenter a does 'da fi ddim diddordeb.'

Roedd ei llais yn crynu a rhoddodd Helen ei breichiau amdani. 'Ai dyna pam ry'ch chi'n canslo'r briodas?' holodd.

'Mae Tom yn gweud hefyd nad yw'n teimlo'n barod eto.'

'Beth am y tŷ?' gofynnodd John.

'Mae Tom yn bwriadu gadael ac mae Alys wedi cynnig symud i mewn i rannu'r rhent.' Cuddiodd John ei bryder wrth glywed enw Alys.

'Paid â phoeni gormod,' meddai Helen yn gysurlon. 'Dwyt ti ddim yn gwbod, falle daw Tom at 'i goed yn y diwedd ac y bydd popeth yn iawn unwaith 'to.'

'Gobeithio'n wir,' meddai John. 'Rwyt ti wedi ca'l siom fawr, fy mach i.'

Ni allai Carys ymateb, oherwydd y dagrau a lenwai ei hwyneb.

'Bydd yn rhaid i fi dorri'r newyddion drwg wrth bawb, yn arbennig wrth y merched, cyn iddyn nhw glywed 'da rhywun arall. Ble maen nhw?'

'Lan llofft o flaen y sgrin,' dywedodd ei mam. 'Bydd yn siom fawr iddyn nhw, cofia.'

'Bydd,' cytunodd John. 'Bydd yn anodd iddyn nhw dderbyn

y newyddion ar y funud, ond dw i ddim yn meddwl y bydd e'n gymaint â hynny o siom iddyn nhw yn y pen draw.'

'Y siom o beidio â mynd i'r Bahamas neu'r ffaith na fydd priodas o gwbl?'

'Amser a ddengys.'

17
Ffoaduriaid

R OEDD Y WAWR yn llwyd ac yn oer er ei bod hi'n haf o hyd, ac nid oedd y lleuad yn ei disgleirdeb wedi diflannu o'r awyr, hyd yn hyn. Safai'r teulu bach yng nghyntedd y tŷ yn Northampton yn disgwyl i'r gweision fynd i nôl coets a cheffylau Mr Godley o'r stablau. Wrth glywed sŵn yr olwynion yn troi'r gongl tua drws blaen y tŷ, ehedodd dwy frân o'r coed dan grawcian. Aeth cryndod drwy gorff Eleanor ac fe afaelodd yn dynnach yn y siolau a lapiai'r baban ifanc yn ei breichiau. Gobeithiai na fyddai'r twrw yn deffro'r ferch fach a aned iddi rai misoedd ynghynt. Wrth edrych ar y greadures fach yn awr, ei llygaid ynghau a blew ei hamrannau mor fregus â gwawn, cododd dagrau i'w llygaid a theimlai wasgedd yn ei bron a'i gwddf. Beth a wynebai'r fechan hon yn y dyfodol? Roedd yr oes yn llawn peryglon. Eto i gyd, onid oedd pob oes yn debyg?

Ai peth creulon oedd geni plant? Fe'i ceryddodd ei hun am feddwl y fath gabledd. Byddai hon yn tyfu i ymuno yn y frwydr i sefydlu teyrnas Dduw ar y ddaear. Gwenodd John ar ei wraig i godi'i chalon. Deuai tad Eleanor gyda hwy i'w danfon i'w cartref newydd a bod o gymorth yn y dasg o'u hamddiffyn. Gweddïai John na fyddai angen hynny. Edrychodd ar dŷ ei thad wrth gamu ar y gris i'r goets.

'Bydd bywyd yn well yng Nghaeredin, cei di weld,' meddai John gan anwesu ei llaw. 'Mae cyfeillion da yn aros amdanon ni. Caf gyfle i ysgrifennu ar faterion o bwys ac fe gawn ddychwelyd pan fydd yn fwy diogel yma.'

Pendrymai Eleanor ar y daith arw ar hyd y lôn unig. Roedd y cerrig dan olwynion y goets yn fawr ac yn fân, ac yn ysgwyd ei chorff yn ddidrugaredd. Collasai gyfrif ar y diwrnodau y buont yn teithio ar y ffordd ac roedd yr holl dafarnau, lle caent lety, wedi troi yn un gybolfa fawr heb yr un nodwedd i'w gwahaniaethu yn ei meddwl. Roeddent i gyd wedi cael eu dihatru i'w hanfodion: waliau gwyngalch ym mhob un, distiau trwchus o bren yn eu dal wrth ei gilydd, y tu mewn a'r tu allan, lloriau cerrig llwyd a lle tân, lle byddai'r morynion yn creu canhwyllau a'u bysedd yn trochi'r brwyn mewn padell o wêr tawdd a'u troi'n gyflym nes iddynt galedu. Cawsant gwrw da a bwyd maethlon, gan gynnwys potes a chig eidion a llymru. Teimlai'n ddiolchgar am hynny am ei bod yn rhoi sugn i'r fechan. Er gwaethaf ei holl bryderon roedd y fechan yn ffynnu. Allai hi feiddio meddwl bod gan Dduw gynlluniau ar ei chyfer? Cymaint oedd ei chariad tuag ati, ond eto rhaid iddi gofio trwy'r amser mai perthyn i Dduw roedd hi, nid i'w mam a'i thad, ac y gallai Duw ei galw hi'n ôl unrhyw bryd. Er bod eu cynhaliaeth yn foddhaol, roedd eu hystafelloedd gwely yn aml yn llaith a'r gwlâu a wnaed o flew ceffylau, yn lle plu ffres, yn wrthun iddi, yn enwedig gan y byddai'n rhaid i'r fechan gysgu gyda hwy ar adegau.

Ar ddechrau'r daith fe gymerai ddiddordeb ym mhob tref farchnad a gyrhaeddent yn eu tro a gwylio'r jermyn ar ymyl y lôn a'r porthmyn yn gyrru eu da byw o flaen y goets. Ond erbyn hyn, prin y gallai gofio enwau'r lleoedd hynny, heb sôn am eu gosod yn eu trefn. Ceisiai gofio ym mha un y cawsant y profiad a allai fod wedi bod yn ddiwedd y daith iddynt i gyd. Ai yn Nottingham y digwyddodd hynny? Rhwng cwsg ac effro daeth darlun clir o'r cythrwfl i'w meddwl. Wrth i'r ceffylau, yn ewyn i gyd, dynnu'r goets dros gerrig mân mynedfa'r dafarn, edrychodd John trwy ffenestr y goets a gweld rhywbeth a'i cythruddodd. Ysgogodd ef y ddau was i yrru'n frysiog i'r stablau ac yna, ar ôl ei hebrwng hi a'r baban at ddrws cefn y dafarn rhuthrodd ef, a'i thad i'w ganlyn, i'r cyfeiriad lle gwelsai'r olygfa a'i cynhyrfodd. Wedi dringo'r grisiau i'r llofft y tu ôl i forwyn y dafarn, rhoddodd hithau'r baban ar gwrlid y gwely ac aeth i sbecian trwy'r ffenestr. Gwelodd arth enfawr wedi'i chlymu wrth bostyn a chŵn cynddeiriog yn ymosod arni. Roedd pyllau o waed ar y llawr. O amgylch yr anifeiliaid safai dynion, a hyd yn oed rai gwragedd carpiog yn bloeddio a chwerthin.

'Rhag eich cywilydd chi,' gwaeddodd John. 'Beth rydych chi'n wneud i un o greaduriaid Duw?'

Distawodd y bonllefau a'r symud.

'Mae Duw wedi'u rhoi ar y ddaear i ni wneud fel y mynnon ni â nhw,' gwaeddodd un o'r dorf. 'Cer o 'ma'r diawl!'

'Rwy'n erfyn arnoch chi i adael llonydd i'r creadur,' meddai John gan dorri'i ffordd trwy'r cylch o wylwyr.

'Beth sydd a wnelot ti â'r peth? Pa hawl sydd gen ti, ddieithryn?'

Gafaelodd y siaradwr ynddo ac ymunodd dau neu dri arall ag ef. Yna, ymddangosodd Mr Godley o rywle a phistol yn ei law.

'Cerwch oddi yma, bawb, neu fe wnewch ddioddef. Wyddoch chi ddim pwy rydych chi'n ei gam-drin.'

Wedi sylwi ar ymddangosiad bonheddig y ddau, fel petai am y tro cyntaf, ac ofni'r arf a gariai un, fe wasgarodd y dorf yn surbwch. Cydiodd eu meistri yn y cŵn a llwyddo i ddod â nhw dan reolaeth.

Roedd calon Eleanor yn dal i guro fel tabwrdd pan agorodd

John ddrws yr ystafell, ei wyneb yn wyn. Doedd dim rhaid iddi edliw wrtho.

'Mae'n ddrwg gen i, Eleanor,' meddai. 'Ddylswn i ddim bod wedi tynnu sylw ata i fy hun, ond alla i ddim dioddef gweld creulondeb fel yna. Eto i gyd, dylswn ystyried fy nghyfrifoldeb atat ti a'r ferch fach yn gynta.'

'John,' meddai hi ar ôl dod ati'i hun, 'wyddwn i ddim bod fy nhad yn cario arf mor beryglus â hwnna.'

'Roedd e'n mynnu dod â'r pistol, rhag ofn, ond dim ond er mwyn ei arddangos.'

'Wyt ti'n meddwl y daw cyfnod pan na fydd pobl yn malurio creaduriaid Duw a'r Cread?'

'Rhaid inni obeithio, Eleanor. Efallai, mewn cyfnodau mwy goleuedig.'

Y noson honno arhosodd y teulu yn eu llofftydd a gofyn i'w swper gael ei gludo iddynt. Chysgodd Eleanor nemor ddim trwy'r nos rhag ofn y buasai'n clywed curiad eu gormeswyr ar y drws. Ond diolch i Dduw, ni ddigwyddodd hynny, ac ar godiad y wawr ni chlywodd neb dincial carnau'r ceffylau'n ymadael ar draws y cerrig mân. Yn fuan iawn roedd pellter diogel rhyngddynt a'r dafarn lle bu bron i'r daith ddod i ben.

Deffrodd Eleanor o'i hatgofion. Roedd y siwrnai hon yn ddi-ben-draw, fel breuddwyd pan fydd rhywun yn anelu at gyrraedd rhywle, ond heb lwyddo i'w gyrraedd, gan deimlo rhwystredigaeth a digalondid.

'Deffra, Eleanor.' Clywodd John yn galw arni. Roedd y baban yn edrych i fyny arni o grud ei breichiau. Roedd ei thad yn gwenu hefyd o'i sedd gyferbyn. 'Rydyn ni bron wedi cyrraedd Durham. Edrycha trwy'r ffenestr ac fe gei di weld yr Eglwys Gadeiriol ar y gorwel.'

*

Roedd hi wedi nosi ac roedd Eleanor a'r baban wedi setlo yn yr ystafell lom a gawsant gan y tafarnwr. Eisteddai John a Mr Godley mewn congl dywyll yn y dafarn a dau gwpan piwter llawn cwrw yn barod i'w yfed ar y ford hirsgwar fach o'u blaen. Roedd y marwydos yn gloywi trwy'r lludw yn y lle tân. Yn y gongl arall eisteddai ffigwr yn gwisgo clogyn a chwcwll dros ei ben yn cuddio'i wyneb. Ond roedd yn amlwg ei fod yn eu hastudio. Ymhen ychydig, cododd ei gwpan ac amneidio i'w cyfeiriad.

'Iechyd da, foneddigion,' meddai.

Symudodd John yn anesmwyth ar ei fainc a chydnabu Mr Godley y dyn diethr yn ochelgar.

'Waeth i ni daflu amheuon o'r neilltu,' sibrydodd Mr Godley wrth John ymhen ychydig. 'Gwell adnabod y gelyn os gelyn ydi e.' Ac yna, meddai'n uchel wrth y dieithryn, 'Hoffech chi ymuno â ni, gyfaill?'

'Rwy'n gweld eich bod yn deithwyr fel rwyf innau,' meddai gan eistedd wrth ymyl John. 'Tad a mab ydych chi, ai e?'

'Mewn ffordd o siarad,' atebodd John.

'Ydych chi wedi gweld y dref eto?'

Ysgydwodd John ei ben ac wedyn mentro'r sylw, 'Rwy'n deall bod yr Eglwys Gadeiriol yn hardd.'

'Yn harddach byth cyn i'r torfeydd anwaraidd ei difrodi.'

'Rwy'n casáu pob difrod,' meddai John

'Ydych chi'n cyfeirio at rwygo llyfrau sanctaidd ein Heglwys Newydd neu falurio trysorau'r Hen Ffydd a ddigwyddodd wedyn?' gofynnodd y dieithryn.

'Mae hanner canrif ers hynny, ond mae'r oes yn troi'n fwy ysgeler yn ddyddiol,' meddai John, gan osgoi ateb ei gwestiwn yn uniongyrchol.

'Yn sicr, mae pethau wedi poethi yn ystod y degawd diwethaf a thywysogaethau yn cynllwynio i ddymchwel ein brenhines,' meddai'r gŵr anhysbys.

'Rwy'n tybio eich bod yn sôn am Frenin Sbaen,' meddai Mr Godley. 'Cafodd ef grasfa na fydd yn ei hanghofio.'

'Ei longwyr gafodd y grasfa,' oedd sylw John.

'Ond cawsom waredigaeth,' meddai'r dieithryn

'Dyw pobl yr Iseldiroedd ddim wedi bod mor ffodus. Glywsoch chi am yr heidiau sydd wedi ffoi i Lundain er mwyn osgoi'r erchyllterau a wnaiff Dug Parma yn enw Brenin Sbaen?' parhaodd John.

'Mae'r byd a'i ben i waered trwy wledydd Cred i gyd.' Ysgydwodd y dyn ei ben er nad oedd yn bosibl gweld ei wyneb. 'Rydyn ni'n nesáu at derfyn cyfnod.'

'Rydych chi'n swnio'n bendant,' meddai Mr Godley.

'Rydyn ni wedi derbyn arwyddion i'r perwyl hwnnw.'

'Pa arwyddion?' heriodd John. 'Rwy'n amheus o arwyddion.'

'Pan fydd brenhines eneiniog yn cael ei dienyddio, bydd dynion wedi cyflawni pechod anfaddeuol.'

'Rwy'n deall bod ei Mawrhydi yn edifar iawn am hynny,' meddai John.

Ymddangosai fel petai'r gŵr wedi ymgolli yn ei feddyliau. Dirgrynodd fflam y gannwyll oedd ar y ford a chafodd John gipolwg ar ei wyneb. Roedd e'n crychu ei dalcen.

'Rwyf wedi gweld enghreifftiau o gosbau annynol,' meddai o'r diwedd. 'Diberfeddu, llosgi pobl oherwydd yr hyn maen nhw'n ei gredu. Glywsoch chi am y wraig oedd yn byw o fewn taith diwrnod i'r fan hon a gafodd ei gwasgu i farwolaeth rhwng dwy garreg fawr am roi lloches i offeiriad? Dihangodd yr offeiriad ac mae wedi bod yn gwneud penyd byth ers hynny.'

'Barn Duw fydd yn eu disgwyl am eu casineb ac am ddefnyddio dulliau Satan,' meddai John.

'Rwy'n gweld eich bod yn cydymdeimlo, gyfaill,' meddai'r dyn.

'Pa wir addolwr na fyddai'n cydymdeimlo?'

'Rwy'n gweld bod gennym ni ddaliadau cyffredin.'

'A pha bethau fyddai'r rheini?'

'Y dyhead am ryddid i addoli, rhyddid i siarad o'r galon. Nid teyrnfradwriaeth mo hynny, nage?'

Taflodd Mr Godley olwg o rybudd tuag at John. Bu tawelwch am ennyd tra oedd y dieithryn yn dewis ei eiriau nesaf.

'Tybed ydych chi'n mynd i'r un lle â mi?' mentrodd o'r diwedd. 'Pererin wyf ar fy ffordd i weld beddrod Sant Cuthbert a'r creiriau a berthyn iddo.'

'Bendigedig yw y rhai na welsant, ac a gredasant,' dyfynnodd John.

'Mae ar rai angen canllawiau hefyd,' meddai'r dyn yn ofalus.

'Ond cariad at gyd-ddyn yw'r unig beth sydd yn cyfri yn y pen draw,' atebodd John. 'Grym ac awdurdod dynol yw'r gweddill.'

Ystyriodd y dyn eiriau John am ennyd heb symud. 'Mae'ch datganiad cyntaf yn wir bob gair, frawd. Cyn belled â hynny rydyn ni'n hollol gytûn,' meddai o'r diwedd. Yna, cododd ac ymadael.

'Mae'n amser i mi chwilio am gilfach i gysgu'r nos o dan y sêr,' meddai dros ei ysgwydd. 'Rhwydd hynt i chwi ar eich taith. I ble, ddwedsoch chi?'

'Ddywedson ni ddim,' meddai Mr Godley.

Gwenodd y dyn. 'Duw fo gyda chi, ble bynnag y byddwch.'

Pan oedd y tu hwnt i glyw, fe drodd Mr Godley at John. 'Ddylset ti ddim bod mor dafodrydd wrth siarad ag ef.'

'Digon hawdd gweld ei fod yn offeiriad wedi dychwelyd o goleg Rheims neu Rufain a newydd lanio yn Newcastle.'

'Dyw hynny ddim yn ei wneud yn llai peryglus. Er ei fod yn edrych fel offeiriad, fe all fod yn chwarae'r ffon ddwybig fel ysbïwr Whitgift neu Walsingham. Elli di ddim ymddiried mewn undyn byw.'

'Dyna union amcan ein gormeswyr, f'annwyl Mr Godley. Maent yn dibynnu ar ddiffyg ymddiriedaeth rhwng pobl.'

*

'Pa mor hir eto?' gofynnodd Eleanor wrth i fryniau a dolydd Cheviot agor o'u blaenau. Buont yn gyrru ers tipyn trwy fwa o goed a guddiai'r gorwel. Bellach roedd yr olygfa'n enfawr a lliwiau melyn a gwyrdd y caeau'n ymdoddi i'w gilydd gan greu cysgod llwyd ar yr ymylon. Roedd yn wlad mor ddinodwedd, ar wahân i ambell lwyn a choeden unig a dorrai ar draws glesni'r awyr. Ymhen ychydig cyraeddasant yr uchelfannau, a'r tir ar ochr Eleanor yn ffurfio dyffryn hir a dwfn ac afon yn rhedeg ar hyd-ddo. Mewn rhai mannau byddai'r ffordd yn culhau i fod yn ddim ond llwybr march ac roedd gerwinder yr arwyneb yn achosi trafferth mawr i olwynion y goets. Cafwyd digwyddiad argyfyngus wrth i'r olwynion suddo i bwll o laid, a hwnnw heb sychu na chaledu yn yr haul. Siglodd y goets yn frawychus. Nid oedd modd i ryddhau'r olwyn, na mynd yn ôl wysg eu cefn. O roddi un cam gwag roedd dibyn yn barod i'w derbyn. Llifai'r nerth o freichiau'r ddau was ac ymhen hir a hwyr, gyda John, Eleanor a'i thad yn eu cynorthwyo i wthio'r goets o'r tu ôl, llwyddasant i'w symud. Mor ddiolchgar oedd Eleanor i ddringo'n ôl i'w sedd a thawelu sgrechfeydd y ferch fach a adawyd yn gorwedd ar lain o laswellt. Yn ystod yr helynt, anghofiwyd blinder y daith.

'Rydyn ni'n nesáu at ben y daith,' meddai ei thad. Roedd tinc o ryddhad yn ei lais a diolchodd i Dduw am eu gwarchod rhag lladron pen ffordd.

Codai hwyliau John hefyd. Er gwaethaf caledi y siwrnai roedd y bryniau amwys eu hamlinelliad yn ei atgoffa o Fannau Brycheiniog. Bron na allai ei dwyllo'i hun ei fod yn dychwelyd adref.

Roedd hi'n nosi wrth i'r teulu gyrraedd cyrion Caeredin. Teimlai Eleanor yn drist wrth feddwl y byddai'n rhaid canu'n iach i'w thad wedi iddo gael ysbaid o rai dyddiau yn gorffwys ac adennill ei nerth ar gyfer y daith hir yn ôl i Northampton ar ei ben ei hun. Oni bai amdano ef, Mr Throgmorton a'i holl gymdeithion pybyr eraill yn y Ffydd, ni fyddent wedi llwyddo i ddianc, ac yn hwyr neu'n hwyrach byddai John yn nychu yn un o garchardai Llundain, fel cynifer o ddynion da eraill. Ar ôl gadael y goets a'r ceffylau yn y dafarn yn is i lawr, cerddasant ar hyd stryd gul, dywyll lle roedd y tai mor uchel nes bod y toeau'n diflannu yng ngwyll yr hwyr. Disgwyliai Mr Waldegrave yr argraffydd amdanynt. Daeth ei wyneb i'r golwg ym mhelydr y llusern a gariai i oleuo'r ffordd.

'Rydych chi wedi dod eich hun, yn hytrach nag anfon rhywun arall i'n cyfarfod,' cyfarchodd John ef gan afael yn ei ysgwyddau.

'Fel y gwneuthum bob nos ers i mi gael gair eich bod ar eich ffordd. Roedd yn esgus da i eistedd yn y dafarn a chlustfeinio am ddyfodiad coets 'run pryd. Ydi'r foneddiges yn gallu cerdded ychydig eto? Dyw'r gwesty ddim yn bell. Rhywbeth dros dro fydd e wrth gwrs. Ar ôl cwrdd â'r brodyr a'r chwiorydd cewch rywle gwell.'

Roedd Eleanor wedi hen benderfynu peidio â bod yn siomedig yn y llety a ddarparwyd iddynt. Teimlai'n ddiolchgar am gael lloches iddi hi, John a'u merch fach. Gwell fyddai peidio disgwyl gormod. Ar lawr cyntaf y tŷ a alwent yn gartref am ryw hyd y rhoddwyd hwy. Bu'n rhaid dringo grisiau pren, bregus yr olwg, ar ochr allanol y tŷ er mwyn mynd i mewn iddo. Roedd y tu mewn o bren hefyd ond nid oedd yn ymdebygu i'r pren gloyw, cerfiedig yr arferai hi ei weld. Digon garw hefyd oedd y distiau unionsyth a gynhaliai'r nenfwd, ac roedd y lloriau pren yn llwm heb yr un darn o frethyn dan draed. Safai dwy gadair bren yn ymyl y gwely a gadawai ffenestr fach fymryn o olau i mewn. Byddai'n rhaid rhannu'r ffwrn lawr llawr a byddai John yn gorfod cludo tanwydd a dŵr i fyny i'r ystafell. Nid oedd lle i forwyn na gwas. Teimlai John yn anghysurus.

'Rwyt ti'n haeddu gwell na hyn, Eleanor,' meddai.

'Mae'n hawdd cadw'r lle'n lân ac fe fydd yn glyd iawn ar ôl i mi brynu tipyn o frethyn i roi lliw a chysur yma.'

'Nid dyna roeddwn i'n feddwl. Gwell bywyd roeddwn i'n feddwl.'

'Ni wn beth fydd yr Arglwydd am i mi ei wneud, John,' atebodd hi'n dawel, 'ond fe wyddwn ar hyd y daith na fyddai'n orchwyl hawdd ac rwy'n barod i'w wynebu gyda thi.'

18
Gelyn y Wladwriaeth

Agorwyd llwybr i'r Archesgob ar ei hynt trwy balas Westminster yn union fel petai'r boneddigion a safai mewn grwpiau yno wedi cael eu hysgubo o'r neilltu gan ei fantell a chwifiai o ochr i ochr. Llwyddodd i fwrw golwg i'r dde ac i'r chwith a theimlai pawb ei lygaid du'n treiddio i mewn i'w meddyliau. Anelodd at ben pellaf yr ystafell, heibio i luniau'r oes a fu a addurnai'r waliau, ac esgyn y grisiau cerrig i Siambr y Sêr. Teimlai'n gartrefol yn y siambr hon a'i nenfwd serennog yn peri iddo feddwl am gynghanedd y ffurfafen.

Roedd wedi bod yn ddegawd argyfyngus iawn, ac eto pa ddegawd nad oedd felly yn y byd llygredig hwn? Cawsai'r wladwriaeth ei hachub ar sawl achlysur rhag ei gelynion ar y cyfandir ac fe gyrhaeddai adroddiadau am gyflafan arall oddi yno'n feunyddiol. Roedd perygl parhaus y byddai'r rhyfeloedd crefyddol yn ymestyn dros y Sianel. Aeth chwa o ddicter drwyddo wrth feddwl am wrthnawsedd y Piwritaniaid a'u traethodau ffiaidd. Byddai'n destun trafod yn bendant yn y cyfarfod heddiw. Onid oedd y gyfundrefn bresennol yn gyfaddawd teg? Cadwyd holl wirioneddau'r Ffydd a ddeilliodd o gynghorau Tadau'r Eglwys gan waredu'r wlad ar yr un pryd o reolaeth estron y Pab. Roedd y Pabyddion a'r Piwritaniaid yn haeddu artaith a marwolaeth.

Roedd y pwyllgor o bedwar yn disgwyl amdano a phentwr

o waith papur o'u blaenau ar y ford hir. Codasant a mwmial 'Eich Gras' wrth iddo gerdded i mewn a hawlio cadair y penteulu wrth y ford. Eisteddai Syr Christopher Hatton, yr Arglwydd Ganghellor, yn y pen arall.

Lledai hwnnw ei goesau hir dan y ford a phwyso'i benelin arni gan wneud yn siŵr fod ei fysedd cain i'w gweld. Cododd ei wyneb hardd tuag at yr Archesgob ac edrych i fyw ei lygaid. Nid oedd yn syndod fod y Frenhines mor hoff o Syr Christopher Hatton a'i bod wedi'i ddyrchafu i safle mor bwysig ar sail doniau cymedrol. Roedd William Cecil, Arglwydd Burghley, yn fodlon eistedd wrth ochr y ford hir. Dibynnai'r Frenhines arno'n llwyr ac felly nid oedd ei safle wrth y ford yn bwysig iddo ef. Roedd hynny'n amlwg yn ei ymarweddiad. Ac yntau'n bwyllog a diduedd roedd mewn gwrthgyferbyniad llwyr â'r dyn a lenwai'r sedd wrth ei ymyl, y Parchedig Feistr Bancroft, caplan Syr Christopher ac archerlidiwr y Piwritaniaid. Roedd Syr Francis Walsingham yn eistedd gyferbyn ag ef, dyn tawedog a llinellau dyfnion yn ei wyneb main.

'Rwy'n credu bod lle i'ch llongyfarch chi, Eich Gras,' llefarodd yr Arglwydd Ganghellor, Syr Christopher, 'a hefyd i ddiolch i Meistr Bancroft am ei ddiwydrwydd,' ychwanegodd braidd yn glaear.

'Os ydych yn cyfeirio at y flwyddyn, bron, o chwilio am y sawl sy'n ei alw ei hun yn Martin Marprelad a 'mod i heb gael smic o lwyddiant, serch holi'r holl dystion, ry'ch chi'n llygad eich lle, Arglwydd Ganghellor,' atebodd yr Archesgob Whitgift yn chwerw.

'Ond rydych chi wedi chwalu'r wasg waharddedig a dal dwsinau o'r rhai oedd yn ymwneud â hi,' meddai Arglwydd Burghley. 'Onid ydi hynny'n llwyddiant?'

'A gaf eich atgoffa,' atebodd yr Archesgob, 'fod y wasg

wedi symud o dŷ'r weddw Crane yn Surrey i faenordy Syr Richard Knightley yn Northampton, y lle'n ferw o Biwritaniaid gyda llaw, yna symud i drigfan Hale, ei nai, ac yn olaf i Fanceinion gan achub y blaen arnon ni bob tro.' Âi ei wyneb yn gochach a chochach gyda phob pwniad a roddai i'r ford. 'A hyn oll er ymdrechion ein hysbiwyr,' ychwanegodd gan fwrw golwg flin ar Meistr Bancroft.

'O edrych ar y dystiolaeth, rwy'n gweld bod y weddw Crane a'r gwragedd eraill wedi bod yn ddewr iawn,' meddai Arglwydd Burghley wrth hidlo drwy'r papurau o'i flaen.

'Defnydd hynod o'r gair "dewr",' atebodd yr Archesgob. 'Byddai herfeiddiol yn eu disgrifio'n well. Bid a fo am hynny, chawson ni ddim rhagor o wybodaeth gan y dynion ychwaith, ac mae pob un yn gwadu taw John Penry yw awdur traethodau Marprelad.'

'Mae profion ar y llawysgrifen yn amhendant, rwy'n deall,' meddai Arglwydd Burghley.

'Mae'n gynllwyn mudandod. Mae Udall yn wynebu marwolaeth am ei ysgrifau ac eto mae'n gwadu unrhyw wybodaeth am Marprelad,' meddai Bancroft. 'Y cyfan y gallaf ei ddirnad oddi wrth yr argraffwyr a'r rhwymwyr llyfrau yw bod Penry wedi ymweld â'r wasg. Gresyn na ddaliwyd ef yn y fan a'r lle.'

'Cyfaddefodd Syr Richard Knightley fod yr argraffydd, Waldegrave, wrth ei waith yn ystod ei absenoldeb yntau, yn ôl y papurau sydd o'm blaen,' meddai Arglwydd Burghley.

'Mae gwrêng a bonedd yn rhannu'r gwaith yn y busnes gwarthus hwn,' oedd sylw Syr Christopher.

'A dyna beth sy'n ei wneud mor beryglus,' meddai Bancroft. 'Maen nhw wedi gwneud cyff gwawd ohonon ni.'

'Ac eto, rydyn ni wedi gwysio'r doethuriaid gorau yn y

wlad at ein gwasanaeth i ddarganfod awduron y traethodau ysgeler hyn,' meddai'r Archesgob.

'Mae ymateb Nashe yn fethiant ac mae un yr Esgob Cooper yn waeth na methiant. Mae'r tyllau yn ei resymeg wedi bod o gymorth iddynt,' meddai Arglwydd Burghley.

'Wrth gwrs,' oedd sylw Syr Christopher, gan edrych ar Syr Francis. 'Mae'r rhan fwyaf o'n hadnoddau wedi eu neilltuo i ateb y bygythiad Pabyddol.'

'Ac yn dal i fynd tuag ato,' edliwiodd y Caplan Bancroft.

'Mae'r cnafon sy'n mynd dramor i gael eu hyfforddi yn fwy peryglus na'r Piwritaniaid,' atebodd Syr Francis Walsingham yn sarrug. 'Maent yn agor llifddorau. Dyna pam mae'n rhaid wrth lu o ysbiwyr. Ac er gwybodaeth, mae cryn dipyn o'm hadnoddau personol yn eu hariannu.'

'Rwy'n tueddu fwyfwy at bolisi o adael llonydd i'r Piwritaniaid,' meddai Arglwydd Burghley. 'Rwy'n cyfaddef i mi ofni gwrthryfel o'u tu nhw yn y gorffennol ond erbyn hyn rwyf o'r farn mai mewn geiriau yn unig y byddant yn lledaenu eu casineb. Tân drain, chwedl Dr Some.'

Edrychodd yr Archesgob yn filain arno.

'Yn fy nhyb i,' meddai Syr Christopher, 'mae ganddynt ormod o gefnogaeth ymysg yr Aelodau Seneddol.'

'Dyw'r drafodaeth hon yn datrys dim,' meddai'r Archesgob yn ddiamynedd. 'Mae'r gŵr John Penry yn benboethyn. Boed e'n Martin Marprelad neu beidio, ni fodlona ar ddim arall ond sicrhau cwymp yr Eglwys, fel rydyn ni'n ei hadnabod. Mae si ei fod wedi dianc i'r Alban.' Trodd i rythu ar Arglwydd Burghley. 'Mynnaf ddatgan ei fod yn elyn i'r wladwriaeth ac erfyn ar Frenin yr Alban i'w drosglwyddo i sefyll ei brawf.'

19
Byw yng Nghaeredin

ROEDD GENEDIGAETH Y ddwy eneth fach i John ac Eleanor Penry yn achos llawenydd a balchder ymysg aelodau'r *kirk* lle addolai'r teulu. Gwnaethant eu hawlio fel dwy Albanes fach i'w magu yn yr Achos, yn ogystal â'r ferch hynaf a oedd yn faban pan gyrhaeddodd ei rhieni. Roedd yr hynaf wrthi'n prysur ddysgu cerdded a chwympo bob yn ail, ac erbyn hyn byddai'n mwynhau cwmni'r plant mawr pan gynhelid cwrdd bob bore Sul. Dyddiau hapus i John ac Eleanor oeddynt.

Ar enedigaeth y ddwy ferch iau, cynorthwyodd brodyr a chwiorydd yn y Ffydd hwy i symud i dŷ gwag a berthynai i un ohonynt. Aeth y perchennog i'r Swistir, er mawr berygl iddo ef ei hun, er mwyn rhoi adroddiad am sefyllfa'u cyd-addolwyr oedd dan warchae creulon Dug Savoy, ar ran Brenin Sbaen. Câi John wahoddiad yn aml i bregethu yn y *kirk* a theimlai orfoledd wrth weld yr Eglwys yn yr Alban yn rhydd i ddewis dynion teilwng a diffuant i fod yn arweinwyr, ond profai ddigalondid ar y llaw arall, wrth feddwl pa mor bell oddi wrth y ddelfryd honno roedd y sefyllfa yng Nghymru.

Er ei fod ymysg ffrindiau, teflid cysgod dros ei feddwl a gyfatebai i'r un a deflid dros y ddinas gan gastell y Brenin Dafydd ers tair canrif a mwy. O'i safle ar ben y grib greigiog fe edrychai'r castell dros y ddinas, yn noddfa ac yn rhybudd ar yr un pryd wrth iddo estyn ei gysgod prudd dros y ddinas islaw. Un bore, pan oedd John yn cerdded ar ei ffordd i wasg Mr Waldegrave, fe ruthrodd lleidr o un o'r lonydd culion a'i fwrw i lawr. Cipiodd y llawysgrifau a gariai a diflannu i'r tarth trwchus a chwyrlïai o gwmpas y strydoedd yn ystod oriau cynnar y bore. Gwyddai John nad lleidr cyffredin mo hwn ond asiant yr Archesgob Whitgift. Roedd am ei waed ac roedd hyn yn rhybudd amserol i beidio â gadael i'w wyliadwriaeth lacio am funud. Cododd, gan ddiolch i Dduw na chawsai ei anafu a throdd am adref i ailysgrifennu'r gwaith oedd wedi mynd â chymaint o'i amser eisoes. Cawsai'r newydd drwg yn barod gan Job Throgmorton bod y wasg wedi cael ei symud o gartref Syr Roger a'r Foneddiges Wigston i Fanceinion, a'i bod wedi cael ei darganfod yn y fan honno hefyd gan Iarll Derby. Druan o'r argraffwyr. Ni chlywsai beth oedd wedi digwydd iddynt ar ôl cael eu dal. Ond ni allai'r Archesgob na'i was Bancroft fyth gasglu digon o dystiolaeth ffug yn ei erbyn i'w gyhuddo o fod yn Marprelad.

'Rwyt ti'n ôl yn fuan. Doedd Mr Waldegrave ddim yno?' holodd Eleanor wrth glymu boned un o'r merched. Roedden nhw ar fin mynd am dro.

'Penderfynais ailysgrifennu rhan o'r traethawd,' atebodd John gan osgoi dweud y gwir wrthi, rhag iddi boeni am ei ddiogelwch. 'Eleanor!' galwodd ar ei hôl. 'Fydd gen ti gwmni ar dy daith?'

'Paid â phoeni. Rwy'n gweld bod rhai o'r chwiorydd yn disgwyl amdanon ni ym mhen draw'r stryd.'

Eisteddodd John wrth y ford yn y fyfyrgell i weithio ar ei draethawd ar Eglwys Genefa. Ochneidiodd wrth feddwl bod yr holl amser a dreuliasai ar y gwaith wedi'i golli yn ogystal â'r llawysgrifau. Gobeithiai y gallai gofio'r geiriau roedd wedi'u dewis mor ofalus. Ceisiai esbonio a phoblogeiddio syniadau'r diwinyddion hyn drwy eu trosi o'r Lladin i'r Saesneg, ac fe ysgrifennodd ragair hefyd i ledaenu gwybodaeth yn dangos sut y dioddefai'r dinasyddion oddi ar law eu goresgynwyr o Sbaen. Eu hunig dramgwydd oedd eu hawydd i gyflwyno trefn y dyddiau cynnar i'r Eglwys. Yna, clywodd synau chwerthin a chrio'r merched bach ac fe deimlai ryddhad o wybod eu bod yn ôl yn ddiogel.

Tua chanol y prynhawn, clywyd rhywun yn curo ar ddrws y ffrynt. Roedd John wedi mynd am dro. Rhedodd Eleanor ar flaenau ei thraed, yn chwim ac yn dawel, i edrych trwy hollt ym mhren y drws. Gwisgai'r dieithryn lifrai gwas, hynny'n unig y gallai ei ganfod. Gallasai fod yn cario neges bwysig. A ddylai fentro? Cofiodd fod John yn credu y dylid ymddiried mewn pobl, hyd yn oed ar adegau fel hyn, ac felly agorodd gil y drws yn araf iddo. Ni ddisgwyliai'r dieithryn weld gwraig a thair o ferched bach, dwy yn ei breichiau ac un yn cydio yn ei sgert.

'Tŷ John Penry ydi hwn?' gofynnodd yn acen Caeredin.

'Na,' meddai Eleanor. 'Mae'r perchennog wedi mynd i ffwrdd a fi sy'n edrych ar ôl y tŷ nes daw e'n ôl.' Edrychodd y dyn mewn penbleth arni. 'Cymerodd drugaredd arnom gan nad oedd gennym unlle arall i fyw,' ychwanegodd hi.

'Ble'r aeth y perchennog?'

'I'r cyfandir ar fusnes.'

'Os dychwel Mr Penry yn ôl,' meddai ar ôl saib, 'dwedwch wrtho fod gwarant wedi'i chodi i'w arestio.'

Synhwyrai Eleanor ei fod yn ffrind ond ni ddangosodd ef ei fod yn gwybod pwy oedd hi.

'Beth mae wedi'i wneud?'

'Mae'n elyn i wladwriaeth Brenhines Lloegr.'

'A beth sydd a wnelo hynny â'r wlad hon?'

'Ymateb i lythyr a dderbyniodd oddi wrth y Frenhines

mae'r Brenin James ac am gadw ewyllys da rhwng y ddwy wlad.'

'Cwta dair blynedd sydd ers iddi ddienyddio'i fam frenhinol,' meddai Eleanor.

'Purion. Mae gŵr bonheddig wedi fy anfon i gyfleu'r neges i Mr Penry, beth bynnag. Dydd da i chi, foneddiges.' Moesymgrymodd y dyn a throi ar ei sawdl.

Suddodd Eleanor i'r llawr a dyna'r lle y daeth John o hyd iddi pan ddychwelodd funudau wedyn.

'O, John,' wylodd pan ymddangosodd. 'Rown i'n meddwl ei bod hi ar ben arnon ni. Mae gwarant i'th arestio.'

Fe'i cododd John hi a'i hanwesu. 'Mae'r rhybudd wedi ennill ychydig o amser i ni. Gwnaiff aelodau'r *kirk* ein hamddiffyn. Does fawr neb arall yn adnabod fy wyneb yma.'

'Onid ydi e'n ormod i'w ofyn ganddynt?'

'Maen nhw'n bobl ddewr. Ond dydw i ddim am fod yn fwrn arnyn nhw chwaith, ddim yn hwy na'r amser a gymer i mi ysgrifennu un traethawd arall.'

'Mae'r Frenhines wedi caledu ei chalon, onid yw hi, a does dim diogelwch i ni yn ei theyrnas,' meddai Eleanor gan fyfyrio'n uchel.

'Yn ôl yr hyn a glywaf gan Mr Throgmorton, mae hi'n ochri gyda'n cymdeithion yng Ngenefa ac eto mae'n ein hystyried ni'n fradwyr!'

'Ble'r awn ni, John? Dwyt ti ddim wedi sôn am Gymru yn ddiweddar.'

Ochneidiodd John. 'Rhaid imi fynd yn ôl i Lundain i ddwyn perswâd ar y dynion sy'n cyfri ac i gael gwrandawiad gan y Frenhines. Petawn i ond yn cael comisiwn ganddi i bregethu ymhlith fy mhobl a mynd â thi i fyw i Gymru.'

20
Capel a Chartref

EISTEDDAI JOHN YN y capel bach gwledig yn disgwyl i'r oedfa gychwyn. Clywai aroglau cryf y staen a daenwyd dros y pren i gadw'r pryf draw ac edrychai ar y waliau gwyn, lle roedd y paent wedi'i blicio gan y lleithder. Safai llestr ac ynddo flodau Mair ar golofn bren ar un ochr i'r pulpud. Nid oedd y cymylau wedi codi i adael yr heulwen trwodd ar y diwrnod hwnnw o haf cynnar, ac o ganlyniad roedd y tu mewn i'r adeilad yn ddilewyrch. Er bod yn rhaid teithio yno yn y car, roedd yn bwysig iddo wneud yr ymdrech i fod yn bresennol yng nghapel ei deulu.

Fe gysurai John ei hun wrth feddwl i genedlaethau o bobl fynychu'r capel hwn, er cyn lleied fyddai yno'n addoli y dyddiau hyn. Gallai ddeall pam nad oedd yr hen arferion at ddant pawb, ond fe ddaliai ef i werthfawrogi'r lle, fel seintwar i ymneilltuo iddi a chael ychydig o amser i anghofio'r holl ddigwyddiadau dibwys yn ei fywyd pob dydd. Ai ei genhedlaeth ef fyddai'r olaf i gwrdd fel hyn? Fyddai distawrwydd llethol yn disgyn ar y capeli a'r eglwysi neu a fyddai'n ddiwygiad o fath hollol wahanol yn y dyfodol? Hwyrach y byddai dehongliad newydd ar yr hen wirioneddau ac y byddai pobl yn gweld yr angen i addoli mewn ffyrdd newydd na ellid eu rhagweld na'u dychmygu ar hyn o bryd. Beth a ddigwyddai i'r emynau trosgynnol mewn oes felly? Sylwai trwy gil ei lygad ar y llond dwrn o hen bobl a ddeuai i mewn fesul un ac un ac eistedd yn araf yn eu seddau. Y gweddill ffyddlon.

Ni allai berswadio'r un o'r merched i ddod gydag ef. Roedd

gan Helen lawer o waith i'w wneud dros y Sul a dim gobaith i'w orffen cyn bore dydd Llun, heb sôn am dreulio awr a mwy yn y capel. Roedd gwaith ei swyddfa hi'n cynyddu'n wythnosol a Helen yn ffynnu ar gynghori pobl a dorasai'r gyfraith. Câi foddhad, weithiau, wrth achub pobl rhag y cymhlethdodau a grëwyd ganddynt hwy eu hunain. Nid oedd John yn gwarafun ei llwyddiant iddi. Efallai y câi yntau ragor o lwyddiant ei hun petai'n ymwneud llai â'r gorffennol a chanolbwyntio ar bethau cyfoes, a byw yn y presennol. Wedi'r cwbl, roedd yn ddigon o her i'r plant amgyffred yr holl newidiadau beunyddiol heb ddisgwyl iddynt wybod, mewn unrhyw fanylder, am ddigwyddiadau pedwar can mlynedd yn ôl. 'Roedd llai o hanes i'w ddysgu pan oeddech chi yn yr ysgol,' oedd sylw un disgybl, wrth iddo edliw i'r dosbarth eu hanwybodaeth. Rhaid cyfaddef fod y bachgen yn iawn. Gwenodd. Ond dyna'i natur, roedd y gorffennol yn bwysig iddo er na allai esbonio pam.

Efallai fod yr efeilliaid wedi gorffen eu gwaith cartref erbyn hyn ac yn ymlacio drwy chwarae gemau electronig. Roedd eu chwaer fach wedi mynd i barti. Doedd dim pwynt iddo bwyso arnynt i fynychu'r capel, yn enwedig gyda'r nos. Roedd ganddynt bethau llawer mwy cyffrous i'w gwneud heb sôn am waith cartref. Diolch i'r drefn, roedd y tair yn hoffi darllen. Roedd y tecstio wedi peidio hefyd ar ôl i'r ferch oedd yn gyfrifol bechu ac ennyn llid rhai eraill oedd â rhagor o ddylanwad yn y dosbarth na hi. Ar hyn o bryd gallai fod yn dawelach ei feddwl ac roedd yn deimlad braf. Camodd y pregethwr i'r pulpud a deffrodd John o'i synfyfyrdod.

*

Roedd Carys wedi manteisio ar y cyfle i ymweld â'i mam tra oedd ei thad yn y capel.

'Ydi popeth yn iawn?' gofynnodd Helen, wrth iddi gario dwy

97

gwpanaid o de i'r parlwr a suddo ar y soffa yn ymyl ei merch. Roedd dyddiad y briodas arfaethedig wedi bod bellach ac ni allai Helen fod yn siŵr pa effaith a gawsai hynny ar ei merch.

'Ydi, a nac ydi.' Cododd Carys ei hysgwyddau wrth ateb.

'Rwyt ti angen gwylie bach, 'ngeneth i. Fe fydd yn newid i ti fynd i weld Ffion yn canu'r piano yn Eisteddfod yr Urdd wythnos nesa ac aros mewn gwesty neis.'

'Alla i ddim, mae arna i ofn.'

'Ond Carys fach, ti wedi addo. Bydd Ffion mor siomedig.'

'Mae 'da fi ormod o waith. Adeg yma bydd pobl yn dod i mewn i'r swyddfa yn chwilio am wylie munud ola.'

Nid oedd Helen wedi'i darbwyllo. 'Mae'n fwy na hynny, on'd ydi?'

Amneidiodd Carys. 'Alla i ddim fforddio mynd.'

'Pam? Ydi'r ferch Alys 'na'n talu 'i rhan o'r rhent yn rheolaidd?'

'Ydi, ond mae coste cadw tŷ wedi codi rywsut.'

'Fuodd yr hyn wariest ti ar yr parti c'wennod ddim yn help, chwaith. Falle dyw e ddim yn syniad da ei gynnal, a'r briodas wedi'i chanslo…'

'Bydde pawb mor siomedig.'

'Dw i ddim yn gwbod beth dda'th dros dy ben di. Faint gostiodd e? Ry'n ni'n sôn am gwpl o filoedd, rhwng y diodydd, y triniaethe, y *limousine* a'r pryd o fwyd.'

'Rwyt ti'n swno fel Dad.'

'Mae e'n gweud y gwir, ti'n gwbod. Ry'ch chi'n rhoi'r pwysles ar y pethe dibwys y dyddie 'ma, a cholli golwg ar y pethe hanfodol.'

'Ro'dd e'n anodd tynnu'n ôl, Mam. Fel 'na mae pawb yn byw 'u bywyde.'

'Diolch byth dy fod ti wedi gallu canslo'r gwesty yn y Bahamas.'

Bu saib a daeth golwg bell dros wyneb Helen. 'Lwyddest ti ddim?'

Ysgydwodd Carys ei phen. 'Mynnodd y gwesty gadw'r blaendal.'

'Faint y cant o'dd hynny?'

'Tri deg.'

Ceisiodd Helen guddio ei braw.

'Ydi Tom wedi talu'i ran?'

'Dw i ddim wedi gofyn iddo fe. Fi dorrodd y berthynas.'

'Alla i ddim deall pam na allet ti fod wedi cadw pethe'n syml, neu'n symlach, o leia. Nid yr achlysur ydi'r peth pwysica am briodi.'

'Dim dyna'r cwbl, Mam,' cyfaddefodd Carys gan nad oedd dim byd i'w golli bellach, gan fod ei mam yn agosáu at galon y gwir.

'A'th nifer o ffrindie mas i'r Bahamas am wylie, am na allen nhw ganslo tocynne'r awyren, a gweld taw hen le digon siomedig oedd y gwesty.'

'Brwnt oedd e?'

'Na, dim hynny, ond do'dd dim golygfa o'r môr o rai stafelloedd a dim ond pwll nofio bach iawn oedd yno. Pethe fel 'na sy'n ofid i rai.'

'Gofid? Gwyn eu byd nhw, os taw dyna'r cwbl sy'n 'u poeni nhw!'

'Do's 'da fi ddim llawer o wir ffrindie ar ôl, Mam.'

'Dyw hynny ddim yn wir, dw i'n siŵr,' meddai Helen gan geisio'i chysuro. 'Mae pawb yn neud camgymeriade.'

'Paid â gweud wrth Dad, wnei di?'

'Wna i ddim. Ma 'da fe ddigon o brobleme 'i hunan, ond mae e'n siŵr o ddod i wbod yn hwyr neu'n hwyrach.'

'Bydd e'n sôn byth a beunydd bod diwylliant yr oes yn neud drwg i eneidie pobl. Ddeallith e byth sut y digwyddodd hyn i gyd.'

'Mae e wedi digwydd. A rwyt ti'n ddoethach o'r herwydd. Gwranda, fe gei di fenthyg tipyn bach o arian 'da fi, i ysgafnu'r baich.'

'Diolch, Mam.'

'Ar un amod. Cofia dy fod ti'n dala dy dir a ddim yn ildio i'r Alys benchwiban 'na.'

21
Dychwelyd i Lundain

ROEDD YN DDIWRNOD euraid ym mis Medi pan gyrhaeddodd John Penry y ddinas; yn wir, teimlai'n falch ei fod yn fyw ac yn dyst i harddwch y cread. Edrychai popeth yn lân ac yn fwyn yn gynnar yn y bore cyn i unrhyw un godi. Buan iawn y dechreuai'r frwydr feunyddiol i ennill eu tamaid, a'u hymwneud â chyd-ddyn. Eto, teimlai John yn obeithiol ac yn dawel ei feddwl yr ennyd honno. Roedd Eleanor a'r merched bach wedi torri eu siwrnai yn nhŷ ei thad yn Northampton, a gwyddai eu bod yn ddiogel ac yn gyfforddus am y tro. Fe âi i'w nôl ar ôl iddynt gael cyfle i orffwyso ac iddo ef allu chwilio am lety a phwyso a mesur y sefyllfa yn Llundain.

Bu'r daith o'r Alban yn galed ac yn drist. Wrth iddynt ganu'n iach i'w cyfeillion annwyl yn yr eglwys, gwyddai pawb fod y siawns o weld ei gilydd unwaith eto yn y bywyd hwn yn brin, er na soniodd neb am hynny. Cerddai John yn awr o'i lety, a oedd yn ymyl y gymuned a rannai ei grefydd yn Southwark. Roedd ar ei ffordd i gwrdd â'i ffrind a'i noddwr, Job Throgmorton, ar lannau afon Tafwys gyferbyn â San Steffan. Gafaelodd y ddau ym mreichiau ei gilydd ond roedd llawenydd y cyfarchiad yn gymysg â gofid. Roedd llygaid Job yn drist.

'Mae'r Achos dan lach greulon,' meddai. 'Mae John Udall, druan yn marw yn y Marshalsea ac mae'r gwaith o ddiwygio'r

Eglwys ar fin dod i ben, hyd y gwela i. Mae dynion da wedi digalonni.'

Mynegai wyneb John yr anobaith a deimlai.

'Mae Walsingham yn ddidrugaredd wrth y Pabyddion hefyd,' ychwanegodd Job. 'Ef a'i arteithwyr.'

'Clywais sôn am hynny ar fy nheithiau,' atebodd John yn ddigalon. '"Os dywed neb fy mod yn caru Duw, ac yn casáu ei frawd, yna celwyddog yw." Deialog yw'r ffordd ymlaen, nid artaith ac erlid.'

'Ofn gwrthryfel sydd wrth wraidd y cosbi enbyd hwn,' meddai Job.

'Y sawl sy'n defnyddio'r Ffydd i ennill a chadw eu grym yw gwir elynion y deyrnas hon a hefyd Teyrnas Dduw.'

Edrychodd Job o'i gwmpas yn bryderus. Âi ambell unigolyn heibio iddynt erbyn hyn.

'Cadw dy lais i lawr, John,' meddai.

'Beth am Dr Cartwright?' holodd John.

'Rwyf bron â chredu iddo roi'r gorau i'r frwydr ar ôl cael ei ollwng o'r Fleet y llynedd.'

'Ac yntau'n gymaint o ysgolhaig. Roedd e'n arfer cyflwyno'r ddadl dros symlrwydd yr Eglwys Fore mor wych.'

'Tân ar groen yr Archesgob.'

'Ond mae ymneilltuo'n llwyr gam yn rhy bell iddo,' meddyliai John yn uchel.

'Rhaid meddwl yn ddwys cyn mynd ar hyd y ffordd honno.'

'Bydd. Ni all Dr Cartwright dderbyn y dylai pob cynulleidfa fod yn rhydd i ddewis eu gweinidogion o'u plith eu hunain. Ond rwy'n credu fwyfwy taw dyna'r unig ffordd ymlaen os ydyn ni o ddifri am sefydlu Teyrnas Iesu Grist.'

*

Clywodd Mrs Penry sŵn carnau ceffyl ar y cerrig mân ar fuarth Cefn Brith. Llamodd ei chalon ac aeth i graffu trwy ffenestr gul y gegin fel y gwnaethai droeon cyn hynny. Ai John oedd yno? Oedd e wedi dod yn ddirybudd, er ei fod wedi addo anfon gair wythnosau'n ôl? Dywedasai yn y neges y byddai'n dod adref y cyfle cyntaf a gâi ar ôl dychwelyd i Lundain o'r Alban. Aeth siom trwy ei chalon pan gamodd ei pherthynas, Siencyn Jones, dros drothwy'r drws ond buan y trodd hwnnw'n bryder.

'Siencyn. O ble daethoch chi?'

'Cychwynnais o Lundain rai dyddiau yn ôl,' meddai gan dynnu ei het.

'Sut mae pethau tua Llundain 'na? Oes rhywbeth yn bod?'

'Mae John yn iawn. Mae gen i lythyr i chi.'

Estynnodd amlen ag ysgrifen John arni.

'Eisteddwch,' meddai.

'Wna i ddim, diolch. Fe'ch gadawaf mewn llonyddwch i ddarllen y llythyr. Fe alwaf eto ar fy ffordd yn ôl i Lundain i dderbyn yr ateb iddo.'

Ymlaen yr aeth i'w hen gartref, nid nepell i ffwrdd.

Ar ôl darllen y cyfarchion tyner arferol, symudodd llygaid Mrs Penry yn awchus dros weddill y llythyr.

'... Mae Eleanor a'r merched bach yn ffynnu ac ar hyn o bryd yn aros yn nhŷ Mr Godley yn Northampton. Cawsant y daith o'r Alban yn flinedig, wrth reswm, a phenderfynasom taw doethach fyddai iddynt dorri eu siwrnai ac aros gyda theulu Eleanor nes i mi gael cartref teilwng iddynt yn Llundain. Os Duw a'i myn, fe af i nôl fy nheulu ym mis Tachwedd.

'Pan gyrhaeddais yma ddeufis yn ôl cefais lety dros dro yn Long Lane yn ardal Southwark, sydd yn ganolfan i'r ffyddloniaid. Rydyn ni'n ymhyfrydu yn y cyfle a gawn i fod yn gymorth ac ymgeledd i'n gilydd.

'Erbyn hyn mae'r gobaith o ddiwygio Eglwys Loegr oddi mewn yn gwanychu ac mae'r Arglwydd wedi'n harwain i ymneilltuo'n llwyr, fel y gallwn gyflawni Ei waith. Cynhaliwn ein cyrddau mewn coetir pan fo'r tywydd yn braf, i osgoi llygaid ein gelynion, ac mewn gwahanol dai pan fo'r hinsawdd yn anffafriol. Gan fod y gaeaf yn prysur gau amdanom, cyfarfod mewn tai y byddwn ni gan amlaf. Rhaid symud mangre'r cwrdd i'n hachub ein hunain rhag cael ein taflu i garchar.

'A phwy yw ein gelynion, meddech chi? Mae'r sawl a chanddynt swyddi uchel yn Eglwys ein Brenhines yn ofni unrhyw newidiadau a fyddai o les i'w praidd. Maent yn benderfynol o gadw eu breintiau, eu cyfoeth a'u hawdurdod, costied a gostio, ac i'r perwyl hwn maent yn carcharu dynion da, dynion diniwed. Mae'r Cyfrin Gyngor yn rhoi rhwydd hynt i Archesgob Caergaint arestio pobl am gynnal eu gwasanaethau eu hunain yn hytrach na mynd i'r eglwys. Oherwydd dyna beth sy'n wych am ein heglwys newydd ni: mae pawb yn gyfartal ac mae gan bob un yr hawl i siarad, boed yn grydd neu'n saer neu'n siopwr. Os cânt eu dal, maent yn cael eu taflu i garchardai enbyd y ddinas, heb eu cyhuddo na'u dwyn i sefyll eu prawf o flaen llys gwlad. Maent yn gorfod tyngu llw i lys yr Eglwys, er taw llysoedd barn y wlad yn unig biau'r hawl honno.

'Mae fy nghyfeillion, Mr Barrowe a Mr Greenwood, wedi bod i mewn ac allan o'r Clink a'r Fleet ers dwy flynedd cyn dyfodiad yr Armada, bron bedair blynedd yn ôl i'r awron. Mae cryndod yn mynd trwy fêr fy esgyrn bob tro yr af heibio i Balas Lambeth a gweld y barrau haearn dros y ffenestri. I'r celloedd tanddaearol yn y fan honno y taflwyd y ddau ŵr bonheddig yn gyntaf. Llwyddodd Mr Greenwood i gael ei ollwng yn rhydd am gyfnod byr yn ddiweddar, trwy garedigrwydd ei geidwad. Cwrddais ag ef yn nhŷ Mr Rippon, yma yn Southwark. Roedd Mr Francis Johnson yn bresennol hefyd. Cafodd dröedigaeth, fel Sant Pawl, ar ôl darllen gwaith y brodyr Greenwood a Barrowe. Penodwyd ef yn fugail arnom yn nhŷ Mr Rippon y prynhawn hwnnw. Os ydyw'n rhan o ragluniaeth Duw, fe ddof innau yn fugail i'n hardal ni yng Nghymru, maes o law. Dyna fy ngobaith ond rhaid disgwyl i'r Arglwydd agor llygaid y Frenhines fel y gwêl anghenion ei phobl. Daw popeth i drefn ymhen amser Duw.

'Ar yr un pryd, mae'n destun pryder a loes i mi na welsoch chi mo'r plant eto, a'r hynaf yn bedair oed y flwyddyn hon. Gallaf eich sicrhau eu bod yn gwybod popeth amdanoch, Mam, eich wynepryd hardd, eich haelioni, eich aelwyd gysurus ac yn bennaf oll eich cariad. Maen nhw hefyd yn gwybod am eu gwreiddiau yng Nghymru a'r noddfa sydd i'w chael yno gyda chi a'm tylwyth bob amser. Rydych chi'n fythol bresennol yn y cyfnod argyfyngus hwn ac mae gwybod hyn yn rhoi'r nerth i mi ddyfalbarhau yng ngwaith yr Arglwydd. Beth bynnag a ddigwydd i mi rwy'n hyderus am y dyfodol. Ym mhlygiadau'r llythyr hwn fe ganfyddwch bortread bach o'r merched a frasluniais fy hun i chi, fel y gellwch ei roi yn eich loced. Fe wyddoch nad wyf yn ddyn sy'n caru eilunod gwag y byd, felly ystyriwch hyn yn eithriad.

'Anfonaf y llythyr hwn trwy law Siencyn Jones gyda'm holl barch a chariad.

Eich mab,

John.'

Darllenodd Mrs Penry y llythyr cyfan trwy ei dagrau.

*

Plygodd John Penry ei ben wrth fynd drwy ddrws y tŷ distadl yng nghanol y rhes yn Islington lle cynhelid cwrdd y bore ar y Sul niwlog hwn. Prin bod digon o ofod i'r gynulleidfa ac roedd rhaid i'r rhan fwyaf sefyll ar y llawr carreg. Roedd croestoriad o'r gymdeithas yn bresennol, rhai yn eu dillad gwaith treuliedig carpiog, di-liw a rhai'n gwisgo mentyll coeth, amryliw a choleri uchel gwyn yn cuddio'u gyddfau. Roedd gwragedd yno hefyd yn symud blith draphlith rhwng y dynion wrth iddynt ymuno. Ar ôl y gweddïau taer dros y carcharorion, dechreuodd John ar ei bregeth. Penderfynasai rannu'r syniadau a lenwai ei feddwl ar y pryd.

'Frodyr a chwiorydd yn yr Arglwydd, rydyn ni'n byw mewn oes pan fo'n harweinwyr ysbrydol a thymhorol bellach ar gyfeiliorn. Ni fynnant wybod y gwir. Mae'r gwir yn dal drych o'u blaen ac mae'n anodd i ddynion meidrol dderbyn yr hyn a welant yn y drych hwnnw. Haws parhau â'u camgymeriadau cyfforddus na newid eu ffyrdd. Ni wrandawant ar y gwirionedd yn union fel na wrandawodd pobl Israel ar y proffwyd Jeremia pan oedd yn darogan eu caethiwed. Nid yw'r gwir yn niweidio tywysogion, ond mae cynghorwyr bydol yn gwyrdroi'r gwirionedd yng nghlustiau ei Mawrhydi ac mae hi'n adeiladu ei Heglwys ar sail gwrthrychau gau. Wedi dweud hynny, hi yw ein tywysog bydol ac mae'n rhaid dioddef ei llid, gan erfyn ar i Dduw anfon gwell cynghorwyr ati yn Ei amser da Ei Hun. Fel y bu i Cora, Dathan ac Abiram herio Moses, a eneiniwyd gan Dduw, yn yr un modd mae cynghorwyr ei Mawrhydi yn anufudd i air Crist ac fe gânt eu difa yn y tân os na wnânt edifarhau am eu pechod. Ni ddymunwn i neb, nid hyd yn oed ein gelynion, ddioddef galar na gwewyr. Oes, mae rhai o nodweddion y blaidd yn y natur ddynol ond fe all Iesu

Grist drawsnewid hynny. Gadewch i ni weddïo drostynt hwy a throsom ni ein hunain.'

Wedi'r oedfa, arhosodd rhai i fwyta bara a chaws yng nghwmni ei gilydd gan ymadael fesul un rhag tynnu sylw at y cyfarfod ac i roi rhybudd i'r rhai oedd yn dal yno, pe baent yn gweld perygl. Aeth John Penry allan ar ei ben ei hun ac anelu'n syth am adref ar droed.

22
Trais yn y Ddinas

ROEDD YN BRYNHAWN prysur yng Nghaerdydd. Ar hyd Stryd y Frenhines roedd y stondinau arferol wedi'u llwytho â gwahanol nwyddau y gellid eu cludo i'r gêm fawr yn Stadiwm y Mileniwm. Chwifiai rhai gwerthwyr falŵns coch, gwyn a gwyrdd, rhai ar siâp cennin Pedr neu genhinen anferth, ac roedd rhai cefnogwyr wedi lapio baner y ddraig amdanynt ac eraill wedi prynu ffyn, a allai fflachio lliwiau'r tîm i'w plant. Bob hyn a hyn seiniai corn dros y bwrlwm a grëwyd gan y dyrfa, ac roedd pawb yn amlwg mewn hwyliau da. Cyn i'r gêm ddechrau, roedd digon o amser i brynu selsig, nionod a bara i'w mwynhau ar y stryd. Edrychai pawb ymlaen at gael prynhawn difyr a difalais yn erbyn yr hen elyn.

Ar hyd Stryd Westgate a arweiniai at y stadiwm roedd yr heddlu wedi gwahardd mynediad i drafnidiaeth ac wedi cymryd eu safleoedd yno'n barod i reoli'r dorf. Cerddent yn ôl a blaen yn eu ffurfwisg felen lachar, a'u breichiau ar led i ddangos eu hawdurdod. Safai tri ambiwlans wrth ochr mynedfa'r stadiwm, rhag ofn y byddai unrhyw anffawd.

Tra oedd y cefnogwyr yn mwynhau'r awr cyn y gêm yng nghanol y ddinas, manteisiai gweithwyr yr Amgueddfa Genedlaethol ar yr heddwch prin a geid yno ar brynhawn Sadwrn gêm. Nid oedd yno goetsys llawn mewn rhes y tu allan, na phlant yn rhedeg i fyny'r grisiau carreg at y drysau tro. Felly, nid oedd y neuadd yn atseinio â lleisiau ifanc, a doedd dim plant yn rhuthro'n ddibwrpas ac yn cario dinosoriaid plastig o'r siop. Roedd ambell oedolyn pwysig yr olwg yn crwydro o gwmpas yr orielau ar y llawr cyntaf, ond fyddai dim angen cadw llygad manwl arnyn nhw. Fe gâi'r ceidwaid sefyllian ar hyd y lle yn mân sgwrsio a byddai hyd yn oed gyfle iddynt gymryd eu tro i wylio'r gêm ar y set deledu yn y swyddfa.

O gyfeiriad y Bae, cerddai gwraig yn araf ar hyd Rhodfa Lloyd George i gyfeiriad Sgwâr Callaghan a'r orsaf. Ymddangosai fel petai hi'n arnofio ar y lôn hir gan fod llathenni ei gwisg laes fel petaent yn ysgubo'r palmant. Roedd ei symudiadau'n osgeiddig, er ei bod hi'n amlwg yn feichiog, ei hwyneb wedi'i guddio, heblaw am ei llygaid a ganolbwyntiai ar y ffordd o'i blaen. Aeth heibio i Eglwys y Santes Fair a sylwi ar y tyrau unigryw a'r rheini'n ymddangos fel petaent yn dal y cymylau uwch eu pennau. Roedd yn rhaid iddi gyrraedd y caffi yn y dref erbyn canol y prynhawn.

Pan gyrhaeddodd hi'r siopau, yn agos at yr orsaf, roedd y cyffro yn y dref wedi ymdawelu, gan fod y dorf bellach i mewn yn y stadiwm yn gweiddi'n groch ac yn dystion bod y gêm yn ei hanterth. Daeth o hyd i'r caffi yn rhodfa hir Canolfan Newydd Dewi Sant, caffi a byrddau bach crwn ynddo a rhai ohonynt wedi'u gosod ar y rhodfa y tu allan. Mwmialodd rywbeth am gwpanaid o de ac wrth weld ei chyflwr cynigiodd y weinyddes radlon ddod â'r ddiod draw ati i'r sedd yn y gongl. Rhyfeddai rhai fod gwraig wedi'i gwisgo fel hon yn yfed te mewn caffi ar ei phen ei hun, ond eto mae llawer o bobl wahanol i'w cael mewn dinas. Daliai'r wraig ei ffôn symudol wrth ei chlust, gan ei guddio â'i chwcwll du, a sylwodd y weinyddes ei bod wedi colli te yn y soser. Roedd y siopau'n prysuro, arwydd bod y gêm yn dirwyn i ben, ac yn fuan byddai'r caffi'n llawn o bobl.

Yn y pellter, clywyd sŵn iasol seiren uchel, nes codi braw ar wynebau'r cwsmeriaid. Yna, roedd sŵn fel taran sydyn uwchben. Dychrynwyd pawb a syrthiodd distawrwydd dros y lle, ar wahân i un bachgen bach yn llefain yn uchel. Ganllath i ffwrdd, fel yr hed y frân, yn Stryd Westgate, roedd ambiwlans wedi ffrwydro a chwythu ffenestr wydr yr adeilad gyferbyn yn deilchion. Er bod yr ambiwlans ar dân, trwy drugaredd doedd neb wedi'i anafu gan fod y dorf yn dal yn y stadiwm. Sylwodd heddwas fod y ddau baramedic, a fu yn yr ambiwlans, yn ymddwyn yn rhyfedd, ac wrth iddynt gerdded i lawr y stryd yn ysmygu, gwawriodd y gwir arno. Cipiwyd y ddau wrth eu gwar, taflwyd eu ffonau symudol ar y stryd, clymwyd eu dwylo y tu ôl i'w cefnau cyn eu hyrddio i gerbyd yr heddlu. Rhuthrodd heddweision i mewn i'r stadiwm a rhoddwyd gorchymyn i'r stiwardiaid gadw'r dorf yno, oherwydd y trafferthion y tu allan.

Tua'r un adeg, cerddodd tri dyn i mewn i'r amgueddfa a throi am y grisiau marmor ar y dde. Ceisiodd y swyddog wrth y dderbynfa gelu ei anfodlonrwydd. Pam eu bod wedi dewis dod i mewn mor hwyr y prynhawn a chymaint i'w weld yno? Gan eu bod yn ymddangos fel ymwelwyr tramor, byddent yn siŵr o gymryd eu hamser a holi llawer o gwestiynau. Roedd ei gyd-weithwyr wedi gobeithio coroni prynhawn tawel drwy gau'r orielau'n gynnar. Ni sylwodd fod un ohonynt yn cario bag, a hwnnw wedi'i guddio, wrth iddynt gerdded yn agos at ei gilydd. Cyraeddasant yr oriel lle cedwir casgliadau gwerthfawr peintiadau'r argraffiadwyr, rhodd amhrisiadwy Gwendoline a Margaret Davies. Gosododd y dynion eu bag wrth draed *La Parisienne* gan Renoir.

'Chaiff hi ddim arddangos ei hun mor haerllug byth eto,' meddai'r un a gariai'r bag.

Ond dyna oedd ei gamgymeriad, am i'w eiriau gael eu clywed gan ferch, ceidwad yr oriel nesaf at y llun. Wedi un edrychiad chwim ar y bag sylweddolodd fod argyfwng. Roedd y gwersi karate a gawsai wedi talu ar eu canfed o'r diwedd. Parlyswyd hwy am ennyd gan sydynrwydd ei hymosodiad. Bwriodd hi'r teclyn o law cludwr y bag a sgrechiodd am help. Rhedodd y tri dyn i lawr y grisiau ac anelu am ddrws y fynedfa. Dihangodd dau, gan gynnwys yr un a fwriadai ddefnyddio'r teclyn i ddinistrio *La Parisienne* a'r holl oriel. Daliwyd y trydydd wrth iddo faglu yn y gerddi dros y ffordd i'r amgueddfa.

Yn ôl yn y caffi, wrth glywed yr holl gythrwfl o'i chwmpas, suddodd pen y wraig i mewn i'w hysgwyddau.

'Alla i ddim neud hyn, alla i ddim,' meddai mewn llais toredig. Trodd pawb i syllu arni. Yr ing yn ei llais a dynnodd eu sylw. Ing llais dyn ydoedd. Yn ddewr ac yn ochelgar iawn dynesodd dyn ifanc tuag at y dyn hwnnw yn y gadair. O dan y gŵn du, nid baban a gariai yn ei groth ond rhywbeth caled, sgwâr. Gadawodd iddynt gymryd ei ŵn a'i fwgwd a chlymu ei ddwylo y tu ôl i'r gadair. Rhoddwyd caniad i'r heddlu i ddod a chymryd gofal o'i beiriant angheuol.

*

Treulio prynhawn yn yr ardd roedd John, yn sgubo'r dail oddi ar y lawnt a'r llwybrau yn hamddenol braf, gan gymryd pleser wrth gyflawni'r dasg. Croesawai'r cyfle i fod allan yn yr awyr agored ar brynhawn mwyn fel hwn, a pheraroglau'r hydref yn llenwi'r awyr. Treiddiai'r heulwen rhwng canghennau'r coed a gwneud i'r dail olaf ddisgleirio fel arian. Ymhen ychydig dechreuodd y cymylau ymgasglu a throi'n llwydlas. Saethai stribedi o oleuni fel edafedd melyn trwyddynt. Deuai awyrgylch fel hyn ag adlewyrchiad o ddedwyddwch anghofiedig y gorffennol pell yn ôl iddo. Pentyrru'r dail ar waelod yr ardd yr oedd pan ganodd y teleffon. Yn ddiamynedd brysiodd i dynnu ei fenig a chicio ei fŵts o'r neilltu, ond methodd gyrraedd y tŷ mewn pryd i'w ateb.

'Dad? Mam? Y'ch chi wedi clywed y newyddion?' Llais Carys oedd ar y peiriant ateb a chynnwrf yn ei llais. 'Mae trafferthion wedi bod yn y dre. Maen nhw wedi torri ar draws rhaglen Radio Cymru i weud bod rhywun wedi trio ffrwydro bom yno. Ffoniwch pan allwch chi, plis!'

Arswydodd John pan glywodd y neges: roedd Helen a'r merched

wedi mynd i siopa yn y dref, yn ôl eu harfer ar brynhawn Sadwrn. Ceisiodd ffonio Carys yn ôl yn syth ond roedd y lein yn brysur. Dechreuodd gerdded 'nôl a blaen o un pen i'r ystafell i'r llall mewn gwewyr meddwl. Edrychodd ar ei oriawr. Dylent fod wedi cyrraedd adref ymhell cyn hyn. Roedd wedi colli golwg ar yr amser yn yr ardd. Yna sylwodd ar ffôn symudol Helen ar y ford wedi'i blygio i mewn i'r soced trydan. Ond yn sicr, byddai'r merched wedi mynd â'u ffonau gyda nhw. Wrth iddo estyn am ffôn y tŷ cofiodd nad oedd ganddo unrhyw syniad beth oedd eu rhifau newydd.

Tra oedd wrthi'n chwilio amdanynt canodd y ffôn eto a chydiodd John ynddo.

'John.' Llais Helen oedd yno.

'Helen, ble'r wyt ti? Wyt ti a'r plant yn iawn?'

'Ry'n ni yn y car ar 'yn ffordd gatre, ond mae uffarn o dagfa traffig 'ma.'

'Pam wnest ti ddim ffonio cyn hyn? Dw i wedi bod yn poeni'n ofnadwy.'

'Wel, bu'n rhaid i ni ruthro am y maes parcio a gweu'n ffordd mas rhwng y ceir erill. Ry'n ni wedi'n dal ar Ffordd y Gogledd. Mae'r heddlu'n stopio ceir er mwyn holi'r gyrwyr.'

'Shwt wyt ti'n gwbod?'

'Ges i neges gan un o'r gyrwyr yn y dagfa. Gallen ni fod 'ma am hydoedd, mae arna i ofon.'

'Wyt ti'n gwbod mwy am be ddigwyddodd?'

'Dim ond bod bom wedi ffrwydro a bod pawb wedi rhedeg am 'u bywyde.'

'Pa mor agos oeddech chi at y bom?'

'Ro'n ni'n iste mewn caffi a chlywon ni daran o sŵn. Gwranda, John, rhaid cadw batri'r ffôn, rhag ofon. Dweda i'r hanes pan gyrhaeddwn ni gatre.'

Ymhen hir a hwyr clywodd John y car yn cyrraedd, agorodd y drws a chofleidio'i deulu.

'Newydd glywed ar y radio,' meddai, 'do's neb wedi'i anafu.'

'Na, trwy ryw ryfedd wyrth,' meddai Helen. 'Ond mae dihirod ar led sy wedi penderfynu'n dinistrio ni, yma yng Nghaerdydd.'

'Dad, pam bo nhw moyn lladd pobl dy'n nhw ddim hyd yn oed yn 'u nabod,' gofynnodd Ffion, 'pobl sy ddim wedi neud dim byd iddyn nhw?'

Doedd dim ateb gan John. Pwy fyddai'n meddwl y deuai trais fel hyn i Gaerdydd?

2 3
Gormes yn Llundain

A R ÔL I John ddod ag Eleanor a'r merched o Northampton i Lundain roedd Job Throgmorton wedi'i alluogi i rentu tŷ braf ar lannau deheuol afon Tafwys. Roedd, fel ei lety cynt, o fewn cyrraedd i'r carchardai lle câi'r ymneilltuwyr hynny a wrthodai fynychu Eglwys Loegr o ran cydwybod eu cadw.

Roedd y cartref hwn dipyn yn amgenach na'r un cyntaf. Er bod enw'i berchennog yn gyfrinachol, o edrych ar y celfi soled, y parwydydd pren, maintioli'r ystafelloedd a'r olygfa dros yr ardd o'r oriel, rhaid ei fod yn rhywun oedd yn perthyn i'r dosbarth uwch.

Teimlai John fod nifer o ddynion y llys a'r Senedd yn cydymdeimlo, i ryw raddau, â'i ddaliadau. Y drwg oedd bod arnynt ormod o ofn colli eu bywydau a'u gyrfaoedd i wneud safiad. Credent efallai y gallent newid y drefn ymhen amser, trwy ddefnyddio'u dylanwad yn y llys ac weithiau trwy estyn cymorth yn y dirgel. Ond roedd lle i gredu hefyd bod llythyrau, a ddisgrifiai'r erledigaeth, yn cael eu hatal rhag cyrraedd dwylo'r sawl oedd yn fodlon bod o gymorth.

Ar ôl y cwrdd y bore hwnnw, dychwelodd John i'r llyfrgell i orffen ysgrifennu ei draethawd ar Cora, Dathan ac Abiram y soniasai amdanynt yn ei bregeth. Syllai bob hyn a hyn ar y llyfrau ysblennydd ar y silffoedd, sef gweithiau gan Sydney,

Marlowe a Spenser, yn ogystal â ffefrynnau o'r hen fyd megis Ofydd a Cicero. Yn bendifaddau roedd meistr y tŷ hwn yn ddyn cefnog a hyddysg.

'John! Tyrd ar unwaith!' Roedd llais Eleanor yn atseinio trwy'r tŷ nes cyrraedd y llyfrgell ar ben y grisiau.

'Beth sy'n bod?' holodd John gan redeg i lawr y grisiau a'r plufyn ysgrifennu yn ei law.

'Mae Roger Rippon wedi marw yn Newgate.'

'Pwy sy'n dweud?' meddai John gan feddwl taw math o dwyll neu gast oedd hyn.

'Dyn ifanc, y gwehydd sy'n mynychu'r cwrdd, dw i'n credu. Ches i ddim golwg iawn ar ei wyneb, gan iddo ruthro oddi yma nerth ei draed ar ôl rhoi'r neges.'

Safodd John ar waelod y grisiau yn syfrdan. 'Mae'n anhygoel! Ddeufis cwta yn ôl buon ni'n gwneud cynlluniau ar gyfer y mudiad newydd yn ei gartref a phenodi Francis Johnson yn fugail. Dyn mwyn a chymwynasgar. Fe a gafodd y caniatâd i noddi Mr Greenwood pan ollyngwyd ef o'r carchar dros dro.'

'Rhaid iti fynd i holi am yr amgylchiadau, John,' awgrymodd Eleanor.

Pan gyrhaeddodd John y carchar roedd y saer coed yn llifio arch i'r truan yn y beili.

'Pla y carchar sy wedi mynd ag e,' meddai'n syml. 'Duw a faddeuo i'r sawl sy'n gyfrifol am yr aflendid, yr oerfel a'r newyn yma oherwydd ni chânt faddeuant gennym ni.'

Daeth murmur sarrug o gyfeiriad y dorf a safai o'i gwmpas.

'Newydd dorri'i enw ar y cais i'r Cyfrin Gyngor roedd e, ar ran y carcharorion yma sy'n cael eu cadw'n anghyfreithlon, a'u teuluoedd yn llwgu o ganlyniad.'

'Fe wnawn ni dorri ein henwau ar ei arch, ac ychwanegu

geiriau eraill hefyd,' meddai un, 'a'u dangos i'r Barnwr Young a'i dedfrydodd ef.'

'Peidiwch â rhoi achos iddyn nhw eich taflu chithau i'r carchar hefyd,' meddai John. 'Mae'n rhy hwyr i achub ein hannwyl frawd yn awr.'

Dangosodd y dorf eu dicter drwy sefyll mewn un llinell ar ymyl y ffordd i dŷ'r barnwr. Gwelsai hwnnw ddigon o erchyllterau ac fe achosodd ddigon ei hun. Roedd ei deimladau wedi crebachu gymaint fel nad oedd yn gallu eu cyffwrdd mwyach. Cafodd y saer ei garcharu am gludo'r arch i'w dŷ.

24
Dal Dihiryn

ROEDD STRYDOEDD CEFN y ddinas yn wag, y llenni wedi'u tynnu dros bob ffenestr a'r llwydolau cyn codiad y wawr yn creu effaith annaearol. Safai biniau'r Cyngor rhwng wal a ffenestr flaen pob tŷ yn y teras, ond gorlifai sbwriel adeiladwyr dros y palmant mewn rhai mannau, gan wneud y stryd yn lle digon anniben. Eto roedd y llonyddwch yn rhywbeth i'w groesawu, a'r byd pan fydd yn cysgu ychydig yn nes at y syniad gwreiddiol oedd ym meddwl y Creawdwr. Daeth cân y robin o goeden noeth i ddweud 'deffrowch, mae'n ddydd', wrth i'r swyddogion arfog, gwrthderfysgaeth anelu eu camau at eu targed ar ben y rhes. Buasai'n dda gan rai yn eu plith chwalu'r drws i lawr fel lluoedd y fall, ond wiw iddynt dramgwyddo gweddill y gymuned yn y stryd drwy eu dihuno.

Aeth un o'r dynion rownd y gornel a'i ddryll yn barod, ac un arall i'r lôn gul a redai y tu cefn i erddi bychain y tai. Cnociodd y ddau arall ar ddrws y ffrynt, yn ysgafn, ddwywaith neu dair. Daeth gwraig i'w ateb a sbecian gymaint ag y gallai yn y gofod rhwng y gadwyn a'r ffrâm.

'Agorwch y drws,' gorchmynnodd yr heddwas, heb fod yn rhy uchel. A hithau mor gynnar yn y bore synnai weld ei bod yn gwisgo mantell ddu o'i chorun i'w sawdl a bod ei hwyneb, hyd yn oed, wedi'i fygydu.

Dangosodd yr heddwas ei gerdyn gwarant. Petrusodd y wraig.

'Drychwch, gallwn ni ddod i mewn yn dawel, neu fe allwn fwrw'r drws i lawr,' meddai wrthi.

Agorodd y drws iddynt yn hwyrfrydig ac mewn cryn ofn. Pe gwnâi gamgymeriad fe gâi ei churo gan ei gŵr.

'Ble mae gŵr y tŷ?' gofynnodd yr heddwas wedi iddynt gamu i mewn i'r cyntedd.

'Allwch chi ddim mynd heibio,' sgrechiodd hi wrth i'r ddau heddwas ei gwthio o'r neilltu. 'Mae'n adrodd ei weddïau.'

'Call iawn.'

Taranodd y ddau i fyny'r grisiau a neidio arno'n ddiarwybod wrth ochr ei wely.

'Fyddwch chi bob amser yn anfon y wraig i ateb y drws yr adeg 'ma o'r bore?' bloeddiodd yr heddwas.

Sicrhawyd na allai'r dyn symud na siarad. Gwyliodd y ddau heddwas yn chwilio ac yn dod o hyd i'r pecynnau o fagiau plastig mewn lliwiau llachar a'r blychau cardbord oedd wedi'u pentyrru o dan y gwely, ac yn y wardrob. Ffroenodd y ddau aroglau cryf y deunydd ffrwydrol.

'Mae digon o ddeunydd yma i chwythu Caerdydd yn gyrbibion. Gwisga amdanat, bastard Satan.'

Cyrhaeddodd car yr heddlu heb i'r seiren seinio, gan ei bod mor fore. Hyrddiwyd y dyn a'i wraig i mewn a gyrrwyd y car ar fyrder o'r stryd. Gosodwyd rhaffau o gwmpas yr ardd ffrynt a bu'n rhaid i'r trigolion wynebu presenoldeb amlwg yr heddlu yn eu cymdogaeth wrth iddynt ddeffro.

25
Dal y Diniwed

Y<small>N ARAF</small>, <small>A'U</small> pastynau'n barod, troediodd y tri chlerigwr ar hyd Allt Ludgate i'r tŷ o briddfeini a distiau pren a safai ar y gongl, ac o fewn cyrraedd cyfleus i garchar Newgate. Roedd plu eira'n disgyn yn ysgafn ar eu capiau sgwâr ac yn glynu wrth eu mentyll du, hir. Efallai y byddai eira mawr yn dilyn a gobeithient am hynny. Byddai'r oerfel yn sobri'r darpar garcharorion a byddent yn dyheu am ddychwelyd adref yn ufudd ac yn anfeirniadol. Byddent hwythau'n glyd wrth y tân ym mherfeddion palas Meistr Whitgift. Bancroft ei hun oedd eu harweinydd. Ymdrechai i wneud ei waith yn gydwybodol bob amser yn y gobaith o etifeddu esgobaeth Llundain, fel yr addawodd yr Archesgob.

Roedd hi newydd droi hanner nos ac fe âi y crïwr cyhoeddus heibio gan ddweud bod pob dim yn dda yn y byd. Byddai unrhyw enaid ar ddihun wedi clywed sŵn clicied y llidiart haearn gyr a arweiniai at dŷ Mr Boyes, ond y peth nesaf a glywyd oedd sŵn fel cyrch marchoglu yn pwyo'r drysau mawr pren yn y cyntedd. Daeth Mr Boyes a'i weision yno yn eu crysau nos, yn cario canhwyllau, tra syllai Mrs Boyes, y plant a'r morynion dros y canllaw uwchben y stâr.

'Beth yn y byd...?' dechreuodd Mr Boyes.

'Agorwch y drws, yn enw Arglwydd Archesgob Caergaint.'

'Nid oes ond un Arglwydd ac nid Caergaint yw Ei enw,' galwodd Mr Boyes.

Roedd wedi bod yn ofni'r ymweliad hwn. Tynnodd y follt haearn yn grynedig rhag ofn y byddai'r dynion yn torri'r drws. Rhuthrasant i mewn.

'Ble maen nhw?' holodd Bancroft.

'Pwy?'

'Peidiwch â gwamalu gyda fi,' gwaeddodd Bancroft. Dechreuodd fygwth y gweision â'i bastwn.

Estynnodd Mr Boyes ei freichiau i'w hamddiffyn. 'Does gennych chi ddim hawl mynnu mynediad fel hyn.'

'Mae gan Gomisiwn ei Ras bwerau arbennig pan fo bradwyr yn llechu.'

'Does dim bradwyr yn y tŷ hwn. Rydyn ni'n ddeiliaid teyrngar i'w Mawrhydi.'

'Beth arall ydi cyfarfodydd yn y dirgel ond brad?'

Erbyn hyn roedd y comisiynwyr yn bwrw'u golygon i bob cyfeiriad, fel petaent am ddewis y lle priodol i ddechrau. Fel arfer byddai'r adar ysglyfaethus hyn yn ymosod ar gartrefi'r tlodion, yn dymchwel eu heiddo prin a dychryn eu gwragedd a'r babanod yn eu breichiau drwy ddangos llafn cyllell. Ble'r oedd eu gwarant, fyddai cwestiwn cyntaf y trueiniaid hynny. Roedd eu habsenoldeb yn oedfa Sul yr Eglwys Sefydledig yn ddigon o warant, fyddai'r ateb. Ond nid oedd y tŷ helaeth hwn mor hwylus. Gallai'r pechaduriaid ymguddio mewn cynifer o gilfachau.

'Ni wnawn ni fygwth trais ar neb,' gwaeddodd Mr Boyes ar eu hôl wrth iddynt gyrchu am y llyfrgell. Clywodd ei lyfrau gwerthfawr yn cael eu taflu a'r silffoedd yn cael eu rhwygo o'r pared. Y llofftydd oedd nesaf. Safodd Mr Boyes wrth ddrws un ohonynt yn erfyn arnynt i roi'r gorau i dorri'r matras drwy'r cwrlid y bu ei wraig mor ddiwyd yn ei wnïo'n gain. Tynnwyd y drysau o'r cypyrddau a'r lluniau o'r pared a'u sathru ar lawr. Ni feiddiai'r un o'r teulu ymosod ar ddynion yr Archesgob mewn ymdrech i'w rhwystro. Yna, sylwodd un o'r comisiynwyr fod y lle tân yn wag yn y parlwr lawr llawr a galw ar ei gymdeithion.

'Rhyfedd nad oes tân wedi'i gynnau yn y fan hon, er bod y tywydd yn oer,' meddai. Rhoddodd ei ben dan y corn ac edrych i'r chwith. Roedd ceudod yn y cerrig a thwnnel cul y tu hwnt iddo, yn amlwg yn rhedeg am y pared â'r ystafell.

'Mae angen cynnau tân yn y grât hwn. Beth ddywedwch chi, frodyr yng Nghrist?'

Llusgwyd Mr Johnson a Mr Greenwood allan o'u cuddfan yn y twnnel a chlymwyd eu dwylo y tu ôl i'w cefnau, i'w hatal rhag amddiffyn eu hunain yn erbyn ergydion y pastynau. Gadawyd teulu Mr Boyes i glirio'r llanastr a chyfri'r gost. Cawsant gymorth Mr Penry yn y gwaith trist hwnnw. Bu bron i'w euogrwydd a'i ofid ei lethu yntau am iddo osgoi rhannu tynged ei ddau gyfaill. Wedi cael eu crafangau ar y rhain, ni chwiliodd y comisiynwyr am guddfan arall.

Diolchodd Mr Boyes i Dduw fod John yn dal yn rhydd i barhau â gwaith yr Efengyl.

26
Amddiffyn Dihiryn

B EN BORE DYDD Llun cerddodd Helen i mewn i ganolfan yr heddlu lle câi'r cyhuddedig ei garcharu, a cheisio paratoi ei hun yn feddyliol. Hwn oedd yr achos mwyaf difrifol, o ran ei oblygiadau i'r wlad, yr ymgymerodd hi ag ef erioed. Roedd hi wedi trin a thrafod pob math o droseddau yn ystod yr ugain mlynedd ers iddi ddod yn gyfreithwraig, rhai y buasai'n well ganddi beidio â'u derbyn. Y tro hwn, roedd yn anos byth neilltuo'i theimladau personol i un rhan o'i hymennydd er mwyn canolbwyntio ar ei gwaith fel cyfreithwraig. O'r diwedd cafodd ei harwain at y carcharor ac eistedd am y ford ag ef. Roedd syndod a her yn ei lygaid.

'Ro'n i'n disgwyl cyfreithiwr,' meddai'n sarrug.

'Cyfreithwraig ydw i, Mr A.,' atebodd hithau. 'Rwy'n deall mai cyfeirio atoch fel Mr A. yw eich dymuniad.'

'Does dim posibl i fenyw ymdrin â'r gyfraith. Mae'n groes i'r drefn.'

'Fi yw eich unig ddewis. Beth ydych chi am ei wneud? Amddiffyn eich hunan?'

'Dw i ddim yn cydnabod eich cyfraith.'

'O'r gorau.' Cododd Helen ei phapurau a'i chyfrifiadur bach. 'Dydi'r cleient ddim am gael ei gynrychioli,' meddai wrth yr heddwas wrth y drws.

'Arhoswch,' meddai Mr A.

Eisteddodd Helen drachefn, yn araf. 'Gadewch i ni ddechrau unwaith eto, felly,' meddai. 'Sut rydych chi'n pledio, Mr A?'

'Yn ddieuog.'

'Ydych chi'n meddwl bod hynny'n ddoeth? Mae'r dystiolaeth yn eich erbyn yn gryf iawn.'

'Do'n i ddim yn rhan o'r cynllwyn.'

'Neu'n hytrach rydych chi'n rhy lwfr i dderbyn y canlyniadau,' meddai o dan ei gwynt.

'Beth?'

'Dim byd o bwys. Anghofiwch e.'

'Sut o'n i fod gwbod bod fy ffrindie'n cario bom?'

'Pam wnaethoch chi redeg i ffwrdd, felly?'

'Oni fyddech chi wedi gwneud yr un peth?'

'Roedd eich tŷ'n llawn ffrwydron pan gawsoch chi eich arestio.'

'Nid fy nhŷ i yw e. Rhedes i guddio yn nhŷ fy ffrind gan fod yr heddlu ar fy ôl i.'

'A ble mae eich ffrind yn awr?'

'Dramor, ers deufis.'

'Nid dyna mae eich ffrindiau yn ei ddweud.'

'Ry'ch chi'n trio 'nhwyllo i.'

'I'r gwrthwyneb, Mr A. Dw i yma i'ch cynghori chi. Gadewch i ni sôn am y cynllwyn – eich geiriau chi. Tri ohonoch yn yr amgueddfa, un yn y caffi a dau yn ymyl y stadiwm.'

'Dw i ddim yn gwbod dim byd amdanyn nhw.'

'Dewch, Mr A., mae'r bargyfreithiwr dros y Goron yn mynd i'ch holi chi amdanyn nhw.'

Bu saib.

'Sut gwnaethon nhw ddwyn perswâd ar yr hunanfomiwr?' holodd hi. 'Go brin y byddech chi wedi cytuno i wisgo fel menyw.'

Bu saib eto.

'Digon hawdd dewis y ddau a aeth i Stadiwm y Mileniwm, debyg,' parhaodd Helen. 'Maen nhw'n gweithio yn yr ysbyty, on'd ydyn nhw?'

'Ddigwyddodd dim byd!'

'Na, trwy ras Duw. A hwyrach y bydd y llys yn cymryd hynny i ystyriaeth, os gwnewch chi bledio'n euog.'

'Dy'ch chi ddim yn gwbod dim oll am ras Duw. Anffyddwraig y'ch chi. Mae'r wlad hon yn bwdr ac yn barod i gwympo!'

'Ac rydych chi eich chwech yn asiantwyr i'r cwymp, mae'n debyg. On'd ydi hi'n braf cael dweud beth fyd a fynnoch, Mr A?'

27
Erledigaeth

'**M**AE'N ANRHYDEDD EICH cyfarfod chi, Mr Penry.'
Gostyngodd John ei lygaid ac aeth gwayw trwy ei galon. 'Paid â dweud hynny, 'machgen i,' meddai. Edrychodd o gwmpas y gell danddaearol a'i waliau gwlyb. Craffodd i weld y bachgen yng ngolau gwan y gannwyll. Roedd y cyffion am ei draed wedi creu briwiau gwaedlyd ar ei fferau, a'r gell wedi'i gorchuddio â baw llygod. Clywid eu sŵn hyll yn y tyllau yn y waliau. Yn y gornel, yn y pen draw, gallai John weld ffigwr du yn gorwedd yn erbyn y wal yn gwneud sŵn ysgyrnygu.

'Ydi hwnna yn dy fygwth di?'

'Mae'n gweiddi digon i ddychryn rhywun ond all e ddim symud fwy na finne,' atebodd y bachgen gan gyfeirio at ei draed.

Sylwodd John ei fod yn rhynnu yn ei ddillad budr, carpiog ac roedd ei lygaid wedi suddo yn ei wyneb tenau.

'Pryd cest ti dy ddal?'

'Rai wythnosau'n ôl erbyn hyn, syr, siŵr o fod. Fe wnaethon nhw ddisgyn ar ein cwrdd yn Islington a'n harestio ni i gyd.'

'Wyt ti wedi bod o flaen yr ustus eto?'

'Naddo, ond mae'r ficer wedi bod yn fy holi i.'

'Yma?'

'Nage, syr. Mae'r ceidwad yn datod fy nghyffion ac yn

mynd â fi i mewn i ystafell foethus lle mae mwy o olau a does dim budreddi yno fel sy 'ma.'

'Am beth bydd e'n dy holi?'

'Am y bobl oedd yn y cwrdd, ond dw i ddim wedi dweud gair amdanyn nhw, syr.'

Rhoddodd John ei law ar fraich fregus y bachgen.

Yna ychwanegodd yntau, 'Maen nhw'n dweud bod rhaid i fi fynd i'r eglwys bob Sul yn lle'r cwrdd. Yn y fan hon y bydda i am byth os gwna i ddal i wrthod. Tyburn ydi diwedd y daith, medden nhw.'

'Faint ydi dy oedran di?' gofynnodd John.

'Dwy ar bymtheg, dw i'n credu, syr.'

'Oes gen ti deulu?'

'Mam. Mae hi'n weddw. Fi yw'r unig blentyn, syr.'

'Beth mae hi'n ddweud am hyn oll?'

'Anaml iawn mae hi'n gallu dod i mewn 'ma a bydd hi'n llefen wrth 'y ngweld i yn y fath le.'

'Pwy sydd yn ei chynnal hi tra wyt ti yma?'

'Neb. Mae hi'n byw ar garedigrwydd ei chymdogion.'

'Duw a faddeuo imi am barhau'n rhydd,' meddai John, a'i wyneb yn ei ddwylo.

'Mae'n bwysig i chi fod yn rhydd, Mr Penry, er mwyn y mudiad. Mae llawer iawn mewn gwaeth sefyllfa na fi.'

'Gwranda, 'machgen i, mae'n rhaid iti ddweud wrth y sawl sy'n dy holi di dy fod yn edifarhau ac yn addo mynd i'r eglwys yn ddi-ffael.'

'Ond, Mr Penry, syr!'

'Rwyt ti wedi gwneud dy safiad dros yr Arglwydd am y tro. Byw yn lle marw a gofalu am dy fam yw'r hyn mae'r Arglwydd yn mynnu i ti ei wneud yn awr.'

'Ydi'r Arglwydd wedi dweud wrthych chi?'

'Mewn ffordd o siarad, do.'

Daeth y ceidwad ar alwad John â'i allweddi mawr i'w ollwng.

'Dwedwch wrth weision Mr Bancroft am ddod, y cyfle cyntaf a gânt, er mwyn clywed cyffes ac edifeirwch y bachgen, cyn iddi fod yn rhy hwyr.'

'Ry'ch chi'n ddyn da, syr.'

Aeth John adref yn drist trwy ddrysfa o lonydd cefn fel y gallai osgoi unrhyw ragod y byddai ei elynion wedi'i drefnu. Roedd wedi dysgu sut i ymgolli mewn tyrfa, newid ei ymddangosiad a diflannu trwy dramwyfa anweledig gan ddefnyddio holl ddulliau ei erlidwyr i osgoi tynnu sylw ato ef ei hun. Bwriadai ei gau ei hun yn ei lyfrgell cyn gynted ag y cyrhaeddai adref, i ysgrifennu apêl ar sail yr hyn a welsai'r prynhawn hwnnw. Ofer oedd yr un a luniodd Roger Rippon a'i gymheiriaid, ond fe godai John yr un cwynion a phwysleisio'r teyrngarwch i'r Frenhines ac i'r Efengyl a goleddid gan y rhai oedd yn dioddef yn ofnadwy yn y carchardai.

Er syndod roedd gwraig ddieithr yn sefyll wrth y drws i'w groesawu'n ôl.

'Y fydwraig ydw i, Mr Penry,' meddai. 'Llongyfarchiadau, rydych chi wedi cael merch fach arall. Mae hi a'i mam yn iach.'

'Ydyn nhw? Diolch i Dduw. A diolch i chi, feistres. Ond mae'r fechan wedi cyrraedd yn gynnar. Y mis nesaf roedd ei hamser i fod.'

Rhuthrodd John i fyny i siambr Eleanor i weld y baban newydd a'i mam.

'John,' meddai Eleanor gan ei gofleidio. 'Wyt ti'n siomedig mai merch ac nid mab ydi hi y tro hwn eto?'

'"Nid oes nac Iddew na Groegwr, nid oes na chaeth na rhydd, nid oes na gwryw na benyw: canys chwi oll un ydych yng Nghrist Iesu." Fe dyf hon i fod yn dyner a diniwed ac fe'i dysgwn hi i ddarllen hefyd, yn ogystal â'r lleill, fel na all neb ei thwyllo na manteisio arni. Rhodd Duw yw hi, i ymestyn Ei Deyrnas.'

Gwenodd Eleanor. 'Does ond gobeithio y bydd ei hoes hi a'i chwiorydd yn llai cythryblus na'r un bresennol.'

'Rhaid credu y bydd y dewrion sy'n rhoi eu heinioes dros well byd yn y dyfodol yn llwyddo yn eu tasg.'

*

Disgleiriai miloedd o ganhwyllau o'r nenfwd a'r waliau i oleuo llwybr gwŷr y llys wrth iddynt gerdded trwy neuaddau'r palas yn Richmond. Gwahoddiad gan y Frenhines oedd wedi dod â hwy ynghyd i weld *masque* newydd. Câi cyffro'r disgwyl ei adlewyrchu ym mhob wyneb ac roedd pawb yn ymwybodol o'r tyndra mawr. Nid oedd melfed coch na sidan gwyrdd eu mentyll llaes mor llachar yng ngolau'r hwyr, ond roedd edafedd aur y brodwaith a'r gemau a addurnai'r ymylon yn fflachio wrth iddynt symud. Cerddai'r gweision o un ystafell i'r llall, wedi'u gwisgo mewn melfed tywyll, gan gario hambyrddau o ddanteithion a gwin mewn gwydrau cywrain o Fenis.

Gorymdeithiai pawb i'r ystafell a fyddai'n uchafbwynt i'w crwydro, heibio i fyrddau a chistiau addurnedig. Crogai brithlenni trwchus o'r parwydydd a hanesion y Beibl a mythau'r Groegiaid wedi'u hymgorffori ynddynt. Ond roedd llygaid pawb wedi'u hoelio ar y drysau agored, wrth iddynt ddisgwyl i'r Frenhines gyrraedd ac am gyfle i blygu glin iddi. Daeth y foment ac fe hwyliodd hithau trwy'r rhesi o wylwyr, ei boneddigesau preswyl yn ei dilyn. Siglai ei sgert o sidan porffor wrth iddi droi i gydnabod ei gwesteion un ar ôl y llall.

Uwch y perlau a'r rhuddemau am ei gwddf, mewn cawell o goler uchel, creai ei hwyneb a'i gwallt copr modrwyog argraff drawiadol; yn wir, ymddangosai'n debycach i dduwies na menyw feidrol. Eisteddodd ar orseddfainc ym mhen pellaf yr ystafell, ac yna eisteddodd gwŷr y llys a'u gwragedd ar y meinciau a gludwyd yno gan weision.

Cariadon y duwiau oedd testun y *masque* a bu'r seiri'n brysur yn creu golygfeydd y gellid eu symud ar olwynion o un rhan o'r llwyfan i'r llall. Safai'r actorion fel cerfddelwau, yn barod i ymddangos yn fyw. Iwpiter ar ffurf alarch a Leda, gwrthrych ei serch, a lenwai un gongl ac Apollo â'i freichiau ar led yn canlyn Daphne yn y gongl arall. Yn ei hymdrech i ffoi, ymdebygai ei breichiau i lawryf. Roedd rhuban o ddeunydd arian yn rhedeg rhyngddynt i ddynodi afon. Byddai grwpiau eraill, yr un mor gostus eu hymddangosiad, yn disgwyl yn y cysgodion i gymryd eu lle, wedi i'r actorion hyn orffen eu gwaith. Yn gyfeiliant i bob stori clywid y chwythbrennau a churiadau'r tabyrddau gan y cerddorion o dan y llwyfan.

Er bod y *masque* yn un newydd, roedd y tri gŵr a eisteddai wrth ford fach yn nhywyllwch cefn y neuadd wedi gweld digon o berfformiadau tebyg yn y gorffennol, ac felly manteisio a wnaethant ar y cyfle i drafod materion o bwys.

'Dyma'r llythyr a gefais rai dyddiau'n ôl ynglŷn â chyflwr eich carcharorion, Archesgob,' meddai'r Arglwydd Drysorydd Burghley. Bron na chipiodd Whitgift y papur o'i law a chraffodd ar yr ysgrifen yn y gwyll. Doedd ei chwyddwydr o fawr ddefnydd. Yna, gloywodd fflam y gannwyll yn gryfach am ennyd gan oleuo wyneb hardd y ford a wnaethpwyd o gregyn i greu patrwm o rosod.

'Mae hwn yn edrych fel gwaith yr heretic, Penry,' meddai.

'Maddeuwch i mi am eich cywiro,' meddai Arglwydd

Burghley, 'ond mae pob gair o'i ddiwinyddiaeth wedi'i wreiddio yn y Beibl. Teitlau ac eilunod Rhufain sydd yn wrthun iddo.'

'Mae'r Frenhines wedi saernïo Eglwys gynhwysfawr ac mae hi wedi gwahardd unrhyw drafodaeth ar y mater. Mae Piwritaniaid fel ef yn mynd ati i danseilio'r Eglwys a'r wladwriaeth i'w chanlyn. Bradwyr ydynt.'

'Maent yn haeddu prawf teg a chyfreithlon. Mae awdur y llythyr hwn yn pwysleisio eu teyrngarwch i'r Frenhines a chywirdeb eu ffydd yn ôl credoau'r Eglwys. Dywed fod dynion yn marw yn y carchardai cyn cael cyfle i ymddangos o flaen llys barn, heb obaith o gael bargyfreithiwr na mechnïaeth.'

'Ydi cyfiawnder yr Eglwys i gael ei osod yn is na chyfraith gwlad? Gwnaiff les i'w heneidiau iddynt aros yn gaeth nes eu bod yn callio a chymryd y llw mae'r Eglwys yn mynnu iddynt ei wneud a dangos edifeirwch.'

'Credaf yn bendant,' meddai'r trydydd gŵr, Syr Francis Knollys, oedd yn ceisio gweithio yn y dirgel dros y carcharorion, 'y byddai gennych well siawns o waredu'r mudiad styfnig hwn pe bai ein hoffeiriaid yn gofalu am eu plwyfolion yn well.'

'Beth rydych chi'n ci feddwl wrth ddweud hynny?' gofynnodd Whitgift.

'"Gweision mud yng ngwasanaeth yr Arglwydd" mae Penry yn eu galw hwy. Yn achos llawer ohonynt, dydyn nhw ddim hyd yn oed yn mynychu'r oedfaon,' meddai Syr Francis.

'Ydych chi'n ymwybodol bod eu bwriad i ymneilltuo yn galondid i'r Pabyddion ac yn dwysáu ein gwaith ni?' gofynnodd Whitgift yn ddirmygus.

'Ym mha ffordd?' heriodd Syr Francis.

'Bydd y Pabyddion yn eu hefelychu, ac yn fuan fe fyddwn ni oll yn ddarostyngedig i Rufain unwaith eto.'

'Yr hawl i addoli maent yn ei cheisio, nid dymchwel y wladwriaeth,' meddai Burghley.

'Maent yn rhoi'r hawl i bregethu i seiri coed a gwerthwyr pysgod eisoes. Mynegi barn ar sut i lywodraethu'r wlad fydd y cam nesaf. Onid ydych yn credu y bydd hynny'n arwain at ddymchwel y wladwriaeth?' meddai'r Archesgob.

28
Siom yn y Gwaith

ROEDD YN FORE braf o wanwyn ac roedd y teulu'n brysur yn tacluso'r gegin ar ôl brecwast cyn cychwyn o'r tŷ.

'Mae'n rhy hwyr i wrando ar y gwaith Sbaeneg nawr,' meddai Helen wrth yr efeilliaid. 'Neithiwr oedd yr amser i wneud hynny.'

Cadwodd y ddwy yr iPad ond parhaodd Ffion i ysgrifennu'n hamddenol yn ei dyddiadur. Cyn i Helen gael amser i ddweud y drefn wrthi hithau daeth sŵn blîp neges ar ei ffôn symudol a'i gwnaeth yn fud.

'Rhywbeth pwysig?' Cododd John ei lygaid wrth gasglu ei waith.

'Mae dyddiad prawf y terfysgwyr yn Llys y Goron wedi'i benderfynu,' meddai Helen. 'Y trydydd ar hugain o'r mis nesaf. Wyddost ti, mae'r un dw i'n 'i gynrychioli wedi cwyno am fod yr ustus wedi gwrthod mechnïaeth iddo.'

'Gobeithio y caiff yr hyn mae'n 'i haeddu,' meddai John.

'A beth fydde hynny, yn dy farn di?' holodd Helen yn chwerw.

Ysgydwodd John ei ben y drist. 'Anodd gwybod beth sydd orau i'w wneud mewn achosion fel hyn.'

Roedd yr achos wedi ysgwyd y ddinas at ei seiliau, meddyliai John. Sut gallen nhw feiddio achosi'r fath ddrwgdeimlad ymysg pobl oedd yn cyd-fyw yn heddychlon, heb sôn am gynllunio lladdedigaeth mor erchyll?

*

Yng nghefn y car daliai'r efeilliaid i ymarfer eu Sbaeneg ar gyfer y prawf ar eu ffordd i'r ysgol pan gawsant eu dal mewn tagfa draffig. Roedd lorri o'u blaen wedi aros i ddadlwytho y tu allan i archfarchnad ac wedi methu ailgychwyn, ac o ganlyniad ni allai'r bws a ddeuai o'r cyfeiriad arall fynd heibio iddi. Y tu ôl i gar John roedd rhes o gerbydau o bob math yn disgwyl eu tro. O'r diwedd llwyddodd y gyrrwr i symud y lorri a rhyddhau'r lôn. Ond oherwydd yr oedi cyrhaeddodd John a'r merched yn hwyr i'r ysgol.

Roedd yr awyrgylch yn ystafell yr athrawon yn drydanol ac athrawon yn sibrwd yn fywiog wrth ei gilydd wrth wasgaru oddi yno.

'Beth sy wedi digwydd?' gofynnodd John. Ond ar y gair daeth y dirprwy i mewn.

'Mae'r gloch wedi canu ers dau funud,' meddai.

Rhuthrodd pawb i gasglu eu llyfrau a mynd am y wers gyntaf.

'Oes 'na broblem?' gofynnodd John i Arwel, yr athro Mathemateg.

'Weda i wrthot ti wedyn,' atebodd ei ffrind.

Tra oedd Blwyddyn Naw yn ateb cwestiynau darllen a deall o'u gwerslyfr, agorodd John y cyfrifiadur ar ei ddesg. Roedd neges yn disgwyl amdano, un y dylsai fod wedi sylwi arni yn ystod y cyfnod cofrestru pe na buasai'n hwyr yn cyrraedd yr ysgol. Neges oddi wrth y prifathro ydoedd, yn gofyn iddo alw heibio'r swyddfa ar ddiwedd y dydd. Roedd rhywbeth o bwys i'w drafod, ond doedd dim angen poeni. Wrth ailfeddwl yn ddiweddarach ni allai John gofio unrhyw beth a ddywedodd ef na neb arall yn ystod gweddill y diwrnod. Ni welodd ei ffrind Arwel chwaith. Roedd ei feddwl wedi'i feddiannu gan y neges. Cofiodd wneud esgusodion wrth i bawb adael yr ystafell athrawon ar ddiwedd y prynhawn a rhai'n tynnu coes, fel arfer, am y gwobrau a gâi'r athrawon cydwybodol. Cofiodd gnocio ar ddrws y prifathro a chanfod dau lywodraethwr yn yr ystafell i'w groesawu.

'Eisteddwch, John,' dywedodd y prifathro. 'Gymrwch chi baned o de?'

Roedd hambwrdd o de a bisgedi ar ei ddesg. Ysgydwodd John ei ben yn reddfol er bod ei geg yn sych.

'Oes rhywbeth yn bod?' gofynnodd John iddynt.

'Does dim byd o gwbl yn bod ar safon eich gwaith,' atebodd y prifathro. 'Ry'n ni wedi dod dros y camddealltwriaeth a ddigwyddodd beth amser yn ôl. Ond mewn gair...'

Mewn gair, y drws, meddyliodd John.

'... yn y sefyllfa economaidd a demograffig sydd ohoni, mae'r awdurdodau'n gorfod gwneud toriadau.'

'Beth maen nhw'n mynd i'w dorri? 'Y mhen i?'

'Dim byd mor eithafol â hynny,' meddai'r prifathro a chwarddodd ef a'r ddau lywodraethwr yn lletchwith. 'Byddai eich swydd yn dod i ben yn yr ysgol hon, ac fe fydden ni'n cynnig eich adleoli.'

'Newyddion da a newyddion drwg, felly,' meddai John.

Roedd golwg ddifrifol ar y prifathro. 'Gobeithio y sylweddolwch chi, John, nad oes gennym ni ddim dewis yn y mater hwn. Ry'n ni'n ymwybodol iawn o'r anawsterau ond mewn gwirionedd mae ysgol newydd y Maenordy yn fargen deg iawn.'

Roedd John yn rhy syfrdan i ateb. 'Beth am y strwythur tâl?' gofynnodd o'r diwedd.

Llyncodd y prifathro ei boer. 'Fe fyddwch chi'n colli lwfans, yn ôl yr hyn dw i wedi deall. Dros dro beth bynnag.'

'Does dim angen poeni, ddwedoch chi yn y neges,' meddai John a'i dôn yn sarrug.

Nid oedd yr her o adeiladu adran newydd, dod i nabod pobl newydd, ac ymgyfarwyddo â dulliau newydd o ddysgu, yn cynhyrfu fawr ddim ar John. Yr hyn a'i trawodd oedd y teimlad iddo gael ei wrthod.

'Does dim rhaid i mi ddweud, John, cymaint ry'n ni wedi gwerthfawrogi'ch cyfraniad a chymaint fyddwn ni'n eich colli chi.'

'Geiriau gwag, a diwerth,' meddai John wrtho. 'Esgusodwch fi, mae'n rhaid i fi fynd â'r ferch i wers biano. Doedd y cyfarfod hwn ddim wedi cael ei drefnu, beth bynnag.'

Gafaelodd yn nwrn y drws a'i gau yn dawel ar ei ôl. Sut roedd yn mynd i dorri'r newyddion i Helen? Teimlai gywilydd, er nad oedd ar fai. Dylai rhywun yn ei oed a'i amser ef allu cyhoeddi iddo gael dyrchafiad, nid ei fod yn cael ei adleoli.

Daeth ei ferch ieuengaf at y car gan wenu a sgipio fel arfer.

'Helô, Dad, wyt ti wedi bod yn disgwyl yn hir? Mae Mrs Humphreys yn gweud bod y darn bron â bod yn barod at Eisteddfod yr Urdd. Beth sy'n bod, Dad?' holodd.

Roedd ei gwên wedi diflannu wrth weld wyneb ei thad.

'Dim byd. Pam?'

'Rwyt ti'n edrych yn drist.'

'Na, ti sy wedi camgymryd, 'mach i.'

'O, da iawn, achos ma 'da fi lot o bethe i weud wrthot ti.'

'Fel beth?'

'Dw i wedi ca'l gwahoddiad i barti cysgu Gwenno. Mae ceffyl 'da hi.'

Rhoddodd bwyslais mawr ar y gair 'ceffyl'.

Chwarddodd John er ei waethaf. 'Ble bydden ni'n gallu cadw ceffyl?' meddai.

'Yn yr ardd?' awgrymodd hi.

'Fe gei di wersi marchogaeth efallai ond dim mwy na hynny.'

'Diolch, Dad,' meddai hi. Doedd hi ddim wedi disgwyl mwy.

Ar hyn o bryd roedd yn hawdd dwyn perswâd ar Ffion, meddyliodd John. Doedd hi ddim wedi cyrraedd yr oed anodd 'na eto.

Roedd yn dda gan John iddi siarad yn fyrlymus ar hyd y daith adref. Roedd ei llwyddiant, a hithau wedi ennill yn y Sir ac yn mynd trwodd i'r Genedlaethol, yn destun balchder iddo.

Pan gyrhaeddodd adref roedd arwyddion bod pryd o fwyd

arbennig ar y ford a'r gwydrau gwin gorau yn disgleirio wrth ochr pob cyllell.

'Dyw'r plant ddim yn mynd i ga'l gwin, y'n nhw?' oedd ei sylw.

Pylodd wyneb Helen ychydig. 'Na dy'n, siŵr. Mae sudd oren iddyn nhw.'

'Dw i ddim wedi anghofio rhyw ddyddiad pwysig, gobeithio?'

'Naddo, John. Pam wyt ti'n swnio mor flin? Ry'n ni'n mynd i ddathlu 'mod i wedi ca'l dyrchafiad i fod yn bartner hŷn heddi.'

'Llongyfarchiade, Helen,' meddai'n ddiffuant. 'Rwyt ti'n llawn haeddu hynny.'

Gwenodd Helen. 'Diolch,' meddai. 'Ond dwyt ti ddim wedi ateb 'y nghwestiwn i.'

'Blin? Fi? Pam wyt ti'n meddwl 'ny?'

Taflodd ei hun i ganol hwyl yr achlysur. Byddai'n rhaid gohirio dweud wrth Helen am yr adleoliad am gryn amser.

29
Cwrdd

A ETH Y DDADL yn rhy danllyd, meddyliai John yn drist wrth gerdded trwy strydoedd Llundain. Credai rhai aelodau o'r confenticl eu bod yn dwyn gwarth ar eu corff trwy roi'r hawl i unrhyw un o'u plith wasanaethu'r Cymun. Roedd y syniad bod pob crediniwr yn offeiriad yn mynd gam yn rhy bell, ac yn groes i holl draddodiad Eglwys Iesu Grist. Hyn yn bennaf oedd yn corddi'r awdurdodau. Oni fyddai'n well dal i frwydro o fewn yr Eglwys Sefydledig? Roedd gwrthwynebwyr y garfan hon yn atgoffa'u brodyr a'u chwiorydd yng Nghrist pam y gadawsant yr Eglwys honno. Daethent i'r casgliad trist nad oedd yr Eglwys yn debyg o benodi offeiriaid â'u calon yn eu gwaith a bod yr hen eilunaddoliad yn dal i lynu wrth yr Hen Drefn. Ategodd y rhai oedd yn gadarn iawn eu barn y dylent ymwahanu'n gyfan gwbl oddi wrth eraill a'u galwai eu hunain yn Gristnogion, a bod yr Apostol Paul wedi gorchymyn iddynt gadw ar wahân gan taw hwy yn unig a gâi eu hachub.

Ceryddodd John hwy am eu diffyg cariad a'u rhybuddio, yng ngeiriau'r un Apostol, rhag 'troi'n efydd sy'n seinio neu symbal sy'n tincian'. Daeth y cyfarfod i ben heb ddatrys yr anghydfod ac roedd yn destun digalondid ac euogrwydd gan bawb fod yr hen bynciau dyrys yn dal i'w poeni.

Ar ôl ymadael â'r cwmni penderfynodd John fynd am dro ar ei ben ei hun ar lan yr afon er mwyn cael cyfle i feddwl am yr oblygiadau i'r cymunedau bach o gyfeillion a ddymunai fod yn hollol annibynnol. I bob perwyl roeddent wedi creu Eglwys newydd ac roedd y syniad hwn yn ddychryn iddo. Ai dyma oedd y dyfodol? Teimlai ei fod wedi camu i mewn i goedwig anghyfarwydd ar ddamwain a'i fod yn methu gweld y ffordd yn glir oddi yno, wrth i'r goleuni ddiffodd. Pan safodd i edrych dros ddŵr yr afon, yng ngolau pŵl y prynhawn gaeafol, cofiai am y cyfarfod a fu rhyngddo a Job Throgmorton nid nepell o'r fan hon a'r sgwrs arswydus a gafodd gydag ef am eu cyfaill John Udall ac eraill a garcharwyd dros yr achos. Tarfwyd ar ei synfyfyrio gan lais dyn a'i cyfarchodd wrth ei enw a'i daro ar ei gefn yn ysgafn yr un pryd.

'John Penry, 'tawn i'n marw.'

Trodd John i weld pwy oedd yn ei gyfarch. Chwarddodd y dyn wrth weld ei fraw. Roedd yn ddyn ifanc a llygaid mawr brown ganddo, croen clir a meddal, gwallt brown trwchus wedi'i drefnu'n ofalus a gwefusau lluniaidd dan fwstás cymen. Roedd arlliw o ddireidi yn ei lygaid.

'Paid â phoeni. Nid ysbïwr ydw i.'

'Nid dyna beth a glywais i, Christopher Marlowe,' atebodd John.

'Nid yw pob dim y bydd dyn yn ei glywed yn wirionedd.'

'Yn enwedig gan y rhai sy'n sgrifennu ar gyfer y theatr,' meddai John. Roedd ef ar ei wyliadwriaeth rhag y dyn peryglus hwn.

Chwarddodd Marlowe eto. 'Ateb da, John, ond mae fy nramâu wedi'u seilio ar wirionedd.' Edrychodd i fyw llygaid John. 'Dwyt ti ddim wedi newid dim ers ein dyddiau yng Nghaergrawnt.'

'Mae'r dyddiau hynny'n perthyn i fyd arall, gyfaill,' ochneidiodd John.

Amneidiodd Christopher Marlowe. 'Mae'r Eglwys yn dal i greu trafferthion i ti, dyna glywais i. Caf flas ar bamffledi Marprelad, cofia. Eitha gwaith â'r esgobion,' meddai gan daro John ar ei gefn unwaith eto a gafael yn ei ysgwydd.

'Cred fi, does a wnelo'r rheini ddim oll â mi!'

'Am siom, felly.'

'Mae iaith watwarus ac anllad yn wrthun i mi,' meddai John yn llym. Teimlai'n fwyfwy anghysurus yng nghwmni'r dyn hwn.

'Rwy'n amau dy fod yn anelu dy feirniadaeth ataf fi,' meddai Marlowe.

'Rwy'n gwybod mai anghrediniwr anfoesol wyt ti.'

Nid oedd Marlowe wedi cael ei dramgwyddo. 'Dere, John,' meddai, 'rydyn ni'n dau yn ddwy ochr i'r un geiniog.'

'Beth rwyt ti'n feddwl wrth ddweud hynny?' heriodd John ef â llid yn ei lais.

'Dau wrthryfelwr ydyn ni,' atebodd, 'sy'n ceisio datgelu twyll a rhagrith y rhai sy'n rheoli bywydau'r bobl ddinod, naill ai trwy grefydd neu drwy wleidyddiaeth.'

'Mae dy ddramâu di'n cael eu perfformio gyda sêl bendith yr awdurdodau, neu fydden nhw ddim yn ymddangos.'

'Sylwaist ti erioed gymaint yn well mae'r rhai sy'n ein rheoli ni'n ymddangos o'u cymharu â'r rhai rwy i'n eu portreadu? A pheth arall, mae gweld erchyllterau ar y llwyfan yn pylu awch y dorf am drais go iawn.'

'Rwyt ti'n sinig, Cit Marlowe.'

'Gwell gennyf feddwl fy mod yn gweld y natur ddynol fel y mae, tra dy fod ti'n ei gweld fel y gallai fod, o dderbyn gras Duw, ac fel y dylai fod.'

Petrusodd John gan ystyried ei ymateb.

'A sôn am achub rwyf ar fy ffordd i'r Rhosyn yn awr i weld actorion yn ymarfer fy nrama am y Doethwr Ffawstus.

Dere gyda mi. Rwyt ti'n edrych fel dyn sydd angen tipyn o ddifyrrwch.'

Ciliodd John ychydig. Roedd Cit Marlowe yn haeddu'r enw o fod yn hudwr ac yn demtiwr. Safodd yn llwybr John a rhoi ei fraich dros ei ysgwydd. Sylwodd John ar y llawes drwchus o ddeunydd drudfawr ac yna ar y siaced liw gwin a'r patrwm o smotiau hirgrwn euraid arni.

'Difyrrwch...' dechreuodd John, gan adleisio gair Marlowe.

'Rwyt ti am ddweud wrtha i,' chwarddodd Marlowe, 'nad ydyn ni yma i'n mwynhau ein hunain. Rwy'n gwybod hynny, ond eto mae'n help, weithiau.'

'Rhydd i bawb ei farn, ond fe gerdda i gyda ti i gyfeiriad y theatr,' meddai John.

'Beth wyt ti'n feddwl o'r theatr newydd?' gofynnodd Marlowe wrth iddynt ddynesu at yr adeilad newydd a godai o'u blaen, yn lanach ac yn oleuach na'r adeiladau eraill yn y gymdogaeth. Roedd delltwaith o drawstiau yn atgyfnerthu'r waliau gwyn a'r to gwellt, ac fe saernïwyd yr holl adeilad i ymddangos yn amlochrog ac yn gynhwysfawr. Troediodd John a'i gydymaith ar hyd y llwybr rhwng y llwyni rhosod oedd wedi troi'n ddrain a'u dail yn llwydaidd ar yr adeg hon o'r flwyddyn. Cwrddasant â gwragedd ifainc mewn dillad llachar a'u hwynebau wedi'u peintio'n drawiadol. Roedd rhai'n ymdroi ac eraill yn sefyll ac yn gwenu ar y ddau ŵr ifanc.

'Prynhawn da, foneddigesau,' cyfarchodd Marlowe hwy. 'Cartrefi'r boneddigesau hyn oedd yr adeilad a safai yma cyn i'r theatr gael ei hadeiladu,' esboniodd Cit yn frysiog wrth John. 'Maent yn dal i ymdroi yma gan eu bod yn colli'r hen le.'

Ddywedodd John ddim gair, er cydnabod yn dawel wrtho'i

hun fod Marlowe wedi osgoi ei dramgwyddo trwy ddweud rhagor na hynny amdanynt.

Roedd y cwmni o actorion yn ymarfer y ddrama, gan ddefnyddio tôn llais uchel, awdurdodol wrth gerdded yn dorsyth yn ôl ac ymlaen ar y llwyfan ac ar y bont bren a ymestynnai at ganol y gwylwyr. Gwisgent ddillad lliwgar a wnaed o lathenni o ddeunydd drudfawr y talodd eu noddwr, yr Arglwydd Lyngesydd, amdanynt. Curodd y cyfarwyddwr ei ddwylo cyn gofyn am dawelwch ac yna gorchymyn iddynt gyflwyno'r olygfa a ddatgelai Elen o Gaerdroea.

Ar ôl creu rhith o Elen gyda chymorth y diafol, mynegodd yr actor oedd yn chwarae rhan Ffawstus ei chwant i'w meddiannu.

'Elen fwyn, gwna fi'n anfarwol yn dy gôl,' oedd ei ddyhead.

Roedd wyneb John yn glaerwyn wrth glywed y fath gabledd.

'Dere,' meddai Marlowe, 'gad i ni drafod y Doethwr Ffawstus yn rhywle arall.'

Cododd John fel pe bai mewn perlewyg a gadawodd i Marlowe ei arwain i dafarn gerllaw a mynd i nôl llestr o gwrw iddo.

'Mae arna i ofn bod y ddrama wedi dy gynhyrfu,' meddai Marlowe gan sugno ar ei getyn. 'Mae'n debyg bod drama sy'n dangos y Doethwr Ffawstus dan ddylanwad y diafol yn erchyll i ti, gyfaill, ond mae'n rhaid i ti gyfaddef ei bod yn amserol. Dyn go iawn oedd Ffawstus ac fe ymchwiliodd i bethau a ddylai fod wedi aros ynghudd, yn ôl rhai.'

'Does gen i ddim byd yn erbyn y wybodaeth newydd, na darganfyddiadau ein hoes,' meddai John, 'ond mae dangos gweithredoedd drwg, a'u defnyddio i roi mwynhad i bobl sy'n gwylio, yn wyrdroëdig.'

'Cafodd y Doethwr ei gollfarnu yn y diwedd,' atebodd Marlowe. 'Mae moeswers yn hynny.'

'Oes rhaid dangos twyll i ddysgu moeswers?'

'Beth wyt ti'n feddwl?'

'Nid Ffawstus ei hun oedd ar y llwyfan na'r meirw a adfywiwyd ganddo chwaith. Rwyt ti'n arwain pobl ar gyfeiliorn.'

'I'r gwrthwyneb. Onid ydi stori Ffawstus yn debyg i stori Adda? Mae'r ddwy stori yn dangos beth sy'n digwydd pan fo dyn yn mynnu grym ac yn anufuddhau i Dduw.'

'Ond neges o anobaith sydd gen ti. Gwrthododd Ffawstus bob cyfle i gymodi â Duw.'

Bu Marlowe yn ddistaw am ennyd. 'Onid wyt ti'n meddwl, John, ei bod yn anos credu yn Nuw ers darganfyddiadau Copernicus a'i ddilynwyr? Dydyn ni ddim yn ganolbwynt y bydysawd bellach. Mae hwnnw wedi tyfu'n fwy a ninnau'n llai. Efallai nad oes Duw i'n hachub.'

Edrychai John yn gythryblus. 'Dyw newid ein safle ni yn y bydysawd ddim yn effeithio ar fodolaeth Duw,' meddai.

'Ond un peth sy'n sicr, mae'n rhaid inni feddwl sut y gallwn achub ein hunain yn y bywyd hwn, rhag crafangau'r pwerau sy'n defnyddio'r syniad o Dduw i'n cadw ni yn ein lle,' meddai Marlowe.

'Fel y dywedaist pan gwrddon ni, Cit Marlowe,' meddai John, wrth godi i adael. 'O leiaf rydyn ni'n cytuno ar hynny!'

'Bydd ein ffawd ni'n debyg hefyd, John, dybiwn i.'

30
Salwch Plentyn Ddoe

W RTH I JOHN gyrraedd ei gartref roedd hi'n nosi ac roedd y cysgodion yn dwysáu wrth yr eiliad. Roedd y llusernau yn y strydoedd yn chwyddo'r mannau anwastad yng ngherrig bach y llwybr, ac weithiau fe ymddangosent fel pyllau duon a allai dynnu rhywun dan y ddaear petai ei droed yn llithro. Roedd cywilydd ar John iddo afradu prynhawn cyfan mewn teml o rithiau tra dylsai fod wedi rhoi'r oriau hynny i'w deulu. Ar ôl troi'r gornel ar derfyn y teras olaf a dod i'r darn o lôn agored, gwelodd ei gartref fel bloc du yn erbyn yr wybren welw. Clywodd leisiau cynhyrfus yno. Cyflymodd curiad ei galon a rhedodd weddill y ffordd rhyngddo a'r tŷ gan ofni'n ddirfawr bod ei elynion yn cam-drin ei deulu a hwythau'n disgwyl amdano.

'O, John, ble'r wyt ti wedi bod?' Rhuthrodd Eleanor i lawr y grisiau i'w freichiau. 'Roeddwn yn ofni dy fod ti wedi cael dy gipio i garchar a ninnau'n gweld dy eisiau'n ddirfawr yr awron.'

'Beth sy'n bod?' meddai John a'i lygaid yn gwibio o wyneb cythryblus un forwyn at y llall ac yna at yr hen ŵr oedd yn was iddo. Nid oedd Philip, ei ŵyr, yn ei ymyl yn ôl ei arfer.

'Y ferch hynaf,' meddai'r hen ŵr. 'Mae twymyn ddifrifol arni.'

'Ers pryd?' gofynnodd John yn gryg.

'Yn ddisymwth iawn, ddechrau'r prynhawn,' meddai Eleanor.

'Dwyt ti ddim yn meddwl taw...'

Doedd dim rhaid i John orffen ei frawddeg. Roedd pawb yn gwybod bod delweddau erchyll y pla yn ffrydio i'w feddwl.

'Na, John,' meddai Eleanor. 'Fe fyddai'r arwyddion eraill wedi ymddangos yn hyll erbyn hyn.' Crynai wrth ddefnyddio'r geiriau hynny.

Ymlaciodd John am amrantiad.

'Ond mae ei gwres yn dal yn uchel iawn,' ychwanegodd hi.

'Rhaid i fi fynd ati,' meddai John gan anelu at y grisiau.

'Mae newydd lwyddo i gysgu,' meddai Eleanor. 'Aros am sbel. Mae gobaith y bydd cwsg yn feddyg da. Hynny a'r ffisig rwyf wedi'i gymysgu fy hun.'

Ceisiai swnio'n fwy ffyddiog nag y teimlai.

'Wyt ti wedi galw'r meddyg?' gofynnodd John.

'Mae Philip wedi mynd i chwilio amdano,' atebodd yr hen ŵr.

Gyda hyn clywyd sŵn carnau chwim ar y llwybr a arweiniai at y tŷ. Agorodd John y drws.

'Ydi'r meddyg gyda ti, Philip?' holodd y bachgen wrth iddo ddisgyn o'r cyfrwy. Gafaelodd Philip yn nhennyn y ceffyl a'i glymu wrth bostyn y drws dros dro.

'Roedd allan yn tendio rhywun arall, syr. Roedd ei deulu yn methu dweud ym mha le. Rwyf wedi rhoi gwybod iddynt ei bod hi'n hollbwysig iddo ddod yma cyn gynted ag y bo modd. Mae'n ddrwg gen i, syr,' ychwanegodd yn ddagreuol.

'Da was,' meddai John, 'allet ti ddim bod wedi gwneud yn well.' Yna trodd at y morynion. 'Rydych chi wedi byw yn y tŷ hwn gyda'r meistr blaenorol. Ydych chi'n gwybod am unrhyw feddyg arall?'

Ysgydwodd y ddwy eu pennau'n drist.

'Fe ddaw hwn cyn bo hir. Mae Philip wedi gadael neges,' meddai Eleanor.

Aeth John i lofft ei ferch. Yng ngolau'r gannwyll a losgai ar y ford fach yn y gornel, gallai weld bod ei hwyneb yn disgleirio o chwys, a'i gwallt yn wlyb. Roedd ei hanadl yn afreolaidd ac fe chwyrnai'n ysgafn ar adegau. Dyma'r ferch fach a aeth i'r Alban gyda hwy yng nghôl ei mam. Cofiai John edrych ar ei hamrannau hardd bryd hynny wrth iddi gysgu a'i phen yn pwyso ar fraich Eleanor. Cofiai ei ofnau annelwig am ei dyfodol yn ystod y dyddiau hynny. Yn awr roedd arno wir ofn.

'O Dduw, maddau i mi,' gweddïodd dan sibrwd, 'ac arbed bywyd y fechan hon. Ac eto, pa hawl sydd gennyf i ofyn hynny i ti, pan fo cynifer o rai bach tebyg yn dychwelyd at eu Creawdwr? Paratoad yw'r bywyd hwn ar gyfer y gogoniant a ddaw. Ganed ni i dderbyn y fraint hon oddi ar ddwylo Duw. Ac eto mae'n annioddefol meddwl am golli anwylyd.'

Roedd John yn hepian cysgu pan ddaeth Eleanor i mewn. Ymystwyrodd y fechan wrth glywed y drws yn gwichian. Agorodd ei llygaid yn llydan a dechrau wylo ac edliw rhywbeth a welsai mewn breuddwyd. Mwythodd Eleanor ei gwallt a'i thalcen gan furmur geiriau o gysur. Deffrodd John ac edrych tua'r gwely.

'Sut mae hi?' gofynnodd. 'Mae'n rhaid 'mod i wedi cysgu am ennyd, er gwaethaf fy ngofid.'

'Mae hi'n dal yn boeth ond o leiaf dyw hi ddim yn troi a throsi fel roedd hi ychydig cyn i ti ddod yn ôl y prynhawn yma.'

'Faint o'r gloch ydi hi?'

'Hanner nos, newydd droi.'

Roeddent yn siarad mewn sibrydion.

'Ddaeth y meddyg ddim.'

'Naddo. Rhaid disgwyl tan y bore nawr.'

Dechreuodd y ferch fach wylo eto. Y tro hwn roedd hi'n effro. 'Mae gen i gur pen,' meddai'n wan.

'Paid â phoeni, 'nghariad i. Gwnaiff Mam ei wella,' meddai Eleanor. Brysiodd o'r llofft i mofyn powltis a ffiol o saets ac oregano o'r ardd a'r rheini wedi'u mwydo mewn dŵr.

Gwyliodd John hi wrth iddi bwyso'r powltis ar dalcen y fechan a'i chodi'n ddigon uchel i gymryd llymaid o'r hylif iachusol. Erbyn toriad y wawr roedd hi'n pesychu a'r peswch yn dod o ddyfnder ei hysgyfaint.

Cerddai John yn ôl a blaen yng ngwyll y bore cynnar mewn gwewyr.

'Rydyn ni'n mynd i'w cholli hi,' meddai mewn anobaith.

'Cwyd dy galon, John. Mae'n arwydd da ei bod hi'n pesychu. Dyw ei brest hi ddim mor gaeth'

'Eleanor, arnaf fi mae'r bai am ei salwch.'

Edrychodd Eleanor arno mewn penbleth.

'Cwrddais ar hap â Mr Marlowe brynhawn ddoe. Roedd yng Nghaergrawnt gyda fi ac fe'm denodd i'w ganlyn i'r theatr, tra dylswn fod wedi dod adref. Mae Duw yn fy nghosbi.'

Cododd Eleanor o erchwyn y gwely ac edrych arno'n fud am ennyd, cyn dweud, 'Fyddet ti, John, yn cosbi rhywun yn yr un modd am wneud yr hyn a wnest ti? Wrth gwrs na fyddet ti, ac ni wnaiff Duw chwaith. Mae salwch a holl freuder y corff yn rhan o'n cyflwr meidrol ni. Fe wyddost ti hynny.'

Llifodd dagrau dros ruddiau John a rhoddodd ei law yn ei llaw hithau heb yngan gair.

Yn ddiweddarach y bore hwnnw, agorodd Beti'r forwyn y drws a dychryn am ei bywyd. Sgrechiodd gan beri i Eleanor redeg at ben y grisiau. Safai dicithryn yno wedi'i wisgo mewn clogyn hir du, menig a botias lledr. Gwisgai fwgwd hefyd a wnâi iddo edrych fel aderyn a chanddo big mawr.

'Y meddyg sydd yna, Beti,' esboniodd wrth ddod i lawr y grisiau. 'Mae'n gwisgo dillad fel hyn rhag i'r haint gyffwrdd ynddo. Does dim eisiau i ti fod ag ofn.' Yna trodd at y dyn dysgedig. 'Diolch am ddod, syr. Dilynwch fi, ond rhowch amser i mi baratoi'r ferch fach ar gyfer eich derbyn. Dyw hithau ddim wedi gweld meddyg o'r blaen chwaith.'

Pan groesodd y meddyg drothwy drws y llofft roedd y claf yn barod i weld y dyn – aderyn oedd yn mynd i wneud iddi deimlo'n well. Safodd y meddyg wrth droed y gwely a rhoi ei ben ar osgo i ystyried cyflwr y fechan o un ongl ac yna o ongl arall, tra gorweddai hi a'i llygaid wedi'u hanner cau. Brwydrai am ei hanadl. Mentrodd dynnu un faneg a rhoi ei law ar ei thalcen.

'Gallai fod yn waeth,' meddai. Yna, gofynnodd iddi agor ei cheg. Ar ôl archwilio ei thafod, tynnodd ei fwgwd a phlygu i roi ei glust ar ei brest.

'Yn fy marn i,' meddai, 'salwch chwysu sydd arni, gan fod casgliad o fflem yn ei hysgyfaint. Rhaid cael cydbwysedd yr hylifau yn ei chorff yn iawn.'

'Beth ydych chi'n ei awgrymu allai unioni hynny, ddoethwr?' gofynnodd John.

'Fe allwn ei gwaedu hi yn un peth.'

'Na,' meddai John. 'Bydd hynny'n gwneud pobl yn wannach fyth.'

'Yn sicr dyw'r driniaeth ddim yn effeithiol i bawb,' cyfaddefodd y meddyg. 'Ydych chi wedi rhoi ffisig o unrhyw fath iddi, feistres?' gofynnodd i Eleanor.

Cymeradwyodd y perlysiau a gymysgai Eleanor iddi. 'Mae diliau'r camri yn dda hefyd ar ôl eu berwi mewn dŵr,' ychwanegodd.

'Am ba hyd y dylai hi aros yn ei gwely?' gofynnodd John.

'Rwy'n darogan y daw hi ati'i hun ymhen yr wythnos,' meddai'r meddyg, 'ond ni ddylai weld plant eraill y teulu yn ystod y cyfnod hwnnw.'

Sicrhaodd Eleanor ef nad oedd y merched eraill wedi cael ei gweld.

'Byddai'n syniad da llosgi rhosmari a lafant yn yr ystafell hon, er mwyn i'r mwg ddifa'r haint. Tynnwch y llenni, rhag ofn y bydd y Gŵr Drwg yn ei gweld hi ac yn ei chipio hi.'

'Y gwŷr drwg sydd yn byw yn ein mysg ni ydi'r rhai sydd angen ymochel rhagddynt, ddoethwr,' meddai John.

'Rwy'n tueddu i gytuno â chi,' atebodd y meddyg.

Roedd yr argoelion yn dda iawn, felly. O fewn yr wythnos dechreuodd y ferch fach wella'n raddol a dechrau chwarae gyda'i chwiorydd unwaith eto. Gwelodd John y digwyddiad fel rhybudd fod bywyd yn rhodd y dylai ymhyfrydu ynddi bob eiliad o'r dydd, ac y dylai fod yn barod i'w rhoi yn ôl i'r Rhoddwr Mawr unrhyw bryd.

31
Salwch Plentyn Heddiw

'MAE ARNA I ofn na fyddi di'n gallu mynd i'r cyngerdd a thithe dan annwyd trwm fel 'na,' meddai Helen. Cawsai alwad o'r ysgol i nôl ei merch gan ei bod yn cwyno bod ganddi ddolur gwddw.

'Ond, Mam, dw i wedi bod yn ymarfer ac yn ymarfer,' protestiodd Ffion mewn llais cryg.

'Dw i'n gwbod, cariad, ond dwyt ti ddim yn mynd i wneud cyfiawnder â thi dy hun yn dy gyflwr presennol.' Llenwodd Helen y tegell i wneud te â lemon iddi.

'Ond bydd Mrs Humphreys yn siomedig,' meddai Ffion yn ddagreuol.

'Fydde hi ddim yn fodlon i ti lusgo dy hunan yno tra bo ti'n teimlo mor anhwylus.'

'Dw i ddim yn teimlo'n wael iawn, wir. Ga i fynd o leia i chwarae'r sonata ar y piano? Wna i ddim canu yn y côr.'

'Do's 'da ti ddim gobeth canu yn y côr,' meddai Helen gan fwytho'i gwallt. 'Ac fe fydd Mrs Humphreys yn siŵr o ddod o hyd i rywun arall i chware'r piano yn dy le di.'

Dechreuodd Ffion lefain. Fyddai hi ddim fel arfer yn llefain pan na châi ei ffordd ei hun a gwyddai Helen taw yn ei gwendid roedd hi'n gwneud hynny yn awr. Gwyddai hefyd y byddai'n rhaid i Ffion wynebu ei salwch rhwng nawr a'r cyngerdd drannoeth. Ond fe ildiodd ychydig er mwyn peidio â llwyr ddifetha'r freuddwyd.

'Cawn ni weld sut byddi di'n teimlo yn y bore,' meddai. 'Cer i gael cyntun bach nawr cyn daw'r lleill gartre i de.'

Roedd amrannau Ffion yn drwm a'i phen yn llipa wrth i Helen ei gwylio'n dringo'r grisiau cyn ei lapio yn y gwely heb dynnu dim ond ei hesgidiau. Cyffyrddodd â'i thalcen.

'Mae gen ti wres, cariad,' meddai, ond roedd Ffion yn cysgu'n barod.

'Ble mae Ffion?' oedd cwestiwn cyntaf Lisa pan gyrhaeddodd yr efeilliaid adref.

'Dyw hi ddim yn teimlo'n dda. Mae'n cysgu yn 'i llofft ar y funud.'

'Druan. Fory yw 'i diwrnod mawr hi, yntefe?'

'Rhyngoch chi a fi dw i ddim yn 'i gweld hi'n gallu mynd i'r cyngerdd.'

'Bechod,' meddai Seren. 'Bydd hi'n *devastated*.'

'Bydde'n dda 'da fi petaet ti'n osgoi defnyddio'r geirie dwl 'na,' meddai Helen yn finiog.

Roedd hi'n paratoi'r llysiau ac fe ledai aroglau swper blasus trwy'r tŷ.

'Gwell i fi fynd i weld a yw Ffion moyn swper,' meddai John pan oedd y bwyd yn barod. 'Mae pethe'n dawel iawn yn y llofft.'

'Paid â'i deffro hi,' meddai Helen. 'Galla i gadw peth iddi tan yn hwyrach.' Ond dymunai John weld drosto'i hun ei bod hi'n iawn.

Deffrodd Ffion pan ddaeth John i mewn i'w hystafell. Griddfanodd a throi ar ei hochr. Yna, daeth yn ymwybodol o'i bresenoldeb a cheisio gwenu arno.

'Wyt ti'n teimlo'n ddigon da i ddod lawr am damed o swper?'

Cododd Ffion ar ei heistedd a rhoi ei dwy droed dros erchwyn y gwely. Simsanodd tua'r drws ac yna, oedodd.

'Dw i'n teimlo'n benysgafn,' meddai. Trodd ei llygaid tua'r nenfwd a chwympodd yn dwmpath i'r llawr.

Plygodd John uwch ei phen ar ei bengliniau nes iddi ddod ati ei hun ac yna cariodd hi yn ôl i'w gwely.

'Mae Ffion wedi llewygu,' galwodd ar Helen.

Rhuthrodd Helen i fyny'r grisiau a'r efeilliaid yn ei dilyn.

'Dw i'n brifo drosta i,' meddai Ffion. 'Ac ma 'da fi ben tost.'

Rhoddodd Helen ddiferyn o ddŵr iddi gan ddal pen ei merch fach ar ei braich.

'A' i i ffonio am y meddyg,' meddai John.

'Wyt ti ddim yn meddwl y dylen ni fynd â hi'n syth i'r ysbyty?' gofynnodd Helen.

'Mae'i gwres hi'n rhy uchel,' atebodd John.

'Gad i fi dynnu dy gardigan di, cariad,' meddai Helen wrthi.

'Ydi hi'n mynd i fod yn iawn?' gofynnodd Lisa. Roedd hi a Seren yn gafael yn ei gilydd yn y drws.

'Wrth gwrs,' meddai Helen. 'Do's dim angen cynhyrfu. Cerwch i orffen 'ych swper, ferched.'

Daeth deg o'r gloch a doedd dim sôn am y meddyg. Roedden nhw wedi galw rhif arbennig gan fod y feddygfa wedi cau cyn i Ffion gael ei tharo'n wael. Roedd cyflwr Ffion wedi gwaethygu. Pesychai pan oedd yn effro ac fe siaradai'n gythryblus yn ei chwsg a'i llygaid yn llydan agored.

'Dw i ddim yn meddwl bod nhw'n 'y nghymryd i o ddifri,' meddai John, 'neu fe fydde rhywun 'ma erbyn hyn.'

'Tebyg 'u bod nhw'n sobr o brysur,' meddai Helen.

'Dw i'n mynd i'w ffonio nhw 'to,' meddai John gan godi o'i gadair.

'Dyna fydd y drydedd waith,' meddai Helen.

O'r diwedd canodd cloch drws y ffrynt.

'Diolch byth 'ych bod chi wedi cyrraedd, doctor,' meddai John.

Aeth y wraig ifanc bryd tywyll ar draws y cyntedd ac i fyny'r grisiau.

'Ym mha ystafell?' gofynnodd yn siriol.

Dangosodd John lofft Ffion iddi. Ar ôl archwilio Ffion yn drwyadl fe drodd at ei rhieni pryderus.

'Yn 'y marn i mae niwmonia arni,' meddai. 'Dw i'n mynd i roi cwrs o antibiotics iddi. Dyle fe glirio mewn wythnos neu ddwy. Ydi hi wedi adweithio'n ddrwg iddyn nhw erioed?'

'Nac ydi.'

'Rhodda i un dogn nawr iddi i ymladd yr afiechyd, felly. A dyma rywbeth arall i roi noson dda o gwsg iddi heno.'

'Ond mae niwmonia'n ddifrifol,' meddai John.

'Mae'n gallu bod, os caiff ei anwybyddu, ond mae antibiotics yn gweithio'n dda hyd yn hyn,' ychwanegodd.

'Diolch yn fawr am ddod draw heno, doctor,' meddai John. 'Do'dd hi ddim yn siwrne ofer.'

Gwenodd y meddyg arno. 'Cadwch hi yn y tŷ am yr wythnos 'ma, gan osgoi gwneud dim byd rhy egnïol.'

'Diolch i Dduw,' meddai John ar ôl i'r meddyg adael, 'ein bod yn byw yn y lle a'r amser iawn i gael triniaeth effeithiol.'

'Ar adege fel hyn, ni'n sylweddoli mor bwysig yw ca'l 'yn blaenoriaethe'n iawn,' meddai Helen.

3 2
Croesholi

'**M**R EDWARDS,' MEDDAI'R barnwr yn fygythiol, 'ydych chi'n gwybod pam rydych chi yma?'

Roedd ei wyneb sarrug yn cuchio arno dros y ford yn ogystal â sawl wyneb arall o dan hetiau du, sgwâr.

Roedd John Edwards wedi drysu'n lân. Ni allai gofio beth oedd wedi digwydd cyn y munudau diwethaf pan hyrddiwyd ef i'r ystafell foel hon a chael ei sodro o flaen y dynion hyn, a'r rheini'n llygadrythu arno. Daeth yn ymwybodol o boen yn saethu trwy ei arddyrnau ac edrychodd i lawr a gweld bod gwaed sych arnynt. Os bu cadwynau yn gwasgu arnynt, roedd rhywun wedi eu rhyddhau.

'Atebwch,' bloeddiodd y barnwr. 'Onid ydych chi'n gwybod pwy ydw i?'

'Nac ydw, syr,' meddai John Edwards.

'Rydych chi'n siarad â'r Barnwr Young ac rwyf wedi alaru at holl gastiau eich cymdeithion.'

Deuai'r atgofion yn ôl yn raddol i John. Fflachiodd llun i'w feddwl o'r ymosodiad sydyn yn y goedwig yn Islington lle cynhaliwyd yr oedfa. Cofiai'r pastynau, yr ergydion, y chwalfa a sgrechfeydd y gwragedd. Rhaid ei fod wedi bwrw ei ben wrth geisio dianc neu fod un o asiantwyr yr ustus lleol wedi'i fwrw. Ond ni allai yn ei fyw gofio sut y cyrhaeddodd y lle hwn.

'Ble'r ydw i, syr?' gofynnodd yn ofnus.

'Ni sy'n gofyn y cwestiynau a rhaid i chi fy annerch fel "Eich Anrhydedd",' meddai'r barnwr. 'Ble mae John Penry?'

'Dw i ddim yn gwybod, Eich Anrhydedd.'

Dyrnodd y barnwr y ford. 'Rwy'n credu eich bod yn gelwyddgi. Ble welsoch chi ef ddiwethaf?'

Ceisiodd John Edwards gofio. Symudodd ei ddau warchodwr yn nes ato.

'Nos Sadwrn.'

'A pha drais fuoch chi'n ei gynllwynio?' gofynnodd y barnwr.

'Cerdded i dŷ Mr Lee roeddem ni, Eich Anrhydedd.'

'Lee?' gofynnodd y clerigwr a eisteddai wrth ymyl y Barnwr Young. Roedd ganddo lygaid du, treiddgar.

'Nicholas Lee, Eich Anrhydedd,' atebodd clerigwr arall, 'un o'r diaconiaid yn eu heglwys honedig.'

'A chyn hynny?' gofynnodd y barnwr.

'Fis Tachwedd diwethaf. Teithiais gydag ef yn y wlad.'

'Pa ran o'r wlad?'

'Y gogledd, dw i'n credu.'

'Credu? Ydych chi mor wirion fel na wyddoch chi bedwar pwynt y cwmpawd? Pa fusnes oedd gennych i grwydro o gwmpas y wlad fel rhyw fagabond?'

'Alla i ddim cofio, Eich Anrhydedd.'

Nesaodd y ddau warchodwr yn agosach ato a sylwodd ar lafnau dur eu harfau trwy gil ei lygad.

'Aethon ni i hebrwng Mrs Penry o dŷ ei thad,' meddai John yn frysiog.

Pwysodd yr Archesgob i gyfeiriad y Barnwr Young. 'Tŷ Mr Godley. Mae'n perthyn i un o gelloedd ein gwrthwynebwyr yn Northampton,' esboniodd ef.

'Ble arhosoch chi ar y ffordd?'

'Chlywais i erioed am enw'r lle cyntaf, ond...' Cymerodd saib. '... arhoson ni yn Derby.'

'Gyda phwy?'

Nid atebodd John Edwards.

'Ydych chi am sefyll eich prawf am frad? Oherwydd dyna fyddai canlyniad gwrthod ateb cwestiynau'r llys hwn.'

'Gyda Mr Ureton,' meddai John. Gwyddai nad oedd dewis ganddo ond ateb cwestiynau'r llys ffug hwn.

Gwnaeth un o'r clerigwyr nodyn o'r enw a suddodd calon John Edwards. Roedd wedi bradychu dau ffrind bellach.

'I ble'r aethoch â Mrs Penry?' gofynnodd y clerigwr.

Ysai John am gael diferyn o ddŵr i glirio'r bendro a deimlai ond ni feiddiai ofyn.

'I Sant Alban,' meddai'n gryg.

'Oes cynllwynwyr yn y fan honno hefyd?'

Roedd y syniad wedi cythruddo'r barnwr.

'Gyda phwy arhosoch chi?'

'Cawson ni lety mewn tŷ tafarn, Eich Anrhydedd.'

'Ac ymlaen o'r fan honno i Lundain, siŵr o fod. Ble adawsoch chi nhw?'

'Ym maestref Stratford.'

Cododd y barnwr ei aeliau i fynegi ei fod yn disgwyl rhagor o wybodaeth.

'Mewn tŷ tafarn eto,' ychwanegodd John.

'Pryd welsoch chi ef wedyn?'

'Ychydig cyn y Nadolig.'

'Ble?'

Teflid y cwestiynau ato fel petai'n sefyll yn y rhigod.

'Mewn cwrdd ger yr Hen Borth.'

'Ger Porth y Diafol fyddai'n nes at y gwir,' ebychodd y clerigwr â'r llygaid du.

'Ydych chi wedi bod yn Llundain ers y Nadolig?'

'Naddo, Eich Anrhydedd. Dw i wedi bod mas yn y wlad tan yn ddiweddar iawn.'

'Os felly, sut trefnoch chi i gwrdd â Mr Penry nos Sadwrn diwethaf?'

'Fe ddaeth i dŷ fy mrawd ychydig o ddyddie ynghynt.'

'Mae eich brawd yn rhan o'r cynllwyn hefyd felly.' Pwysodd y barnwr dros y ford.

'O nac ydi, nac ydi wir, Eich Anrhydedd. Does a wnelo'r peth ddim o gwbl ag e. Dim ond digwydd aros gyda fe rown i.'

'Sut roedd Mr Penry yn gwybod ble i ddod o hyd i chi?'

Ni wyddai John Edwards sut i ateb. Efallai fod si ar led ei fod ef ei hun yn y ddinas a'r si wedi cyrraedd John Penry trwy'r rhwydwaith o frodyr a chwiorydd yn y Ffydd. Ni fynnai dynnu sylw at hynny.

'Mae mwy nag un posibilrwydd,' atebodd. Roedd e'n crynu'n afreolus erbyn hyn.

'Hwyrach y bydd sbel yn y carchar yn eich ysgogi i gofio pa un ohonyn nhw sy'n wir,' meddai'r clerigwr a eisteddai ar ddeheulaw'r barnwr.

'Pa ddiwrnod daeth ef i dŷ eich brawd?' gofynnodd y barnwr.

'Dydd Mercher neu ddydd Iau.'

'Pa un o'r ddau? Faint o'r gloch?' bloeddiodd y clerigwr.

Rhoddodd y barnwr ei law ar ei fraich i ddofi ei gynddaredd.

'Yn gynnar y bore, syr. Rown i heb glymu careiau fy motias, ond alla i ddim cofio pa ddiwrnod, ar fy llw.'

'Yn gynnar, wrth gwrs,' meddai'r holwr, 'cyn i bobl dduwiol godi. Dyna pryd bydd y diafol wrth ei waith.'

'Ni allaf ddeall pam y bu pedwar mis o dawelwch rhyngoch

chi a Mr Penry,' meddai'r barnwr. 'Rydych chi'n cuddio rhywbeth.'

'Ar fy enaid, Eich Anrhydedd, dw i ddim yn cuddio dim. Roedd yn destun rhyfeddod i Mr Penry ei hun fod cymaint o amser ers i ni gyfarfod. Bu'n rhaid iddo wirio'r ffaith yn ei lyfr cofnodion.'

'Ble mae e'n cuddio yn awr?' Dychwelodd y clerigwr at brif bwrpas yr ymholiad.

Meddyliai John Edwards am ei frawd ac am y carchar. Teimlai'n llesg ac roedd ganddo bethau i'w cyflawni cyn ymadael â'r bywyd bregus hwn. Ni fyddai John Penry yn aros yn yr un lle am gyfnod hir. Y tebyg oedd ei fod wedi symud yn barod o lety Mrs Settle yn Stepney.

*

'Mae'r rhwyd yn cau, Eleanor,' meddai John. Roedd y tair merch fach yn clystyru o gwmpas plygiadau ei sgert. Roedd y baban ym mreichiau'r forwyn. Safent i gyd ar ben y grisiau oedd yn disgyn i ganol cyntedd y tŷ i weld pwy oedd yn agor drws y ffrynt. Daeth ton o ryddhad dros Eleanor. Wyddai hi ddim pa bryd y llwyddai John i ddod adref y dyddiau hyn.

'Cwrddais â John Edwards ar y ffordd yn ôl,' meddai John. 'Dywedodd fod y Barnwr Young wedi'i wysio i ymddangos o'i flaen a gofynnodd lawer o gwestiynau amdana i.'

Gwelwodd Eleanor. 'Pa fath o gwestiynau?'

'Am fy symudiadau. Bu'n rhaid iddo gyfaddef iddo fod gyda fi pan aethon ni i'th nôl di a'r plant o dŷ dy dad yn Northampton ym mis Tachwedd, ac enwi'r holl leoedd y buon ni'n aros ynddyn nhw ar y ffordd. Gorfu iddo ddweud hefyd bod Mrs Settle wedi cynnig lloches i mi yn ardal Ratcliffe.

Rhaid imi fynd yno'n syth i rybuddio Mrs Settle rhag ofn y bydd asiant Whitgift am dynnu'r tŷ yn ddarnau.'

Edrychodd Eleanor arno mewn arswyd. Ni wyddai am ba hyd y gallai oddef yr helfa hon. Roedd wedi datblygu'n hunllef. Darllenodd John ei meddyliau. Erbyn hyn roedd cwrs ei fywyd yn ddi-droi'n-ôl.

'Ymddirieda yn yr Arglwydd ac fe gei di nerth, f'anwylyd,' meddai. Fe'i cofleidiodd hi a'r merched, ac roedd dagrau yn llygaid pawb. Yna trodd ar ei sawdl am y drws heb edrych yn ôl rhag iddo gael ei demtio i aros.

Roedd tŷ Mrs Settle yn ymddangos yn dawel, heb yr un creadur byw i'w weld yn cerdded ar hyd y lôn gul. Ochneidiodd John mewn rhyddhad wrth gerdded trwy'r ardd lysiau fach at ddrws y ffrynt. Curodd y drws yn ysgafn ond doedd dim ateb. Trodd y dwrn ac agor y drws yn ofalus ac aeth i mewn. Wrth i'w lygaid ymgyfarwyddo â'r pylni neidiodd rhywun ar ei war a chlymodd dyn arall ei ddwylo y tu ôl i'w gefn. Wedi dod dros yr ergyd cyfarfu ei lygaid â llygaid Mrs Settle. Roedd hi'n sefyll yn y cysgodion, wedi'i pharlysu gan ofn. Doedd dim sôn am forwyn na gwas yn unman. Sylwodd John ar y llaeth a lifai dros y llawr a'r llestr bach yn ei ymyl a gwympodd pan wthiwyd y ford drosodd. Sylwodd hefyd ar y crugyn o fatiau clytwaith a daflwyd yn erbyn y pared pan rwygodd yr ymosodwyr estyll y llawr. Yna, daeth ergyd arall ac fe gwympodd yn anymwybodol.

33
Carchar

A ETH DYDDIAU DI-FUDD heibio a dilynwyd hwy gan
nosweithiau di-gwsg. Disgwyl am newyddion oedd
yr unig beth y gallai Eleanor ei wneud. Cynyddodd ei
phryder gyda'r oriau ond ni feiddiai adael y tŷ i chwilio am
John. Beth fyddai'n digwydd i'r merched petai hi'n cael ei
harestio? Yn yr awyrgylch hwn o ofn a dreiddiai drwyddynt,
ni wnâi'r plant ei gollwng hi o'u golwg. Cael ei harestio
fyddai ei hanes hi, roedd yn siŵr o hynny, a John wedi'i
gipio i un o garchardai enbyd y ddinas. Ers i'r awdurdodau
wneud y cyrch arnynt yn Islington, roedd y gymuned a
ymgasglai yno yn y chwarel dan arweiniad Francis Johnson
wedi'i chwalu. Pe na bai hynny wedi digwydd, fe fyddai un
ohonynt wedi rhoi gwybod iddi erbyn hyn. Cawsai wybod
ychydig o hanes Mr Barrowe a Mr Greenwood ar hap a
damwain trwy ei morwyn.

Ar ôl iddi ymweld â'i brawd yn ei weithdy lledr, nid nepell
o'r Hen Feili, gwelodd dorf swnllyd wrth fynd heibio'r adeilad
hwnnw. Roedden nhw'n disgwyl clywed y ddedfryd ar y ddau
ddyn hyddysg a safodd eu prawf am gyhoeddi traethawd a
oedd, yn ôl yr awdurdodau, yn fygythiad i deyrnas y Frenhines
Elizabeth ac yn sarhau deddf gwlad trwy gael ei gyhoeddi yn
yr Iseldiroedd. Gwyddai Eleanor eu bod mewn perygl o golli
eu bywydau, er mai go brin y byddai cynghorwyr ei Mawrhydi
yn mynnu hynny. Trafod cyfundrefn yr Eglwys fyddai'r ddau

ddiwinydd hyn bob amser ac fel y byddai John yn ei ddweud, roedd yn ddyletswydd ar ddeiliaid ei Mawrhydi i'w hysbysu am yr hyn a wneid yn ei henw. Gobeithiai Eleanor yn fawr iawn y deuent o hyd i dwrnai, neu rywun dylanwadol, i siarad drostynt yn llys y Frenhines.

Yna derbyniodd y newyddion roedd hi wedi'u hofni.

*

Cerddodd ceidwad y carchar yn flinderus at y llidiart haearn. Chwilotodd am yr allwedd cywir ymhlith y clwstwr trwm a hongiai oddi ar ei wregys ac yna agorodd y drws iddi. Gwenodd yn drist ar Eleanor wrth iddi gamu trwodd a'i phen wedi'i orchuddio â chwfl. Bwriodd hithau drem dros ei hysgwydd rhag ofn bod rhywun yn ei gwylio. Arweiniodd y ceidwad hi ar draws y beili at gell yn yr adeilad yn y pellter. Roedd y tu mewn yn union fel ogof a'r un mor oer. Efallai taw'r ceidwad a ddaethai â'r distiau i wneud y ford, y stôl a'r gwely ar goesau pren iddo. Gwrthban brwnt llawn tyllau a chawg carthion oedd yr unig bethau eraill a welai hi yno. Syllai John arni o'r gongl gyferbyn â'r drws. Roedd socedau ei lygaid glas, hardd wedi suddo i mewn yn llawn dychryn. Sylwodd fod ei figyrnau mewn cyffion.

'John,' sibrydodd, gan ymladd i atal ei dagrau. 'Wnaen nhw ddim gadael i fi ddod yma.'

'Fy Elen fwyn. Sut mae'r merched?'

'Yn colli'u tad, ond yn iach. Beth maen nhw wedi'i wneud i ti, John? Rwyt ti'n llwgu.'

'Dwyf i ddim yn cwyno am fy nghynhaliaeth. Mae'r ceidwad mor garedig ag y gall fentro bod. Yr oerfel sy'n fy nghadw ar ddihun yn y nos. Does dim byd y gallwn ni ei wneud am hynny yma.'

Crwydrodd ei llygaid at y ffrydiau o ddŵr a dreiglai i lawr waliau'r gell.

'Euthum â deiseb ar dy ran i'r Barnwr Puckering,' meddai hi mewn llais crynedig.

'Fy Elen ddewr.'

'Rwyt ti'n dioddef, John. Maen nhw'n dy drin di'n erchyll.'

'Mae llawer yn dioddef yn waeth na fi. Mae'n fraint dioddef er mwyn yr Iesu. Oes gen ti newydd am fy nghyfeillion annwyl, Mr Barrowe a Mr Greenwood?'

Dewisodd Eleanor ei geiriau'n ofalus iawn.

'Cafodd eu hachos ei ohirio, John bach, ac mae Mr Barrowe yn dibynnu ar ei gydnabod yn llys y Frenhines i ddarbwyllo'r Archesgob a'i blaid o'u diniweidrwydd.'

Caeodd John ei lygaid. 'Cawsant eu dedfrydu i farwolaeth felly. Rhaid erfyn ar i Dduw gyffwrdd â chalonnau'r sawl sy'n eu herlid.'

Gweddïodd Eleanor yn dawel na fyddai John yn gofyn am ragor o fanylion.

'Cawsant eu dal ddiwrnod ar fy ôl i. Deallais hynny wrth gael fy holi yma. Ceisiai chwilys Eglwys ei Mawrhydi ladd fy ysbryd trwy ddweud wrthyf.'

'Dr Cartwright roddodd wybod i mi. Daeth un o'i weision i'r tŷ â llythyr i mi un noson,' meddai Eleanor. 'Ceisiodd yr Eglwys ei ddefnyddio fel aelod o'i chwilys, dy air di amdano, i ddarbwyllo'r carcharorion, ond gwrthododd ar ôl eu hymholiad cyntaf.'

'Ydi'r llythyr gen ti?'

'Siarsiodd Dr Cartwright fi i'w ddinistrio.'

Fflachiodd cynnwys y llythyr trwy ei meddwl a'r delweddau arswydus a greodd: ar y pedwerydd diwrnod ar hugain o'r mis, sef y diwrnod ar ôl eu prawf, torrwyd eu cyffion a thynnwyd hwy allan o'r ddaeargell. Ond pan oeddent ar fin cael eu clymu i'r cerbyd, daeth pardwn gan ei Mawrhydi. Yr wythnos wedyn cawsant eu cludo i Tyburn, yn fore iawn, i osgoi sylw'r cyhoedd. Wrth iddynt osod rhaff am eu gyddfau ar y crocbren daeth pardwn unwaith eto gan ei Mawrhydi. Roedd eu tynged yn dal yn y fantol, ond go brin y caent weld y mis nesaf. Roedd Eleanor a John yn gwybod hynny ond ni fynegodd y naill na'r llall ei anobaith.

'Gwnaeth dy lythyr i mi wylo,' meddai Eleanor, gan dorri ar y distawrwydd rhyngddynt.

'Nid dyna oedd ei bwrpas,' meddai John yn dyner. 'Trueni bod papur ac inc, sydd mor anodd eu cael, yn destun dagrau.' Gwasgodd ei llaw.

'Wrth gwrs y bydda i'n sefyll yn gadarn dros yr achos,' pwysleisiodd hi, 'ac wrth gwrs na fydd temtasiynau'r byd hwn na phwysau'r Eglwys, fel y mae ar hyn o bryd, yn fy siglo, ac wrth gwrs y trof am gymorth at dy deulu di yng Nghymru a'm teulu innau yn Northampton.'

'Hwyrach na ddaw i hynny,' meddai John.

Plygodd Eleanor ei phen fel na welai'r dagrau yn cronni yn ei llygaid. 'Ac wrth gwrs y bydd ein merched bach yn trysori dy lythyr atynt hwythau, pan fyddan nhw wedi cyrraedd yr oed i'w ddeall.'

'Tyrd, Elen fach, fe fyddwn ni gyda'n gilydd bob amser.'

'O, John, doedd pethau ddim i fod fel hyn. Mae fel petai corwynt wedi ein codi oddi ar ein traed a'n chwipio i fannau estron, dryslyd. Wyt ti'n cofio i ni sôn am ddysgu'r merched i ddarllen?'

'Ac wedi i ti eu dysgu, fe gaent glywed fy llais yn fy ysgrifau. A dehongli'r Beibl drostynt eu hunain.'

'Ai dy holi di ynglŷn â'th ddehongliad di o'r Beibl wnaeth y chwilys, John?'

'I ddechrau, anfonodd Arglwydd Geidwad y Sêl un clerigwr ar ôl y llall ataf ond fe wrthodais eu hateb yn breifat. Rwy'n mynnu prawf cyhoeddus a chyfreithlon ac i'r perwyl hwn rwyf wedi anfon cais at y Barnwr Young. I roi halen ar y briw, gofynasant i mi dyngu llw. Nid oes gan lys ffug yr Eglwys hawl i wneud hynny. Rhoesant derfyn i'w hymdrech y diwrnod hwnnw ond ymhen rhai diwrnodau cefais fy arwain i ymddangos o flaen Mr Young a Mr Fanshawe. Taerais fod credoau ein cymuned ni yr un fath â chredoau'r Eglwys. Y swyddi a'r rhodres sydd yn feini tramgwydd i ni, fel y gwyddost, Eleanor.'

'Oedden nhw'n ffiaidd gyda thi, John?'

Aeth meddwl John yn ôl i'r holi a'r stilio dwys a bygythiol. 'Y ddau beth oedd yn eu poeni oedd y cyfarfodydd yn yr awyr agored a'r cyfle i unrhyw un bregethu. Roedd Mr Young yn mynnu credu bod ein bwriad i gael gwared ar yr esgobion yn golygu ein bod yn bwriadu eu lladd.'

Trwy rwyllwaith haearn ffenestr fach ddiwydr ei gell clywsant gân bersain mwyalchen. Deuai bob bore i'r unig goeden yn y buarth, i lonni calonnau'r carcharorion a'u hatgoffa o ryddid.

'Mae'n fore braf o wanwyn, Elen,' meddai. 'Mae Duw yn adnewyddu popeth.'

Clywsant y ceidwad yn agor drws y gell. 'Mae hi'n amser i chi adael, Mrs Penry,' meddai'n brudd. 'Cyn i bawb ddeffro. Do's gen i ddim hawl i adael ymwelwyr i mewn, ond fe wna i 'ngore drosoch chi.'

'Tan y tro nesa, Elen, fy nghariad,' meddai John wrth ei chofleidio. 'Pwy a ŵyr, hwyrach y llwyddaf i ddangos Bannau Brycheiniog i ti wedi'r cwbl ac y gwelwn y dydd pan fydd pelydrau'r haul yn torri trwy gymylau duon fy annwyl wlad.'

34
Ar Goll

D OEDD DIM RHAID i John fynd adref yn syth ar ôl ysgol nos Wener. Roedd Helen yn aros ar ôl am ychydig yn ei gwaith, ar gyfer parti ymddeol y partner hŷn y cawsai hi ei swydd. Fe godai'r plant ar ei ffordd adref. Ymarfer côr ysgol oedd gan yr efeilliaid ac roedd Ffion wedi mynd i gael te gyda'i ffrind Gwenno. Roedd yn brynhawn tesog anghyffredin o wanwyn cynnar ac fe benderfynodd John ddianc i'r wlad am orig fechan. Edrychai ymlaen at ddarllen ei lyfr yn llonyddwch ac unigedd y mynyddoedd.

Croesawai'r cyfle i fod ar ei ben ei hun fwyfwy y dyddiau hyn. Ers iddo gael gwybod bod ei gyfnod yn yr ysgol bresennol yn dirwyn i ben, a'i fod yn dechrau o'r newydd mewn ysgol arall y tymor wedyn, bu'n fwy tawedog, er mawr bryder i'w gyd-athrawon. Ni allent osgoi'r ymdeimlad o euogrwydd er nad oedd unrhyw fai arnynt hwy. Pwysai Arwel arno i gadw mewn cysylltiad wedi iddo adael a dal i gwrdd dros beint yn rheolaidd. Ond ni wyddai John sut i ymateb i hyn. Fe gâi weld, meddai, heb fynegi wrtho y byddai'n well iddo dorri'n rhydd yn gyfan gwbl.

Ef oedd y cyntaf i adael yr adeilad y prynhawn hwnnw, ac wedi cychwyn y car anelodd am Fannau Brycheiniog. Gyrrai, a sylwi ar wrychoedd yr heolydd a changhennau'r coed, a châi ei hudo gan brydferthwch byd natur, er bod fflach y cronfeydd dŵr yn ei atgoffa na lwyddodd i ddianc yn llwyr rhag gweithgaredd dynol. Llywiodd ei gar heibio i'r troad a rhyfeddu at y panorama mawreddog a roddai hwb i'w galon bob amser. Disgynnai'r cwm dwfn ar y dde am a welai llygad gan ffurfio crochan anferth a'i ochrau'n codi nes diflannu'n fynyddoedd melfedaidd a ymdoddai i'w gilydd. Gyrrodd nes gweld arwydd yn dynodi llwybr cyhoeddus. Parciodd y car mewn encil oddi ar y ffordd a dechrau cerdded ar hyd y llwybr. Ymhen hir a hwyr daeth at fforch ynddo, a dewisodd droi i'r dde.

Troediodd, gydag anhawster, rhwng y drain a'r pyllau lleidiog. Gwyddai erbyn hyn taw'r cyfeiriad arall oedd yr un y dylai fod wedi'i ddewis, ond gan iddo gerdded cyhyd, fe dybiai y gallai gyrraedd copa'r mynydd a godai y tu hwnt i'r drysni. Ar y copa câi ddarllen ei lyfr ac edmygu'r olygfa odidog ar yr un pryd. Gan fod y mynydd yn fwy serth a charegog na'r disgwyl, newidiodd ei gynllun a throdd i'r chwith cyn cyrraedd y brig. O'r fan honno cerddodd o'i amgylch nes cyrraedd llain o dir gwastad yr ochr arall. Yn y pellter o'i flaen cyffyrddai copa triawd o fynyddoedd â'r awyr las, fel diliau blodyn anferth. Gan ildio i'r ysfa i'w gweld yn agosach, cychwynnodd John dros y waun tuag atynt. Roeddent ymhellach nag y tybiai ac yn newid eu ffurf wrth iddo nesáu atynt. Yn lle nythu wrth ei gilydd roedd pellter mawr rhyngddynt. Dechreuodd John ddringo'r cyntaf ac yn fuan iawn fe'i cafodd ei hun yng nghanol tyfiant o redyn trwchus. Nid oedd yr un nodwedd weladwy i dorri ar undonedd y llechweddau a chiliai'r copa gyda phob cam, fel petai'n dilyn y lleuad. O'r diwedd daeth o hyd i graig lle gallai eistedd a darllen.

Yn fuan, roedd wedi ymgolli yn hanes erledigaethau crefyddol yr unfed ganrif ar bymtheg ac yn arbennig hanes y gŵr dewr a grwydrai'r mynyddoedd hyn. Dim ond bras gyfeirio ato a wnaeth wrth ei ddisgyblion, gan fod ei hanes y tu hwnt i'w dealltwriaeth yn eu hoedran hwy. Ond daliai ei hanes i aflonyddu John. Cipiwyd tudalennau o'r hen lyfr brau gan chwa sydyn o wynt. Daeth cwmwl llwyd yn raddol dros yr haul, gostyngodd y tymheredd yn annisgwyl ac o fewn munudau daeth gorchudd o niwl trwchus dros yr ardal fynyddig. Sylweddolodd John nad oedd ganddo syniad pa gyfeiriad i'w ddilyn er mwyn dychwelyd at ei gar, gan na allai weld mwy nag ychydig gamau o'i flaen. Doedd dim signal ar ei ffôn symudol mewn ardal mor fynyddig. Ei unig obaith oedd y byddai'r niwl yn codi mor sydyn ag y disgynnodd. Diolch byth iddo ddod â siaced rhag ofn y byddai'n gorfod treulio noson oer a hir yma ar y mynydd. Teimlai rywbeth tebyg i faneg haearn yn gafael yn ei frest pan feddyliai am y penbleth a'r pryder a achosai i Helen a'r merched. Cywilyddiai wrth feddwl pa mor ffôl roedd wedi bod.

*

'Ydw i'n siarad ag Arwel?' gofynnodd Helen pan glywodd lais dyn yn ateb ei galwad ffôn.

'Ie, Arwel sy'n siarad,' atebodd. Annisgwyl iawn oedd cael galwad mor hwyr â hyn.

'Helen sy 'ma, gwraig John. Y'ch chi digwydd bod wedi ca'l gair 'da fe heno?'

Synhwyrodd Arwel y pryder yn ei llais a chlywai sŵn y merched yn y cefndir.

'Naddo,' meddai'n syn.

'Dyw e ddim wedi dod gatre o'r ysgol. Ry'n ni heb glywed ganddo fe o gwbl. Dyw hyn ddim fel John o gwbl.'

'Y'ch chi wedi galw'r heddlu?'

'Do, ond mae'n rhy fuan iddyn nhw neud dim, hyd yn hyn.'

'A'r ysbytai?'

'Do.'

'Y'ch chi am i fi ddod draw?'

Darbwyllodd Helen ef y byddai'n well iddo aros gartref rhag ofn y byddai John yn cysylltu ag ef.

'Mae e wedi bod yn isel yn ddiweddar,' meddai Helen a'i llais yn grynedig. 'A dw i wedi bod mor brysur yn y gwaith dw i ddim wedi bod fawr o help iddo fe.'

'Do's a wnelo hynny ddim byd â heno. Peidiwch â phoeni gormod, Helen.'

Addawodd Helen y byddai'n ei ffonio eto pe câi unrhyw newyddion.

Daeth sŵn car ar y graean a chlep y drws wrth i Helen orffen yr alwad. Safai Carys ar y trothwy.

'O, Mam,' oedd yr unig eiriau y gallai eu hynganu. 'Des i draw yn syth.'

Cofleidiodd ei mam ac wedyn rhuthro at ei thair chwaer ar y soffa dan lefain.

'Mae e wedi bod yn poeni lot amdanon ni'n ddiweddar,' meddai Lisa, 'yn gorfod mynd at y prifathro i gwyno am y bwlio.'

'Dw inne'n difaru 'mod i wedi achosi gyment o drafferthion wrth drefnu cynnal y briodas yn y Bahamas,' meddai Carys.

'Ni oedd ar fai am ymuno â'r safle 'na ar y we, a rhoi cyfle i rywun anfon negeseuon cas aton ni,' meddai Seren.

'Ac ry'n ni wastad yn gwastraffu amser yn gwylio pethau mae e'n 'u galw'n sothach,' meddai Ffion.

'Na, ferched, mae probleme fel 'na'n rhan o fywyd rhieni,' meddai Helen.

O'r diwedd perswadiodd yr efeilliaid a Ffion i fynd i'w gwlâu, er eu holl brotestiadau. Arhosodd Carys yn gwmni i'w mam a bu'r ddwy yn cerdded at y ffenestr, yn eistedd ar y soffa a gwneud paneidiau o de, gan ailadrodd yr un hen bryderon, drosodd a throsodd. Doedd dim pwynt cysylltu â'r heddlu eto. Fyddai e ddim yn destun rhyfeddod iddyn nhw fod gŵr wedi penderfynu peidio â dod adref.

*

Deffrodd Arwel gyda chodiad y wawr gan gofio rhywbeth a ddywedodd John wrtho'r diwrnod cynt. Pam nad oedd wedi meddwl am hynny neithiwr? Roedd wedi digwydd crybwyll bod y sbel o dywydd braf yn codi awydd arno i ddianc i'r mynyddoedd. Gwyddai pa fynyddoedd, felly cododd, llenwi'i fflasg thermos a neidio i mewn i'r car. Cafodd rwydd hynt ar y lôn yr adeg honno o'r dydd, a buan y cyrhaeddodd ardal y Bannau er na werthfawrogai'r ffaith eu bod yn edrych mor nefolaidd yn yr heulwen gynnar. Yn hyderus ei fod yn dilyn llwybr John, gyrrodd nes sylwi ar gar wedi'i barcio mewn encil, bron o'r golwg. Car John. Roedd digon o le i gar arall barcio wrth ei ymyl.

Brwydrodd trwy'r prysgwydd gwlithog ac aroglau iraidd y bore yn ei ffroenau nes dod at fforch yn y llwybr. Pe bai John wedi troi i'r chwith fe fyddai wedi taro ar rodfa a arweiniai'n ôl at y lôn yn y pen draw. Fel John, dewisodd droi i'r dde, a chymryd y llwybr cul o gwmpas godre'r bryn a sathrwyd gan John ac ambell gerddwr ynghynt. Cyrchodd ar draws y llain wastad tuag at y tri chopa ac anelu tuag atynt, yn craffu am unrhyw arwyddion o fywyd. Dringodd trwy'r rhedyn ar y llechwedd a bwrw golwg i bob cyfeiriad nes sylwi ar fymryn bach o las yn y pellter. Wrth agosáu, fe'i profwyd yn gywir. Siaced John ydoedd a John yn ei gwisgo. Eisteddai ar graig a syllai o'i flaen. Roedd yn ddiffrwyth o ganlyniad i'r oerfel.

'Beth ar wyneb daear wyt ti'n dda fan hyn?' holodd Arwel. 'Cymera lwnc o hwn,' meddai gan roi'r fflasg iddo. 'Te a dracht o wisgi i dy ddihuno di.'

'Mae'n rhaid 'mod i wedi bod yn pendwmpian,' meddai John. 'Do's 'da ti ddim rhwbeth i'w fyta 'fyd, o's e?'

'Beth ddigwyddodd?'

'Newidiodd y tywydd mor glou. Disgynnodd niwl trwm a do'n i ddim yn gwbod lle o'n i. Felly, aroses i lle rown i a diodde'r oerfel.'

'Mae'r tywydd ar fynydd mor gyfnewidiol.'

'Helen. Rhaid gadel iddi hi wbod!'

'Rhaid i ni fynd lawr yn gynta, i ga'l signal ar y ffôn symudol. Wyt ti'n gallu cerdded?'

Llwyddodd John i sefyll a rhwbiodd ei ddwylo. Roedd ei fysedd wedi merwino a'i goesau wedi cyffio ac araf oedd y daith i lawr.

'Paid ag anghofio dy lyfr,' meddai Arwel yn hwyrach, ar ôl iddo stopio'r car y tu allan i gartref John. Ceisiodd sychu'r clawr. 'Dyw e ddim yn edrych yn rhyw ddiddorol iawn. Hanes y Piwritaniaid yn ystod cyfnod Elisabeth y Cyntaf,' meddai wrth ddarllen y clawr ôl.

'Po fwya dw i'n 'i ddarllen e mwya i gyd dw i'n cael 'y nhynnu i mewn i'r hanes. Alla i ddim egluro'r peth yn iawn. Darllen y gyfrol fel cefndir i'r cwrs Hanes dw i'n 'i ddysgu o'dd y bwriad. Rhaid cyfadde bod hanes John Penry a'i ffrindie wedi gafel yn 'y nychymyg i. Ro'dd e'n frodor o'r ardal 'ma, ti'n gwbod. Galla i bron teimlo'i bresenoldeb e a gweld yn glir sut y datblygodd 'i hanes. Mae hi'n drist gweld sut mae pobl heddi'n cymryd 'u hawlie a'u hiawndere mor ganiataol.'

'Rwyt ti'n meddwl gormod am y pethe 'na, yn meddwl yn rhy ddwys, ac yn colli'r cyfle i fwynhau'r bywyd hapus rwyt ti'n haeddu 'i ga'l.'

35
Ymwelydd yn y Carchar

ROEDD JOHN YN cysgu ar ei eistedd yn erbyn wal ei gell. Trwy'r gwyll gellid gweld bord fach a channwyll heb ei chynnau arni, stôl a matres wellt mewn un gongl. Treiddiai drewdod llaith drwyddi. Deffrowyd ef gan sŵn metelaidd allweddi.

'Mae ymwelydd wedi dod i'ch gweld, Mr Penry,' meddai'r ceidwad.

'Pwy sydd yna? Faint o'r gloch ydi hi?' gofynnodd John yn ddryslyd. Ni allai weld wyneb y dieithryn yn nhywyllwch y gell ac fe aeth ton o fraw trwyddo. Yr ennyd nesaf roedd y ffigwr yn sefyll wrth ei ymyl ac yn ei ateb yn addfwyn.

'Mae'n hwyr y prynhawn, John.'

'Francis Johnson,' meddai John. 'Roeddwn i'n meddwl dy fod ti mewn carchar fel fi.'

'Rwy i wedi cael fy rhyddhau dros dro ond mae rhywun yn fy ngwylio i.'

'Rwyt ti'n peryglu dy fywyd wrth fentro dod i'm gweld.'

'Llwyddais i osgoi yr un oedd yn fy nilyn ond dydyn nhw ddim yn barod i roi'r gorau iddi eto.'

'Chwarae gêm â thi maen nhw?'

'Chwilfrydig ydyn nhw. Hwyrach eu bod yn gobeithio fy nefnyddio i'w pwrpas eu hunain unwaith eto.'

Aeth fflach o edifeirwch dros ei wyneb a gwyddai John

ei fod yn cyfeirio at y cyfnod a dreuliodd yn yr Iseldiroedd yn gweithio dros yr Archesgob yn darganfod y llyfrau gwaharddedig a gâi eu hargraffu yno.

'Mae bywyd Henry Barrowe a John Greenwood yn dal yn y fantol,' meddai wrth gofio am gyhoeddiadau Mr Barrowe a sbardunodd dröedigaeth Francis a dod ag ef yn ôl i'w plith i'w swydd fel bugail ar gymuned yr ymneilltuwyr yn Southwark.

Llamodd calon John a goleuodd ei lygaid. Ysgydwodd Mr Johnson ei ben.

'Paid â disgwyl gwyrthiau, John. Mae Henry Barrowe wedi ysgrifennu at neb llai nag Iarlles Warwick, ond go brin bod ganddi ddigon o ddylanwad.'

'Mae llys y Frenhines a'r Senedd yn llawn dynion sydd yn cydymdeimlo â ni yn y dirgel, ond maent yn rhy ofnus i leisio'u barn.'

'Mae Syr Francis Knollys wedi gwneud ei ran ac wedi achub Dr Cartwright o'r carchar.'

'Bendith arno.'

'Mae'r carchar wedi effeithio'n ddirfawr arnat ti, fy annwyl frawd,' meddai Francis Johnson, wrth sylwi ar lesgedd corff John a'i wyneb llwyd. 'Oes rhywun wedi cael ei anfon i Gymru i roi gwybod i'th fam?'

'Dwyf i ddim am iddi wybod. Caf fy rhyddhau ac yna bwriadaf ddweud wrthi,' atebodd, gan ddangos rhyw hyder na theimlai mewn gwirionedd.

'Rhaid credu hynny.'

'Mae'r Arglwydd wedi dod â thi yma heddiw, annwyl gyfaill. Rwyf wedi ysgrifennu llythyr at ein brodyr a'n chwiorydd yn y Ffydd. Ei di ddim o'r lle hwn yn waglaw, felly. Cymynrodd o eiriau sydd gennyf i chi, nid o arian nac aur.'

'Mae nifer wedi cael eu dal ers y mis diwethaf yn ein

man cyfarfod yn yr hen chwarel,' meddai'r gweinidog yn brudd, 'ond bydd rhaid eu rhyddhau'n hwyr neu'n hwyrach.' Cymerodd y papur a estynnodd John iddo.

'Darllena fe,' meddai John.

Cymerodd Francis gannwyll a symudodd ei lygaid yn llawn dagrau dros yr ysgrifen gymen. Amneidiodd. 'Rwyt ti'n iawn, mae'n fraint dioddef dros yr Efengyl a'n golygon ar ein gwobr yn y Nefoedd.' Gostyngodd ei lygaid at y papur cyn gwneud sylw pellach. 'Yn sicr, mae'n bwysig rhybuddio pawb rhag yr elfennau hynny yn yr Eglwys nad ydynt yn deillio o'r Ysgrythur.' Darn ysbrydoledig, a thithau'n siarad yn hiraethus am fod gyda'r Iesu a'i ddilynwyr, yn frodyr ac yn chwiorydd, ac yn arbennig Mr Barrowe a Mr Greenwood.'

'Tybiwn eu bod wedi marw pan ysgrifennais y darn hwn,' meddai John.

'Mae cyngor da yn yr epistol am rannu ein heiddo ac aros gyda'n gilydd nes y cawn ein halltudio.'

Rhoddodd y llythyr mewn llogell yn ei fantell. 'Gelli di fod yn dawel dy feddwl, John. Bydd dy wraig a'r merched bach o dan ein hadain ble bynnag yr awn. Addawaf i ti, tra bydd gen i'r nerth, y bydd Eglwys Iesu Grist ar ei newydd wedd yn cynyddu fel hedyn mwstard.'

Caeodd John ei lygaid. 'Diolch, Francis,' meddai, 'gallaf farw'n ddibryder felly.'

36
Paratoi Achos

Cerddai Helen yn ddigalon ar hyd y stryd brysur. Roedd ar ei ffordd i'r ddalfa i ymweld â'i chleient. Daliai i frwydro i gadw'r achos a'i theimladau personol hi ar wahân. Arweiniwyd hi gan yr heddwas i gell arall y tro hwn. Edrychodd yn ymholgar arno ac fe atebodd y cwestiwn cyn iddi ei ofyn.

'Gwnaeth gais i newid ei gell fel y gallai wynebu'r dwyrain pan fydd yn gweddïo,' meddai.

'Unrhyw geisiadau eraill ganddo?'

'Mae'n gysetlyd iawn am y cig bydd yn 'i fwyta.'

Roedd y gell yn llwm ond yn lân. Eisteddai Mr A. ar gadair a'i ben yn ei ddwylo. Ni chymerodd sylw ohoni pan ymunodd ag ef.

'Dyma'r cyfweliad ola sy gennym cyn i chi sefyll eich prawf yn Llys y Goron, Mr A.,' dechreuodd Helen. 'Oes gennych chi unrhyw gwestiynau i'w gofyn i mi neu unrhyw wybodaeth arall y dylwn ei chael?'

Nid atebodd.

'Dw i yma i fod o gymorth i chi, Mr A.,' atgoffodd Helen ef. 'Byddai'n well petaech chi'n edrych arna i.'

'Mae edrych ar fenyw yn wrthun i mi. Does dim hawl gen i wneud hynny.'

'O'r gorau. Glywsoch chi, felly, beth ddywedes i?'

'Do.'

'Ry'ch chi'n mynd i ddadlau bod eich ffrindiau wedi'ch cynnwys mewn cynllwyn na wyddech chi pa mor erchyll fyddai e. Ai dyna'r gwir? Oherwydd mae'n rhaid imi gadarnhau hyn gyda'ch bargyfreithiwr.'

Cododd ei ysgwyddau gan esgus ei fod yn diystyru gweithgareddau'r llys.

'Roeddech chi dan yr argraff taw ymosodiad ffug a fyddai, i ddychryn ychydig ar y bobl a gwneud iddynt roddi sylw i chi. Ai dyna'r gwir?'

'Roedd yn ymgais i gosbi'r gymdeithas sydd ohoni,' bloeddiodd yn sydyn.

'Cosbi, Mr A? Cosbi dinasyddion Caerdydd, y rhai ry'ch chi'n byw yn eu plith a neb yn eich rhwystro rhag byw y math o fywyd rydych chi'n ei ddymuno? Wnewch chi ddim defnyddio'r gair "cosbi" yn y llys, na wnewch, o achos bydd yn chwalu eich holl amddiffyniad.'

'Cosb Duw fydd arnynt, beth bynnag fydd dedfryd y llys hwn.'

'Felly'n wir? Paham?'

'Mae'ch cymdeithas chi wedi dwyn awdurdod Duw. Mae democratiaeth yn sarhad ar Dduw. Y gwŷr cryf hynny sydd wedi cael eu dewis gan Dduw i ddehongli ei ewyllys ef, nhw ddylai fod wrth y llyw. Fe ddaw'r drefn honno i'ch gwlad chithau hefyd a hynny'n fuan.'

'Mae'r syniad o uchel frad wedi mynd yn hen ffasiwn y dyddiau hyn, Mr A., ond dw i'n eich cynghori i ddal eich tafod yr un fath.'

Cododd Helen i adael. Taflodd ef olwg ddirmygus arni.

'Byddai gair o ddiolch yn briodol, dw i'n credu,' meddai hi.

'Ry'ch chi wedi cael eich talu,' meddai.

'Ond nid o'ch poced chi,' meddai Helen o dan ei gwynt wrth iddi droi am y drws.

37
Papurau Pwysig

'YN ENW HOLL bwerau'r fall!' gwaeddodd yr Archesgob. Roedd neuaddau ei balas yn Lambeth yn atseinio â'i gynddaredd. Trawodd y papurau yn ei law â'i ddwrn. Roedd wyneb ei ymwelydd yn glaerwyn ac yn gymysgedd o ddicter ac ofn.

'Ydi'r dihiryn o fradwr yma'n ceisio dysgu'r ddeddf i chi, Arglwydd Brif Ustus? Sut y meiddia fe honni y dylem ni ei ollwng yn rhydd?'

'Ni wn pwy sydd wedi hysbysu Penry am y Statud newydd, Eich Gras, na sut y llwyddodd i gael gwybodaeth ac yntau'n gaeth ac yn *incommunicado.*'

Gwgodd Whitgift wrth glywed y gair Sbaeneg. 'Dylem fod wedi rhagweld hyn. Gwaith Burghley yw e. Mae ein Harglwydd Drysorydd wedi bod yn dylanwadu ar y Frenhines yn y dirgel i ganiatáu newidiadau i'r ddeddf, er ein holl ymdrechion i'w rwystro. A dyma'r canlyniad.'

'Yn ôl y ddeddf ar ei newydd wedd, mae Penry'n iawn, Mr Whitgift. Does dim gwadu hynny.'

'Pob clod i'ch galwedigaeth fel Prif Ustus, Mr Popham, ond mae angen tymheru llythyren y ddeddf â synnwyr cyffredin.'

'Ond mae'n dal i fod yn wir. Nid yw'r llyfrau a gyhoeddwyd ganddo yn heresi bellach ac felly, mae'n dilyn yn rhesymegol nad yw'n frad ychwaith. Ergyd dyblyg yn ein herbyn ni.'

'Cawn weld am hynny,' atebodd yn oeraidd.

Tra astudiai'r Archesgob y datganiad unwaith eto, mentrodd yr Arglwydd Brif Ustus wneud sylw pellach. 'Wrth gwrs, hyd yn oed yn ôl yr hen ddeddf, dylsai fod wedi cael ei gyhuddo a sefyll ei brawf ymhen amser penodedig.'

'Rheswm ychwanegol i brysuro'i gosb ef a'i debyg felly,' atebodd yr Archesgob. Cododd ei ben o'r gwaith papur ac edrych i fyw llygad y Prif Ustus. 'Fydd cynnwys y datganiad hwn ddim yn mynd ymhellach na'r ystafell hon nes y cewch chi air gennyf fi. Ydych chi'n deall, Mr Popham?'

Amneidiodd y Prif Ustus. 'Gadawaf ef gyda chi, felly,' meddai gan gyfeirio at y papurau.

'Na wnewch, yn enw'r Tad. Cymerwch ef yn ôl. Fynnwn i mo'i gael ymysg fy mhapurau i.'

Doedd dim rhaid bod yn ysgolhaig i wybod nad oedd swydd Archesgob yn fawr o amddiffynfa pe bai'r rhod wleidyddol yn troi. Wrth ei glywed ei hun yn sôn am ei bapurau, daeth syniad i'w ben a allai ddatrys problem John Penry unwaith ac am byth. Pa bethau, meddyliai'r Archesgob, roedd Penry wedi'u nodi ymysg ei bapurau preifat? Siawns nad oedd rhywbeth damniol yn eu mysg, mwy damniol hwyrach na'r hyn a gyhoeddwyd ganddo.

Byddai'n rhaid cael gafael ynddynt rywsut.

*

Gan ddilyn cyfarwyddiadau John, aeth Eleanor trwy ei bapurau gyda'r nos a'u trefnu yn ôl eu dyddiad a'u testun. Rhoddodd y gorau i'r dasg ofidus hon pan ddechreuodd y golau ballu. Llithrai'r gwyll yn raddol trwy ffenestri'r llyfrgell nes ei bod yn anodd gweld yr ysgrifen, hyd yn oed wrth ddal canhwyllbren uwch eu pen. Ni fynnai ollwng cwyr tawdd dros y papurau hyn, beth bynnag. Byddai'n rhaid disgwyl tan drannoeth i'w rhoi mewn cuddfan. Teimlai fel petai'n gymeriad mewn drama. Ni feiddiai ystyried fod John wedi gofyn iddi wneud y gymwynas hon oherwydd ei fod yn teimlo'n llawn anobaith y gallai hawlio ei ryddid, a hyd yn oed sicrhau ei einioes. Fe ufuddhâi i'w gais heb feddwl am y goblygiadau. Aeth y boen yn ormod i'w dioddef, ond er hynny ni allai wylo. Ni ddeuai'r dagrau; ni allai adweithio i'r galar, y dicter na'r ofn a oedd yn ei llethu. 'Os gwnei di briodi eto,' meddai John yn ei lythyr, 'dewis un o'r un ffydd â ni.' Ond ni ddymunai hi ystyried cael neb arall yn ŵr iddi. Cymar John oedd hi ac fe gyfnewidiai unrhyw gysur a ddeuai yn y dyfodol am ennyd o'i gwmni yn y presennol, gartref, gyda'r merched.

Ond ble gallai guddio'r papurau oedd y broblem a'i cadwodd yn effro. Roedd yn hwyr y nos erbyn hyn a dim sŵn i'w glywed ond clecian y pren a thipian trist y cloc. O'r diwedd clymodd sawl swp o'r papurau a berthynai'n amlwg i'w gilydd, gan eu bod yn deillio o'i alltudiaeth yn yr Alban, ac aeth â hwy i fyny i'w llofft. Fe'u gosodwyd yn daclus dros dro rhwng ei dillad yn ei chist. Nid oedd unman yn ddiogel. Byddai'r awdurdodau'n archwilio pob pared, nenfwd a llawr yn llety'r sawl a ddrwgdybient, yn ogystal â malu celfi er mwyn chwilio am geudod ynddynt. Doedd dim amser i dynnu priddfeini na chloddio ychwaith. Aros nes y deuai'r cyfle i fynd i Northampton eto a mynd â'r papurau i dŷ ei thad oedd y syniad gorau gan fod Southwark yn ferw o'u gelynion. Gadawodd rai papurau yn y llyfrgell gan y byddai angen edrych arnynt yn fwy manwl. Ar ôl eu plygu'n ofalus rhwng cloriau llyfrau a'u gosod ar y silffoedd, aeth i'w gwely.

*

Deffrodd yn ystod oriau mân y bore gan synhwyro bod rhywbeth wedi torri ar ei chwsg. Clustfeiniodd am synau, a chafodd gadarnhad bod rhywun yn y tŷ na ddylsai fod yno. Craffodd ar ddrws y llofft, gan amau ei fod yn cael ei agor yn dawel bach. Teimlai fod ei chorff yn rhewi yng nghysgod y pedwar postyn a amgylchynai'r gwely. Bu saib am ychydig a'r drws yn ddisymud. Yna, clywodd synau pwyo a chrafu i lawr y grisiau. Roedd y llyfrgell yn union o dan ei llofft a sylweddolodd fod rhywun yno. Cynheuodd gannwyll a llithro allan o'i llofft ac i fyny'r grisiau pren yn droednoeth i'r uwchystafell i sicrhau bod y merched a'r forwyn yn cysgu. Gwrandawodd arnynt yn anadlu am ennyd ac yna, a'i chalon yn curo'n gyflym, disgynnodd y ddwy res o risiau a arweiniai at y cyntedd mawr o flaen drws y ffrynt. Roedd y llyfrgell ar y chwith. Trwy'r bwlch rhwng y drws caeedig a'r llawr gwelodd olau'n fflachio yn ôl a blaen a sŵn traed yn symud. Yn reddfol rhuthrodd am y twll o dan y grisiau ac ymbalfalu am y pistol y mynnodd ei thad ei bod yn ei gadw. Agorodd ddrws y llyfrgell yn araf gan anelu'r pistol o'i blaen ac edrych yn syth i lygaid y lleidr oedd am y ford â hi. Gloywai ei wyneb yn annaturiol yn y golau. Gwibiodd ei law at y gyllell yn ei logell ond tynnodd Eleanor gliced y pistol a saethu at y pared. Wedi'i ddychryn gan y sŵn, cipiodd y lleidr y swmp papurau a daenwyd dros y ford a'i tharo i'r llawr wrth ddianc.

Cododd Eleanor ar ei gliniau ac achub un o'r canhwyllau oedd ar fin rhoi'r carped ar dân. Yna, canfu'r difrod. Roedd cynnwys y cypyrddau ar hyd y llawr a gorweddai llyfrau a dynnwyd o'r silffoedd ar agor, rhai tudalennau wedi'u rhwygo. Eisteddodd yn syfrdan am rai munudau ac yna, ymlusgodd yn grynedig i fyny'r grisiau. Roedd popeth yn dawel yn llofft y merched. Bwriodd olwg dros eu hwynebau a diolchodd i Dduw am eu harbed. Pan ddychwelodd i'w llofft roedd golygfa frawychus yn ei hwynebu. Roedd y dillad gwyn a gadwai yn y gist wedi cael eu taflu ar lawr a'r papurau yn eu plygiadau wedi diflannu. Daeth yn ymwybodol o lygaid yn ei gwylio a throdd i edrych at y drws. Llechai dyn yno fel drychiolaeth. Sgrechiodd Eleanor. Heb dynnu ei lygaid oddi arni llithrodd y dyn allan o'r ystafell.

Pan gyrhaeddodd y forwyn roedd Eleanor mewn llewyg ar lawr ei llofft.

'Ond pam, Mrs Penry?' meddai'r forwyn, ar ôl i'w meistres ddod ati'i hun. 'Pam gwneud llanastr fel hyn? Am beth roedden nhw'n chwilio?'

'Am draethodau Mr Penry, Marged,' atebodd Eleanor.

Ymddangosodd y ferch fach bedair oed ar drothwy'r drws.

'Beth sy'n digwydd, Mam?'

'Daeth dyn drwg i ddwyn papurau dy dad, f'anwylyd.'

Dechreuodd y fechan grio a chusanodd Eleanor hi. 'Paid â phoeni. Mae wedi mynd erbyn hyn. Ddaw e ddim yn ôl.'

Deallai Eleanor pam roedd y lleidr wedi dwyn y papurau. Fe allent fod o ddefnydd i'w elynion.

*

Gwenodd yr Archesgob. 'Rydych chi wedi cyflawni campwaith, Mr Bancroft,' meddai wrth y dyn a safai yn yr union fan lle bu Mr Ustus Popham y diwrnod cynt. Roedd cipolwg ar y papurau a roddwyd yn ei law yn fwy na digon i adfer ei hwyliau. 'Wn i ddim sut y gwnaethoch chi lwyddo.' Cawsai ganmoliaeth anarferol gan Archesgob Caergaint.

'Bûm yn lwcus, Archesgob.'

'Dewisasoch eich asiant yn ddoeth, ddwedwn i.'

'Roedd yn un profiadol. Beili yng ngwasanaeth y Marchog Marsial. Ef a arweiniodd y fintai a drechodd y reiat yn Southwark yn ddiweddar.'

'Byddwch yn esgob teilwng iawn, Mr Bancroft. Ond mae'n rhaid troedio'n ofalus. Mae'r reiat yn dangos y cydymdeimlad at y carcharorion sydd gan y cyhoedd.'

Moesymgrymodd Mr Bancroft.

'Mae'r wybodaeth yn ddamniol iddo,' parhaodd yr Archesgob wrth ddarllen rhan o'r dystiolaeth a gawsai gan Mr Bancroft. 'Mae'n dyddio o'i gyfnod yn yr Alban flwyddyn yn ôl. Gwrandewch ar hyn. "Mae eich teyrnas, Madam, yn peryglu Efengyl Iesu Grist yn hytrach na'i gwarchod, canys ni chaniateir i ni addoli Duw yn ôl Ei air."' Cododd ei law i ddynodi ei fod yn chwilio am ddyfyniad damniol arall. '"Ni chawn ddiwygiad drwy eich dwylo chwi, oherwydd amgylchynwyd chwi gan wenieithwyr a chynffonwyr." A dyma'r datganiad gorau i ni: "Wedi ennill eich gorseddfainc trwy arddel yr Efengyl, rydych chi'n llurgunio'r gwirionedd, fel y gallwch sicrhau'r orseddfainc honno."'

'Go brin bod y ddogfen hon wedi gweld golau dydd.'

'Pa wahaniaeth? Mae'n diferu o deyrnfradwriaeth. Arhoswch nes i mi ddangos hyn i Arglwydd Burghley. Ni all ef, hyd yn oed, amddiffyn John Penry wedi darllen hwn.'

38
Llys Barn

Cerddai Helen trwy'r dorf y tu allan i'r llys barn yn y Ganolfan Ddinesig. Adlewyrchai'r adeilad gwyn, neoglasurol yr urddas a'r difrifoldeb oedd yn gweddu i'r achlysur. Cedwid y dorf dan reolaeth gan heddweision a sylwodd Helen fod rhai ar gefn ceffylau yno hefyd, ond yn ddigon pell rhag cythruddo'r dorf. Cynrychiolai'r dorf groestoriad o bobl Caerdydd a chafodd Helen gipolwg ar y posteri a gariai rhai. Roedd yn amlwg bod gwahanol fudiadau wedi anfon aelodau i bwysleisio'u safbwyntiau. Gwnaent apêl dros heddwch, dros gyfiawnder a thros ysbryd cymunedol. Daeth llun dathliad blynyddol Gŵyl Ddewi i feddwl Helen, pan fyddai holl gymunedau Caerdydd yn gytûn, yn gorymdeithio trwy strydoedd y ddinas i sŵn cerddoriaeth, gan chwifio'u baneri, cyn ymgasglu yng ngerddi'r castell. Roedd yn hyderus y byddai'r orymdaith yn digwydd y flwyddyn nesaf, unwaith eto, wedi i'r prawf hwn fynd yn angof. Heddiw gellid synhwyro pryder a siom ymysg y dorf gymharol dawel hon.

Esgynnodd y grisiau marmor a cherdded i mewn i'r adeilad. Wedi ychydig o ymgynghori, aeth y tîm cyfreithiol i'w seddau yn y llys y tu ôl i'r bargyfreithwyr yn eu perwigau. Gorchmynnodd clerc y llys i bawb sefyll pan ddaeth y barnwr i mewn a thyngodd y rheithgor y llw, fesul un. Creodd hyn oll awyrgylch o barchedig ofn. Eisteddai Helen ar flaen ei chadair gan gadw llygad ar ei nodiadau er mwyn sicrhau y gallai ateb yn syth, pe bai'r bargyfreithiwr am wirio gwybodaeth, neu am gadarnhau ffeithiau.

Daeth tro Mr A., y cyhuddedig, i esgyn i flwch y tystion.

'Mr A.,' cychwynnodd y bargyfreithiwr dros y Goron, 'ers pryd rydych chi wedi bod yn byw yng Nghymru?'

'Wyth mlynedd.'

'Beth a ddaeth â chi i'r wlad hon yn y lle cyntaf?'

'Des i astudio yn y brifysgol.'

'A beth oedd eich pwnc?'

'Cyfrifiadureg.'

'Ydych chi wedi gorffen eich cwrs yn y brifysgol?'

'Do, a naddo. Arhosais i wneud doethuriaeth wedi i mi raddio.'

'Mae'n cymryd amser hir i'w orffen, on'd yw hi?'

Edrychodd y cyhuddedig arno heb ddeall pwrpas y cwestiwn.

'Hynny yw, mae wyth mlynedd yn gyfnod hir i fod wrthi'n astudio. Ac yn gostus hefyd,' esboniodd y bargyfreithiwr.

Cododd Mr A. ei ysgwyddau.

'Mewn gwirionedd, rydych chi wedi gwneud eich cartref yma yng Nghaerdydd. A pha le gwell?'

Nid atebodd Mr A.

'Ydych chi ar delerau da gyda'ch cymdogion?'

'Ydw.'

'Ond nid yn ddigon da i'ch atal rhag peryglu eu bywydau?'

'Dw i ddim yn bwriadu gwneud dim drwg iddyn nhw.'

'Ond gallasent fod wedi bod yn bresennol yng nghanol y ddinas, a phetai eich bom wedi ffrwydro gallasent fod yn anlwcus a chael eu chwythu'n ddarnau mân?'

'Doedden nhw ddim yno. A beth bynnag, wyddwn i ddim oll am y bom.'

'Dyna i gyd am y tro,' meddai'r bargyfreithiwr a dychwelyd i'w sedd.

Cododd y bargyfreithiwr dros y diffynnydd ac ymystwyrodd Helen.

'Pan gawsoch wahoddiad gan eich ffrindiau i fynd i'r amgueddfa yn eu cwmni, ar y diwrnod ofnadwy hwnnw,' meddai, gan droi at Helen i dderbyn nodyn i'w atgoffa am yr union amser, 'doedd gennych chi ddim syniad beth oedd yn y bag yn eich meddiant. Ydi hynny'n wir?'

'Ydi. A nhw ofynnodd i fi ei gario.'

'Pam y gwnaethoch chi gytuno?'

'Roeddwn yn awyddus i fod o gymorth iddynt.'

'Wnaethoch chi ofyn beth oedd yn y bag?'

'Naddo, fe ddwedon nhw wrtha i eu bod wedi prynu popty microdon a heb gael cyfle i fynd ag e adref, cyn cwrdd â fi.'

'Mae hynny'n swnio'n ddigon rhesymol,' meddai'r bargyfreithiwr wrth gasglu ei bapurau at ei gilydd a chymryd saib.

Aeth murmur o gwmpas yr ystafell a chaniataodd y barnwr i'r diffynnydd gamu o flwch y tystion.

'Dw i'n dymuno galw fy nhyst cyntaf, fy arglwydd,' meddai'r cwnsler dros yr erlyniad. Holodd yntau'r wraig ifanc a ofalai am un o'r orielau yn yr amgueddfa lle daeth y diffynnydd a'r ddau ddyn arall i weld lluniau'r argraffiadwyr, yn ôl pob golwg. Ni roddwyd ei henw'n llawn rhag i rywun geisio dial arni.

'Carla, rwy'n deall mai chi a daclodd y tri dyn a ddaeth i mewn i'r oriel. Pam y gwnaethoch chi ymateb mor feiddgar?'

'Roedden nhw ar fin tanio bom yno, syr,' atebodd.

'Sut y gwyddech chi hynny?'

'Roedd yr un acw'n cario bag trwm a chlywais i ef yn dweud rhywbeth a wnaeth i fi feddwl bod ganddyn nhw fom.'

'Beth glywsoch chi ef yn ei ddweud, Carla?'

'Dywedodd rywbeth am ddinistrio llun y ferch las fel na allai hi gael ei harddangos byth wedyn.'

'"La Parisienne" yw teitl cywir y ferch las, wrth gwrs,' eglurodd y bargyfreithiwr i'r llys. 'Ac roeddech chithau'n debyg o ddioddef yr un ffawd, onid oeddech chi, Carla?'

Cuchiodd y barnwr arno. Roedd y sylw ar y ffin rhwng ffaith a rhagdybiaeth.

'Dw i'n trio peidio meddwl am y peth,' atebodd Carla.

'Diolch, Carla,' gorffennodd y bargyfreithiwr.

Cododd ei wrthwynebydd a'i hwynebu hi'n hamddenol.

'Oeddech chi yn yr un oriel â'r gŵr hwn sy'n sefyll ei brawf ar gyhuddiad o fod yn derfysgwr, Carla?' gofynnodd iddi.

'Nac o'n. Ro'n i yn yr oriel agosa ati, ond mae'r fynedfa rhyngddynt yn agored.'

'Mae wal yn gwahanu'r ddwy ond mae bwlch rhyngddynt, onid oes?'

'Cywir.'

'Ble'n union roeddech chi'n sefyll?'

'Do'n i ddim yn sefyll. Neidiais o fy nghadair pan glywais i ef yn siarad.'

'A ble oedd y gadair?'

'Y tu ôl i'r wal,' atebodd hi wedi saib hir.

'Carla, dw i wedi bod yn yr amgueddfa i wneud arbrawf bach. Pan fo rhywun yn eistedd ar gadair y tu ôl i'r wal yn eich oriel chi, mae'n anodd iawn clywed beth fydd rhywun arall yn ei ddweud os bydd yn sefyll yn ymyl y ferch las yn yr oriel arall.'

'Siaradodd yn uchel.'

'I dynnu sylw ato'i hun? Anodd credu hynny.'

'Ond clywais ei eiriau'n eglur.'

'Nid wyf yn amau eich bod wedi'i glywed, Carla, ond efallai eich bod wedi'i gamglywed.'

Gohiriodd y barnwr yr achos er mwyn cael egwyl i ginio.

Ar ddechrau'r prynhawn galwodd y cwnsler dros y diffynnydd ar y wraig oedd yn byw gyda Mr A. i roi tystiolaeth. Llifai'r llathenni o frethyn du a'i gorchuddiai o'i phen i'w sawdl yn osgeiddig wrth iddi gerdded at flwch y tystion. Roedd hollt yn y deunydd fel y gallai ei llygaid weld. Dynesodd y ddau fargyfreithiwr at fainc y barnwr a gofynnodd yr un dros y diffynnydd a gâi'r wraig ganiatâd i ateb heb ddangos ei hwyneb.

'Caiff,' meddai'r barnwr, 'rhydd i bawb ddewis ei benwisg neu ei phenwisg ond iddynt siarad yn eglur.'

'Dw i'n mynd i ofyn ychydig o gwestiynau i chi, Mrs A.,' meddai'r cwnsler ar ran yr erlyniad yn gwrtais. 'Ydych chi'n teimlo'n ddigon cyfforddus i'w hateb?'

Edrychodd i fyny i'r oriel lle eisteddai ei pherthnasau. Roeddent yn ymddangos yn aflonydd. 'Ydw,' meddai, gan amneidio â'i phen.

'Wnaethoch chi sylwi ar unrhyw newid yn ymarweddiad eich gŵr yn ystod y misoedd cyn y drosedd sydd dan sylw yma heddiw?'

Roedd Mrs A. yn rhy ofnus i'w ateb.

'Mae'r llys hwn am ddarganfod y gwir, Mrs A., ac am wneud ei waith yn ddiduedd.'

'Nid wyf wedi gweld llawer ohono'n ddiweddar,' meddai. 'Nid ydych chi yn y wlad hon yn deall, ond mae bywydau gwŷr a gwragedd ein cenedl ni'n wahanol iawn i'ch bywydau chi, yn fy mhrofiad i.'

'A ddwedech chi ei fod yn ŵr da a charedig wrthoch chi?'

'Nid llys y teulu ydi hwn,' torrodd y barnwr ar ei draws.

Edrychodd y cwnsler yn barchus arno. 'O'r gorau,' meddai. 'Meddyliwch am y bore hwnnw pan alwodd yr heddlu i arestio eich gŵr, Mrs A. Pwy atebodd y drws?'

'Fi.'

'Faint o'r gloch y bore oedd hi?'

'Roedd yr haul newydd godi,' meddai'n hwyrfrydig gan fwrw golwg tua'r oriel.

'Cawsoch chi fraw, siŵr o fod.'

'Ro'n i'n meddwl y cawn newyddion drwg am fy nheulu sy'n byw dramor.'

'Ble'r oedd eich gŵr ar y pryd?'

'Yn ei lofft.'

'Diolch yn fawr, Mrs A.'

Doedd gan y bargyfreithiwr dros yr amddiffyniad ddim cwestiynau i'w gofyn i'r tyst. Gadawodd hithau y blwch a cherdded yn betrusgar yn ôl i'w lle. Roedd ei symudiadau yn awgrymu ei bod yn amau a oedd hi wedi ateb fel y dylai, er y gwyddai ei bod wedi dweud y gwir.

Parhaodd yr achos tan y dydd Gwener. Yn ystod yr wythnos mynnodd y barnwr fod y rheithgor yn ymweld â'r ddwy oriel yn yr amgueddfa er mwyn penderfynu beth yn union a ddigwyddodd yno.

Ar y dydd Sadwrn, gan ddilyn awgrym John, aeth Helen ar wibdaith am y diwrnod gyda'i ffrind er mwyn ymlacio a bwrw ei blinder. Croesawodd John y cyfle i dreulio amser gyda'i ferched a'u difyrru ar ei ben ei hun ac efallai y caent ddarllen ychydig, hyd yn oed. Pan ddaeth dydd Sul roedd Helen ar bigau'r drain unwaith eto wrth feddwl am ailafael yn yr achos y bore canlynol.

Roedd wyneb Mr A. yn bictiwr o ryfyg ac ystyfnigrwydd wrth iddo gael ei alw'n ôl i roddi rhagor o dystiolaeth. Daliai ei ddwylo o'i flaen a bysedd y naill law yn cyffwrdd â bysedd y llall, fel petai ar fin troi at weddi.

'Mr A.,' meddai'r cwnsler dros yr erlyniad, ydych chi'n sylweddoli pa mor beryglus ydi cadw Triacetone Triperoxide yn eich cartref?'

Roedd golwg bygythiol ar wyneb y barnwr oherwydd bod rhagdybiaeth yn y cwestiwn.

'Beth ydi hwnnw?' gofynnodd y diffynnydd cyn i'r bargyfreithiwr ymyrryd.

'TATP yw'r talfyriad neu fam Satan, fel yr ydych chi'n gyfarwydd ag ef, dw i'n siŵr.'

'Wyddwn i ddim bod y fath stwff yn fy nhŷ i.'

'Sut y daeth i fod yno, ynteu?' holodd y bargyfreithiwr gan geisio rheoli'r dicter yn ei lais.

'Gofynnodd fy ffrind i mi gadw rhyw fagiau iddo, dros dro.'

'Yr un sy'n hoffi gwisgo fel dynes, neu un o garedigion y celfyddydau cain oedd yn gwmni i chi yn yr amgueddfa?'

'Dw i ddim yn cofio.'

'Wnaethoch chi ddim ystyried gofyn iddo beth oedd yn y bagiau?'

'Naddo. Mae'r berthynas rhwng ffrindiau yn gwahardd hynny.'

'Hyd yn oed ffrindiau sydd â ffrwydron yn eu meddiant, fel yr ymddengys.'

Bu saib ac yna fe newidiodd y cwnsler ei gywair.

'Oes gennych chi ardd fawr neu fferm yn rhywle, Mr A?'

Edrychodd Mr A. arno'n syn. 'Nac oes.'

'Pam bod eich tŷ'n llawn Ammonium Nitrate, ynte?'

Ni wyddai Mr A. sut i ateb.

'Gwrtaith a roddir fel arfer ar gaeau, Mr A., ond a all gael ei ddefnyddio hefyd i greu ffrwydryn,' bloeddiodd y bargyfreithiwr.

'Rydych chi'n codi ofn ar y tyst, Cwnsler,' meddai'r barnwr yn llym.

'Maddeuwch i mi,' meddai wrtho ac yna trodd at y diffynnydd drachefn am ateb.

'Wyddwn i ddim oll amdano,' meddai hwnnw.

'Ai yr un ffrind ofynnodd i chi gadw hwnnw hefyd?'

Pendronodd y diffynnydd am ysbaid gan na wyddai beth roedd ei gymdeithion wedi'i ddweud pan gawsant eu holi.

'Ai yr un sy'n gweithio yn ein Gwasanaeth Iechyd Cenedlaethol ofynnodd i chi ei gadw?'

Ni ddangosodd y diffynnydd ei fod wedi deall beth oedd gan y cwnsler mewn golwg.

'Gan fod eich cof mor wael, hoffwn eich atgoffa fod un o'ch ffrindiau wedi benthyca ambiwlans a'i barcio wrth ymyl Stadiwm y Mileniwm.'

'Cwnsler,' meddai'r barnwr, 'dyma'ch siawns olaf chi.'

'Wnaethoch chi ddim sylwi ar y arogl cryf yn y tŷ hyd yn oed, Mr A?' holodd y cwnsler ef mewn anghrediniaeth ffug, ond mewn tôn llais is na chynt. Nid arhosodd am ateb, yn hytrach eisteddodd yn ôl yn ei le.

Roedd ar Helen awydd chwerthin a chrio yr un pryd. Ar ôl i'r si yn ystafell y llys dawelu dynesodd bargyfreithiwr y diffynnydd at y blwch tystion unwaith eto.

'Mr A., dywedsoch chi wrth yr heddlu eich bod yn rhentu tŷ gan rywun sydd wedi symud i wlad dramor.'

'Do.'

'Ac rydyn ni wedi gwirio hynny. Ydi'r rhent yn uchel?'

'Nac ydi.'

'Dwedwch wrth y llys paham.'

'Gofynnodd i fi gadw'r stwff yn y tŷ, heb ddweud gair amdano wrth neb, yna cawn fyw yno'n rhad ac am ddim.'

'Perthynas rhwng ffrindiau oedd wedi eich atal rhag holi am y cynnwys,' ailadroddodd y bargyfreithiwr eiriau'r diffynnydd. 'Ai dyna beth ddwedsoch chi?'

'Ie.'

'Roedd rheswm arall, onid oedd?'

'Roeddwn dan fygythiad,' meddai'n isel.

'Pam na sonioch am hyn yn gynharach?'

'Oherwydd bod ofn arna i gael fy anfon o'r wlad hon. Mae fy visa wedi darfod.'

Aeth ton o gyffro trwy'r ystafell. Ar y foment honno roedd Helen yn argyhoeddedig bod gan yr amddiffyniad obaith o ennill yr achos, er na châi lawer o bleser wrth gyfaddef hynny. Ond nid oedd hi wedi ystyried pa mor ffôl y gallai ei chleient fod. Yn y man gwelwyd bod daliadau Mr A. yn drech na'i awydd i oroesi, er ei fod o fewn trwch blewyn i ennill trugaredd y llys. Pan aeth yr erlyniad ymhellach ar drywydd y deunydd ffrwydrol cafodd Mr A. ei lorio.

'Ydych chi'n gwybod sut mae dyfeisiadau ffrwydrol cartref yn gweithio?' gofynnodd y cwnsler dros yr erlyniad iddo.

'Dw i erioed wedi clywed sôn amdanynt, dw i wedi dweud hynny'n barod.'

'Dewch, Mr A. Mae hyd yn oed plant ysgol wedi clywed sôn amdanynt, oherwydd ffieidd-dra'r oes rydyn ni'n byw ynddi, gwaetha'r modd.'

'Chi a'ch ffrindiau sy'n gyfrifol am ffieidd-dra'r oes a phob oes arall,' gwaeddodd y dyn ar brawf. Daeth cymeradwyaeth o du ei gefnogwyr yn yr oriel.

'Tawelwch!' gorchmynnodd y barnwr, 'neu fe fyddaf yn gwacáu'r llys ar unwaith.'

'O ddifrif, Mr A., dydych chi ddim yn meddwl mai fi sy'n gyfrifol am ffieidd-dra'r oes, ydych chi?' heriodd y bargyfreithiwr ef, gan gymryd ei eiriau'n llythrennol o fwriad.

'Chi ac addolwyr eraill y diafol. Ond mae dialedd Duw yn agos!'

Anwybyddodd y bargyfreithiwr ei sylwadau. 'Fyddech chi'n gallu cysylltu rhannau'r dyfeisiadau hyn at ei gilydd, Mr A?' holodd.

'Dw i ddim yn gwybod dim oll amdanyn nhw. Faint o weithiau sydd angen i fi ddweud? Rydych chi'n ceisio rhoi geiriau yn fy ngheg i.'

'Rydych chi'n llywio'n agos iawn at ddirmygu'r llys, Mr A.,' meddai'r barnwr. 'Atebwch y cwestiynau yn unig, os gwelwch yn dda.'

'Sut gwnaethoch chi rannu'r gorchwylion, Mr A?' parhaodd y bargyfreithiwr.

'Gorchwylion?'

'Y gorchwylion hynny a fyddai, pe baent wedi llwyddo, wedi creu cyflafan fawr ar y diwrnod tyngedfennol hwnnw. Ai penderfyniad democrataidd ydoedd?'

'Mae democratiaeth yn wrthun gan Dduw. Ef sydd yn dewis y dynion i lywodraethu.'

'Sut ydych chi'n gwybod pwy mae ef wedi'u dewis?'
'Hysbys i ychydig rai yn unig yw.'
'Ei asiantiaid, fel chi?'
'Os mynnwch.'
'Credaf ein bod wedi clywed digon gennych. Diolch.'

39
Yn y Caffi

EISTEDDAI CARYS WRTH y ford y tu allan i dafarn yr Owain Glyndŵr yn ystod ei hawr ginio yn sipian ei choffi. Roedd hi wedi derbyn neges destun – 'Pwysig i ni gwrdd. O G am 12 fory?' Tybed beth oedd ar ei feddwl? Oedd Alys wedi gadael iddo wybod ei bod yn cael anhawster cael dau ben llinyn ynghyd ar ôl holl gost wastraffus y briodas na fu? Roedd busnesa yn un o nodweddion anffodus Alys. Ceisiai gynnig help trwy ymyrryd ym mywyd pobl eraill ond byddai'n dda gan Carys pe na bai'n gwneud hynny. Wnâi Carys byth gyfaddef ei thrafferthion ariannol iddo. Roedd hi'n llawer rhy falch i wneud hynny a ph'run bynnag, arni hi roedd y bai i ryw raddau, ac roedd hi'n fodlon cydnabod hynny. Hi awgrymodd gynnal y seremoni yn y Bahamas a hi aeth ati i drefnu pob dim dros bawb a oedd yn bwriadu mynd i'r briodas. Wyddai Tom mo'i hanner hi. Ac eto, go brin taw hynny oedd ganddo dan sylw. Rhaid ei fod wedi gadael rhywbeth pwysig ar ôl yn y tŷ ac am ei gael yn ôl – er na allai feddwl beth yn y byd fyddai hynny. Roedd hi wedi cymhennu popeth ar ôl iddo ymadael. Teimlai ar bigau'r drain wrth ddisgwyl amdano ac fe âi'n fwy ansicr o'i hymateb wrth aros iddo gyrraedd. Chwythai awel oer trwy ei gwallt a theimlai ryw chwithdod hefyd wedi'r holl fisoedd, a hithau heb ei gyfarfod.

Yn sydyn safai Tom wrth y ford, yn hŷn yr olwg ac yn fwy hunanfeddiannol. Eisteddodd gyferbyn â hi, gan wenu a gofyn i'r gweinydd a âi heibio am goffi.

'Fe ddest ti, Carys,' meddai Tom, yn ansicr beth i'w ddweud.

'Do, fel ti'n gweld,' meddai a gwenu'n ôl.

'Rhyfedd nad y'n ni wedi taro ar 'yn gilydd cyn hyn.'

'Mae Caerdydd yn lle mawr.'

'Beth wyt ti'n neud y dyddie 'ma?'

'Yr un peth. Trefnu gwylie i bobl.'

'Yn dal i fyw yn yr un tŷ?'

'Ydw. Gydag Alys.'

'Alys, ie. Tipyn o ferch, on'd yw hi?'

Aeth cwmwl dros wyneb Carys a sylweddolodd yr eiliad honno bod chwa o genfigen yn chwipio trwy ei chorff.

Sylwodd Tom ar hyn. 'Ond cofia, fyddwn i ddim yn gallu byw 'da hi.'

'Na fyddet?'

Ysgydwodd ei ben. Bron na wylodd Carys mewn rhyddhad.

'Beth ydi dy hanes di?' gofynnodd hithau.

'Dw i wedi rhoi'r gore i'r fenter gwerthu bwyd,' meddai. Ac wrth weld y syndod ar ei hwyneb fe ychwanegodd, 'Dw i ddim yn gweithio 'da Nhad nawr. Maen nhw wedi 'nerbyn i'n ôl yn y swyddfa lle o'n i gynt.'

'Dw i'n credu dy fod ti wedi neud y peth iawn, os ca i weud. Bydd busnese'n mynd a dod, ond mae wastad angen cyfreithwyr.'

'Dyw Nhad ddim yn un o'r rhai hawsa i gydweithio 'da fe, chwaith. Beth am dy deulu di?'

'Mae Mam wedi bod yn brysur ddifrifol gydag achos y terfysgwyr 'na geisiodd chwythu Caerdydd i ebargofiant. Dyw Dad ddim wedi bod yn rhyw fodlon iawn 'i fyd ers tipyn, mae arna i ofon.'

'Beth sy'n bod?'

'Iselder. Credu bod y byd yn lle drwg. Er, mae gyda fe le i gredu hynny, on'd o's e? Wyddost ti, fe alle fe'n hawdd iawn fod wedi marw wrth ga'l trawiad ar y galon neu rywbeth felly ar ben y Bannau rai wythnose'n ôl. Wedi ymgolli gyment mewn rhyw lyfr trist fel na sylwodd e ar y niwl yn disgyn. A neb yn gwybod ble o'dd e.'

'Rhaid 'ych bod chi'n teimlo'n ofnadw y noson honno.'

'Rwyt ti'n gweud y gwir. Pan dda'th e trwy'r drws bore wedyn o'dd e'n un o ddigwyddiade gore 'mywyd i, a phawb arall yn y teulu, siŵr o fod.'

'Dw i wedi dy golli di, Carys,' meddai Tom ar ôl saib hir.

Cododd ei llygaid ac edrych yn syth i'w lygaid yntau.

'Wyt ti'n meddwl...?' dechreuodd Tom.

'Ydw.'

'Pryd, felly?'

'Beth wyt ti'n feddwl, "pryd"?' gofynnodd hi'n araf.

'Priodi, wrth gwrs.'

'Gore i gyd po gynta. Yr haf 'ma? Ond y tro hyn, nawn ni anghofio am y Bahamas.'

'Yn bendant.'

'Dewis di rywle arall,' meddai Tom.

'O ddifri? Os felly, dw i'n gwybod yn union y fan a'r lle.'

40
Llythyr at yr Arglwydd Ganghellor

ROEDD JOHN WEDI colli bron pob gobaith. Un peth yn unig oedd ar ôl iddo'i wneud, sef ysgrifennu'n uniongyrchol at Arglwydd Burghley ac aeth ati:

'I'r Gwir Anrhydeddus Arglwydd Burghley, Arglwydd Drysorydd ac Ymgynghorwr Cyfrin Gyngor Ei Mawrhydi.

Parthed y ffaith fy mod yn ddieuog.

Erfyniaf arnoch, f'arglwydd, i ddarllen y geiriau hyn o'm heiddo a phledio fy achos gerbron ei Mawrhydi gan y bydd fy nyddiau yn siŵr o ddod i derfyn, a hynny yn anhaeddiannol, os na chaf wrandawiad gennych chwi.

Trueni o'r mwyaf fod nodiadau cudd a phreifat a ysgrifennais mewn gwlad ddieithr wedi bod yn gyfrifol am roi fy mywyd mewn perygl. Gan hynny, ymbiliaf ar i chwi hysbysu ei Mawrhydi am fy nheyrngarwch a'm parodrwydd i ymostwng i'w barn bob amser. Fe ŵyr Llys y Nefoedd fy mod yn ddieuog o'r cyhuddiad yn fy erbyn a chredaf yn ddiffuant y bydd Duw yn gofalu am fy ngweddw a'm plant amddifad os derbyniaf y gosb eithaf. Yr wyf yn ddiolchgar iawn i chi am dderbyn fy llythyrau yn y gorffennol ac yn ffyddiog y byddwch yn fodlon ystyried yr hyn a ysgrifennaf o'r carchar yn awr gyda'r un haelioni. Fe'ch cymeradwyaf i ddwylo Crist.

Dyddiedig Mai yr ail ar hugain, AD 1593.'

Trodd Arglwydd Burghley y dudalen a dechreuodd ddarllen yr ardystiad amgaeedig.

'Dylai fy natganiadau cyhoeddus ddiddymu unrhyw dramgwydd a achoswyd gan fy nghyfansoddiadau byrfyfyr a oedd ar gyfer fy llygaid i'n unig. Er hynny, yr wyf yn crefu yn awr ar ei Mawrhydi a'i hymgynghorwyr anrhydeddus i ganfod y gwir a'm barnu yng ngoleuni'r gwirionedd hwnnw.

'Swm a sylwedd y nodiadau preifat, a ystyrir yn wrthun, yw'r cyfeiriadau at ei Mawrhydi a glywais gan eraill. Dygwyd hwy o'm cartref trwy ladrad. Bwriadwn eu hastudio ac yna ysgrifennu atebion er mwyn eu gwrthbrofi. Yn wir, gobeithiwn eu cyflwyno i'w Mawrhydi ar ffurf traethawd i'w rhybuddio bod pwerau'r tywyllwch yn andwyo'r Eglwys heb yn wybod iddi. Pwysleisiaf fod y papurau yn rhai personol ac mai ar y rhai a'u gwnaeth yn gyhoeddus y mae'r bai ac nid arnaf fi. Nid myfi biau'r sylwadau gwreiddiol ac fe fyddwn yn dweud celwydd petawn yn hawlio hynny. Sut y gall neb gredu y byddwn wedi'u cadw a minnau'n gwybod y gallent gael eu defnyddio yn fy erbyn?

'Roeddwn yn bwriadu cyfarfod â'r Frenhines er mwyn gofyn iddi fy anfon i bregethu'r Efengyl yng Nghymru, cymaint yw fy nymuniad i wasanaethu'r Eglwys a sefydlwyd ganddi ymysg fy mhobl fy hun.

'Pan gyrhaeddodd y si yr Alban fod ei Mawrhydi wedi marw roedd fy ngalar yn ddwys iawn a gweddïwn nad gwir oedd hynny. Mae fy nodiadau yn dyst i hyn ac fe ddaeth y newydd am y celwydd hwnnw yn ddiweddarach o lawer na'r sylwadau a ystyrir yn ddamniol. Fe welir bod fy nodiadau yn fath o ddyddiadur ac yn cyfeirio at ddigwyddiadau arbennig. Yn eu plith ysgrifennais fy nghyffes i Dduw. Mae'n warthus bod fy sylwadau personol a'm deialog â Duw wedi cael eu datgelu i'r byd.

'Mae'r ffyddloniaid yn yr Alban dan yr argraff fod

ei Mawrhydi yn dewis anwybyddu gwendidau eu gweinidogion yn yr Eglwys ac yn diystyru erledigaeth pregethwyr gonest. Credant fod crefydd yn nychu tra bod y wladwriaeth yn ffynnu. Teimlwn felly ei bod yn ofynnol arnaf i osod eu geiriau ar bapur fel y gallwn eu hateb yn y modd mwyaf effeithiol. Yn wir, llwyddais i ddarbwyllo rhai mor effeithiol nes bod un gŵr bonheddig wedi gosod llun ei Mawrhydi mewn lle amlwg yn ei dŷ, uwchben lluniau tywysogion eraill sy'n hybu Eglwys Crist ar ei newydd wedd.

'Mae fy holl weithiau a'm holl gydnabod yn tystio i'r teyrngarwch a deimlaf tuag at fy Sofran. Duw a'n gwaredo rhag i neb dybio bod Cymru wedi cynhyrchu bradwr yn ei herbyn. Byddaf yn gweddïo drosti bob dydd. Petai meddylfryd arall gennyf fe fyddwn wedi'i fynegi yn y nodiadau cyfrinachol hyn lle cymunaf â'm Duw. Teimlaf yn hyderus, os daw fy argyfwng i sylw ei Mawrhydi, y caf gyfiawnder ganddi. Fel brodor o'r Bannau yng Nghymru yr wyf yn dyheu'n ddirfawr i ledu'r Efengyl yn fy ngwlad fy hun, a mawr yw ein dyled iddi am sefydlu'r drefn newydd.

'Ac yn awr, rhaid trosglwyddo fy ymdrechion i'r rhai sy'n fy erlid. Nid gwrthryfelwr mohonof ond beth bynnag a wneuthum, mae fy nghydwybod yn glir, fe'i gwneuthum er mwyn Duw ac nid er fy lles personol fy hun. Os wyf wedi ysgrifennu pethau sy'n anghydnaws â Gair Ysgrifenedig Duw yr wyf am eu diarddel. Os yw'r gwir yn peri tramgwydd, rwyf yn barod i roi fy mywyd drosto. Yr wyf mewn perygl o adael gweddw ifanc a phedair merch fach, a'r hynaf yn llai na phedair oed. Ond ni wnaf gyfnewid fy nyletswydd at Dduw a'r gwirionedd am yr hyfrydwch o gael byw gyda'm hanwyliaid. Wneuthum i erioed chwennych y pethau mawr mewn bywyd. Roeddwn yn fodlon ar fyw bywyd cyffredin ac fe fyddaf yn fodlon derbyn fy marwolaeth. Er na fydd y farwolaeth honno'n haeddiannol, maddeuaf i'r sawl sy'n ei dymuno, fel y gobeithiaf innau gael maddeuant. Er na chytunwn ar y ddaear, ni fydd yr un gynnen yn Nheyrnas Nefoedd.

'Yn olaf, a gaf i ofyn i chi, f'arglwydd, sicrhau bod y Frenhines yn gweld y llythyr hwn cyn i mi farw?'

*

Byddai Arglwydd Burghley yn astudio cant a mil o ddogfennau yn ei fyfyrgell. Roedd awyrgylch yr ystafell lom a thywyll hon yn dwysáu ei olwg bruddglwyfus yntau yn ei fantell a'i het ddu. O'r holl neuaddau addurnedig yn ei anheddau ysblennydd yn y ddinas, y neuadd hon oedd yr orau ganddo pan fyddai angen canolbwyntio ar ei waith ysgrifenedig. Daeth yn ymwybodol bod gwas ifanc yn ei lifrai coch yn sefyll yn amyneddgar am y ford ag ef. Cododd Burghley ei lygaid.

'Daeth hwn i law, arglwydd,' meddai'r gwas, gan estyn tudalennau niferus wedi'u plygu a'u selio.

'Truth arall i fynnu fy sylw,' meddai'n flinedig. 'Wnelet ti newid lle â mi, Harry?'

'Na wnelwn, syr.'

Crychodd ei dalcen wrth rwygo'r sêl. 'Gan John Penry. Mae'n un o'm cydwladwyr. Oeddet ti'n gwybod hynny, Harry?'

'Nac oeddwn, syr.'

Doedd Harry ddim yn deall am bwy roedd ei feistr yn sôn nac at ba wlad y cyfeiriai ond roedd yn rhy wylaidd i ofyn. Yna, wrth agor y llythyr ochneidiodd Burghley, 'O, John Penry. Rwy'n ofni dy fod ti wedi rhoi dy hun y tu hwnt i gymorth. Alla i ddim gweld sut y gallaf wneud dim oll drosot ti mwyach, nid ar ôl yr hyn a welais ddoe.' Cofiai'r cyfweliad annifyr a gafodd gyda'r Archesgob a'r ddogfen dyngedfennol a ddangosodd hwnnw iddo'n orfoleddus. 'Does ond un lle i feddyliau dirgel, ac yn y galon mae hynny,' meddai'n dawel wrtho'i hun. Trodd at y gwas. 'Mae wedi ysgrifennu ataf o'r carchar yn Southwark, Harry, ac mae'n gofyn i mi weld y Frenhines ar ei ran. Cafodd ei ddedfrydu'n euog o deyrnfradwriaeth ddoe am iddo ddweud pethau difrïol am ei Mawrhydi.'

Rhythodd y gwas arno.

'Ond mae'n gwadu hynny wrth gwrs. Cawn weld sut mae'n cyfiawnhau ei hun yn y datganiad hwn.' Cododd y llythyr ac egluro peth o'r cynnwys: 'Nodiadau bras ydynt wrth iddo baratoi at gael cyfweliad â'r Frenhines. Nid oes neb wedi'u gweld ac nid oedd ef am eu cyhoeddi ychwaith.'

Daliai'r gwas i sefyll, a doedd wiw iddo symud.

'Ceisio rhybuddio'r Frenhines oedd ei fwriad, meddai, bod cenhedloedd dieithr, yn enwedig yr Albanwyr, yn credu bod ei llywodraeth yn gweithredu yn y dirgel, heb yn wybod iddi.' Bu saib cyn egluro ymhellach: 'Efallai ei bod hi'n cau ei llygaid i ffaeleddau'r Eglwys, dyna'i awgrym. Mae ef wedi manteisio ar bob cyfle i ddarbwyllo'r rhai sy'n ei barnu'n annheg. Mae'n gofyn iddi ehangu'r Efengyl yng Nghymru fel y bydd modd dymchwel ei gwrthwynebwyr.'

Symudai Harry ei bwysau o'r naill droed i'r llall. Tybed am faint roedd Arglwydd Burghley am ei gadw ef, ei was, yn yr ystafell anniddorol hon?

'Mae'n erfyn am gyfiawnder ganddi hi a neb arall.' Trodd i wynebu'r gwas ifanc. 'Yn y llythyr hwn, mae ei ddiffuantrwydd yn glir fel dŵr y ffynnon, Harry. Beth rwyt ti'n feddwl?'

'Dwyf i ddim yn deall, syr, dim ond na ddylai unrhyw un gael ei gosbi os yw e'n ddiffuant.'

'Fe wnaf fy ngorau drosto ef, ei wraig a'i bedair merch. Does gen i ddim amynedd at anghydffurfwyr fel arfer, ond mae ei achos ef yn wahanol, dybiwn i.'

Casglodd Arglwydd Burghley lythyr John Penry a'i apêl, sychu'r cwilsyn a rhoi caead ar y ffiol inc.

'Rho glo ar y fyfyrgell, Harry. Wedyn, cer i nôl rhywun arall i'w gwarchod gyda thi. Mae'n rhaid imi fynd ar unwaith i'r Neuadd Wen.'

Pan gyrhaeddodd yno sylwodd fod nifer o wŷr y llys a boneddigesau'r Frenhines yn sefyllian a siarad â'i gilydd wrth iddo gerdded trwy gyfres o neuaddau. Arhosent, bob un yn ei dro, i foesymgrymu iddo. Wrth ddynesu at siambr ei Mawrhydi roedd boneddiges yn cau'r ddau ddrws nes bod y ddau ddwrn o ifori ac aur yn cyfarfod yn y canol.

'Mae'r Frenhines wedi cychwyn am Balas Nonsuch, tua awr yn ôl, f'arglwydd,' meddai.

Melltithiodd Burghley dan ei wynt. Nid oedd gobaith cyrraedd Nonsuch y diwrnod hwnnw. Roedd ganddo gyfarfod pwysig â llysgennad Ffrainc a byddai'n cynnal gwledd i'w anrhydeddu gyda'r hwyr. Roedd dedfryd Penry, a ddisgwylid yn ystod y dyddiau nesaf, yn anochel, er mai go brin y byddai'r Archesgob, y Prif Farnwr Popham a Cheidwad y Sêl, Syr John Puckering, yn torri eu henwau ar warant dienyddio ar unwaith, o gofio'r mis a aeth heibio, rhwng apêl olaf Barrowe a Greenwood a'u marwolaeth ar y crocbren. Penderfynodd gychwyn am Nonsuch cyn gynted ag y gallai drannoeth.

*

Adlewyrchai pelydrau melyn haul Mai ar wyneb afon Tafwys. Roedd yn fore mwyn a'r awyr yn llonydd. Tuthiai ceffyl gwinau Arglwydd Burghley dros bont yr afon a'i osgordd yn ei ddilyn. Yn raddol aeth anheddau'r ddinas yn brinnach nes i'r cwmni gyrraedd y meysydd agored a ymestynnai at y gorwel. Roedd y tir yn wastad ac yn wyrdd hyd y gallai'r llygad weld, ac yn doreithiog o greaduriaid, gan ddatgan gogoniant y Creawdwr. Pwysleisiai'r adar eu tiriogaeth yn y canghennau uwchben, gan byncio'n ysbeidiol, a chlywid siffrwd ceiliogod y rhedyn yn y prysgwydd bob ochr iddynt. Wrth i'r niwl wasgaru, daeth y palas i'r golwg yn y cwm islaw, fel ynys mewn môr gwyrdd o laswellt, a'r coed trwchus o'i gwmpas fel tonnau gwyrdd ewynnog. Wrth ddynesu, daeth ceinder ei bensaernïaeth yn eglur. Cerfiesid y cerrig soled fel eu bod yn ymddangos yn ansylweddol. Safai tŵr wythonglog ar ddau ben yr adeilad fel cadarnleoedd nefolaidd. Roedd yr adeilad hwn, a efelychai'r arddull newydd Ewropeaidd, yn hudolus ac yn fawreddog ar yr un pryd.

Cafodd ei dderbyn gyda'r holl foesgarwch a pharch oedd yn ddyledus i brif gynghorwr ei Mawrhydi, ond fe'i hysbyswyd gan benteulu Iarll Arundel, a ofalai am y palas, fod y Frenhines wedi mynd allan i hela. Erfyniodd ar i'r arglwydd dderbyn ei groeso mwyaf twymgalon nes y dychwelai ei Mawrhydi, yr iarll a'r Archesgob a'u gosgordd. Gwrthododd ef y gwahoddiad. Teimlai ddicter pan glywsai fod yr Archesgob wedi achub y blaen arno a'i rwystro rhag cael trafodaeth gyda'r Frenhines ar ran y gŵr ifanc byrbwyll oedd â'i einioes mewn perygl. Daeth golwg flinedig drosto nes gwneud i'r penteulu boeni am ei iechyd. Ond, serch ei holl ymdrechion, ni lwyddodd i'w berswadio i aros. Ar ôl iddo ddiolch yn ffurfiol, gorchmynnodd Arglwydd Burghley i'w ddilynwyr farchogaeth yn ôl i Lundain.

'Rhowch wybod i'w Mawrhydi, ond nid yng ngŵydd ei Ras, fy mod wedi galw ar genadwri o bwys,' oedd ei eiriau olaf. Doedd dim i'w wneud yn awr, meddyliai, ond aros am y cyfle nesaf pan ddychwelai'r Frenhines i Lundain, gan weddïo na fyddai hynny'n rhy hwyr. Ac eto, efallai ei fod yn pryderu'n ormodol. Roedd cwrs y gyfraith yn hir a doedd Whitgift ddim mor ddiegwyddor fel y byddai'n gweithredu ar fyrder.

41
Dedfryd Ddoe

S YLLAI JOHN AR y bwyd o'i flaen. Roedd yn amser cinio, meddai'r ceidwad. Roedd yr oriau'n hir a'r awyrgylch yn rhy dywyll ac oer i ysgrifennu rhagor. P'run bynnag, nid oedd ganddo na phapur nac ysgrifbin. Addawodd y ceidwad y deuai o hyd i rai cyn gynted ag y byddai modd. Teimlai John drosto. Doedd gan y ceidwad ddim llawer mwy o gysuron corfforol na'r carcharorion. Tybed sut y bu'n rhaid iddo dderbyn swydd fel hon? Roedd yn amlwg bod ganddo'r ddawn i ddangos cydymdeimlad â'r trueiniaid dan ei ofal.

Yn erbyn ei ewyllys, ac er ei holl ymdrechion i dderbyn nerth Duw, câi John ei lethu gan alar pan ymddangosai wynebau ei gyfeillion annwyl yn nrych ei feddwl, y rhai a fu farw dros yr achos naill ai yn y carchar neu ar y crocbren. Roeddent fel petaent yn galw arno i ymuno â hwy. Dynion dyrchafedig oeddent o ran ysbryd, addysg a gallu a'u gwragedd yn ddewr a deallus. Gorymdeithient o'i flaen, Mr Barrowe a Mr Greenwood, ffrindiau agos yn yr Arglwydd, y Meistri Udall, Crane, Snape a Rippon a'r ysgolhaig y Dr Cartwright na lwyddodd i wella o'i ddioddefaint pan gafodd ei ollwng o'r carchar. Oedd eu marwolaethau'n ofer? A fyddai eu haberth yn werthfawr yn y pen draw? Byddai llesgedd yn ei feddiannu, ac roedd meddwl am Eleanor a'r merched yn brifo cymaint nes gwneud i'w gorff ysgwyd o ganlyniad i'w boen.

Ymddangosodd y ceidwad wrth ddrws y gell a'i ben wedi'i blygu mewn gofid. Gwyddai fod carcharorion yr Eglwys wedi cael cam. Gwelai nad oedd yr un ohonynt wedi anafu neb nac yn bwriadu gwneud hynny ychwaith. Ymarfer eu ffydd yn unol â'r Beibl, dwyn perswâd trwy eiriau, credu mewn cydraddoldeb ymysg dynion a gwragedd fel ei gilydd, a hybu trugaredd a maddeuant, dyna a wnaent. Dysgasai hyn oll gan John Penry yn ystod ei gyfnod yn y lle athrist hwn.

Ni allai John weld y mynegiant ar ei wyneb yn y golau pŵl. Llamodd ei galon.

'Oes gen ti neges gan Arglwydd Burghley?'

Tynnodd y ceidwad anadl ddofn.

'Nid gan Arglwydd Burghley, mae arna i ofn,' atebodd gydag ochenaid. 'Mae swyddogion y Siryf yma. Paratowch eich hunan, annwyl Mr Penry. Syr, maent hwy yma i fynnu eich einioes.'

*

Cafodd Eleanor neges frys ddienw, yn ei hannog i fod yn bresennol yn y carchar ar fyrder. A barnu wrth yr ysgrifen amrwd, tybiodd taw'r ceidwad oedd wedi anfon amdani. Penderfynodd fynd yn ddi-oed i dŷ Mr Throgmorton. Trwy drugaredd roedd ef gartref yn Llundain ar y pryd. Ymhen yr awr, roeddent yn camu o'r bad rhwyfo, a oedd wedi'u cludo i gyffiniau'r carchar yn stryd fawr y fwrdeistref. Estynnodd Mr Throgmorton ei freichiau i'w derbyn rhag iddi syrthio wrth ymadael â'r cwch ar y lanfa. Gwyddai'n reddfol beth oedd wedi digwydd i John.

'Mae hyn yn ysgelerder o'r mwyaf, Mr Throgmorton,' meddai'n grynedig. 'O fewn wythnos i sefyll ei brawf o flaen aelodau'r Cyfrin Gyngor, heb yr un bargyfreithiwr i'w gynrychioli, mae ei apêl wedi cael ei gwrthod ac mae'n mynd i gael ei ddienyddio.'

Doedd gan Job Throgmorton ddim mo'r galon i ychwanegu bod y ddeddf a'i collfarnodd yn amheus iawn ei statws bellach. Ysgydwodd ei ben mewn anobaith.

'Mae arna i ofn ein bod yn rhy hwyr,' awgrymodd Eleanor.

'Boed yr Arglwydd yn nerth ac yn noddfa i chwi, Eleanor,' meddai, heb geisio nacáu ei geiriau.

Roedd holl ofnau Eleanor wedi'u gwireddu pan ddaeth y ceidwad at y pyrth haearn. Roedd dagrau yn ei lygaid. 'Y foneddiges, druan â chi,' meddai. 'Mae'r weithred ffiaidd wedi'i chyflawni.'

Fe'i harweiniodd hi a Job Throgmorton i gell lle gorweddai corff y merthyr mewn arch syml. Syllodd Eleanor am rai eiliadau, a'i galar y tu hwnt i ddagrau.

'Nid dyna John,' meddai o'r diwedd. Edrychodd y dynion arni'n syn. 'Fydd John byth yn gelain tra bydd ei fywyd yn fyw yn ein cof. Fe wyddwn mai am gyfnod byr yn unig y byddai'n gymar i mi, bod Duw wedi'i roi ar fenthyg i mi. Cymaint oedd y fraint, derbyniaf y boen.'

Bu saib tra ystyriai'r dynion ei geiriau. Torrwyd ar y distawrwydd gan y ceidwad.

'Cludwch ei arch oddi yma'n ddi-oed, Meistres Penry,' meddai, 'cyn i'r awdurdodau ddod i'w hawlio.' Gwyddai iddo beryglu ei ryddid yntau wrth anfon gair ati, a'i chynorthwyo i gymryd corff John o'r carchar.

Liw nos, cychwynnodd y goets o'r tŷ cysurus a fu'n noddfa i John am gyfnodau hir tra oedd wrth ei waith. Ffurfiodd gweision Job Throgmorton osgordd iddi hi a'r galarwyr, y pedair merch fach yn cysgu mewn gwrthbannau a'u mam yn cadw gwylnos dros arch eu tad. Fore trannoeth, fe gâi ei gladdu ym mynwent yr eglwys wledig yn Northampton, lle bu seremoni eu priodas, a oedd mor llawen ac mor fyw yn y cof, bum mlynedd ynghynt dan arweiniad ei ficer glew. Dyna oedd dymuniad Eleanor a gweddïai y byddai ei enaid yn gorffwys yn dawel yno, nes y deuai Iesu Grist i'w ddeffro. Wedi'r cwbl, nid o'i wirfodd y gadawodd y Fameglwys. Gorfodwyd iddo wneud hynny gan ymarweddiad annheilwng ei rheolwyr.

42
Dedfryd Heddiw

'BETH OEDD Y ddedfryd?' gofynnodd John wrth gau drws y ffrynt ar ei ôl. Roedd wedi bod yn pendroni trwy'r dydd ynglŷn â beth a ddigwyddai ar ddiwrnod olaf yr achos yn Llys y Goron, Caerdydd.

'Naw mlynedd,' meddai Helen. Roedd rhyddhad ar ei hwyneb. 'Cafodd y lleill gyfnode tebyg yn y carchar. Roedd y tensiwn yn aruthrol, John. Dim ond nawr dw i'n sylweddoli'n union faint mae wedi effeithio arna i. Dywedodd y barnwr na ddylid gofyn i'r rheithgor wasanaethu yn y llys eto, gan eu bod wedi gwneud eu rhan am oes.'

'Naw mlynedd,' adleisiodd John.

'Buon nhw'n lwcus, on'd do?' meddai Helen.

'Beth oedd ymateb y diffynyddion?'

'Yn ôl y disgwyl. Digon o ruo, protestio a rhybuddio y byddai Duw yn dial. Taflodd un ohonynt ei esgid ar draws ystafell y llys. Beth oedd ganddo i'w golli?'

'Blwyddyn arall am ddirmygu'r llys efallai.'

'Os daw at ei goed yn ystod ei gyfnod yn y carchar, caiff ei ryddhau yn gynnar ta beth.'

'Yr apêl fydd nesa, wrth gwrs,' atgoffodd John hi.

'Ond go brin y gwnân nhw ostwng y ddedfryd. Er, bydd Mr A. yn siŵr o gwyno bod y daith i'r carchar yn rhy bell i'w berthnase ymweld ag e a bydd am gael 'i symud i garchar sy'n nes atyn nhw.'

'Fydd cais gan y Goron i estraddodi Mr A. wedi iddo gwblhau ei gosb? Wedi'r cwbl, mae e yma'n anghyfreithlon.'

'Dw i ddim yn gweld hynny'n digwydd, achos bydde fe'n cael 'i amddifadu o'i hawl i'w fywyd teuluol.'

'Rhaid inni fod yn fodlon, o leia, bod cyfiawnder wedi cael 'i gyflawni ac y gallwn ni deimlo'n ddiogel. Diolch i Dduw am hynny, weda i.'

'Dw i ddim mor siŵr am hynny,' meddai Helen yn dawel.

'Dylen ni ddathlu bod y prawf wedi dod i ben,' meddai John gan geisio codi hwyliau ei wraig. 'Dwyt ti ddim wedi cael noson mas ers misoedd, am i'r holl waith yn gysylltiedig â'r prawf bwyso ar dy feddwl di.'

'Os dathlu ydi'r peth i'w neud,' meddai hi'n dal i deimlo'n ddigon isel. 'Nid grawnwin surion ydi hyn gan rai sy wedi colli'r achos. Ond dw i ddim yn credu bod unrhyw un wedi ennill. Mae'r gwir yn gymhleth iawn. Mae hi'n drasiedi nad ydyn ni dros y blynyddoedd wedi gallu dod i ddeall ein gilydd a bod pobl yn ein mysg yn teimlo mor chwerw.'

'Dw i'n awgrymu mynd i weld y ddrama yn y Theatr Newydd yr wythnos nesa. Daw Carys i warchod y merched.'

'Fyddan nhw ddim yn fodlon meddwl 'u bod nhw'n cael 'u gwarchod,' meddai Helen, 'ond do's dim rhaid crybwyll y gair "gwarchod". Pa ddrama sy yno?'

'Mae'n gyfrinach,' meddai John.

'Digon teg,' meddai. 'Wna i ddim holi rhagor.'

Bu Helen yn edrych ymlaen drwy'r wythnos at noson y ddrama. Roedd yn braf dibynnu ar rywun arall i benderfynu beth i'w wneud, neu ble i fynd, o bryd i'w gilydd. Wrth iddynt droi'r gornel lle safai'r theatr i chwilio am rywle i barcio, cafodd gipolwg ar deitl y ddrama a gâi ei hysbysebu ar dalcen yr adeilad.

'Jyst fel ti,' chwarddodd hi. 'Dw i'n synnu dim dy fod ti wedi 'ngwadd i weld rhywbeth trwm fel *Dr Ffawstus*.'

'Dyma'r unig beth sy ar gael yr wythnos hon,' atebodd John.

Byddai Helen yn mwynhau mynd i'r theatr bob amser. Teimlai'n fwy byw ymysg y dorf a lenwai'r cyntedd bach yn awr. Roedden nhw'n siarad yn nwyfus a'u llygaid yn pefrio wrth ganolbwyntio ar eu partneriaid a'u cyfeillion. Roedd yn gyfle i'r gwragedd wisgo eu dillad min nos ac i fyw breuddwyd y bywyd moethus am awr neu ddwy, fel yr actorion yn y ddrama y noson honno. Roedd yn gyfle i anghofio'u pryderon a'u rhwystredigaethau trwy eu trosglwyddo i gymeriadau ffug ar y llwyfan.

Gan fod y cyntedd mor fach, roedd sŵn y sgwrsio'n uchel ac roedd yn anodd symud trwy'r holl bobl. Cafodd Helen ei gwahanu oddi wrth John a gorfu iddi godi ei llaw i ddweud ei bod am brynu rhaglen. Yna, cerddodd y ddau i fyny'r grisiau troellog ar y chwith i'r oriel ar y llawr nesaf. Roedd honno bron â bod mor llawn â'r cyntedd. Eisteddai pobl mewn grwpiau wrth y bar yn disgwyl i'r ddrama ddechrau. Archebodd John ddiodydd ar gyfer yr egwyl.

'Mae'n llawn iawn 'ma, ond alla i ddim gweld neb dw i'n nabod,' meddai Helen, wrth iddynt symud at eu seddi drwy'r dyrfa.

'Falle bod hynny'n beth da,' sibrydodd John.

Roedd y goleuadau wedi pylu a chodwyd y llen. Edrychai'r gynulleidfa mewn arswyd tawel ar yr olygfa wrth i Dr Ffawstus ymarfer y gelfyddyd ddu i gonsurio'r diafol. Hyd yn oed mewn oes resymegol, câi'r syniad o gyfnewid enaid am gyfoeth a grym effaith iasol ar y gwylwyr. Wrth i Dr Ffawstus ysgrifennu'r cytundeb â'r diafol yn ei waed ei hun, disgynnodd y gannwyll a ddaliai asiant y diafol ar y carped o ddail, a bu bron i'r llwyfan fynd ar dân. Aeth ton o anesmwythyd trwy'r gynulleidfa. Roedd yn dda gan bawb pan ddaeth yr egwyl, fel petai'n gyfle i ddeffro o freuddwyd gas.

Aeth John a Helen i'r bar lle roedd y diodydd yn disgwyl amdanynt ar ford yn ymyl y ffenestr hir. Roedd John newydd estyn dwy gadair pan sylwodd ar ddeuddyn yn symud trwy'r dorf gan ddod tuag atynt yn dal gwydraid o win. Ceisiodd John edrych i'r cyfeiriad arall ond roedd yn rhy hwyr. Roedd Helen yn eu hwynebu a bu'n rhaid eu cydnabod â gwên. Nid oedd modd iddynt osgoi'r prifathro a'i wraig. Ymddangosai'r prifathro'n chwithig am ychydig.

'Gawn ni ymuno â chi?' gofynnodd yn ddymunol.

'Ar bob cyfri,' meddai John gan guddio'i siom. 'Mae'r ddrama'n boblogaidd,' ychwanegodd.

'Y'ch chi'n mwynhau?' gofynnodd Helen i'r ddau.

'Mae hi'n effeithiol iawn, do's dim dwywaith am hynny, on'd yw hi, Sara?' atebodd y prifathro gan droi at ei wraig.

'Amserol iawn,' meddai John. 'Hynny yw, yn addas i oes sy'n rhoi ei bryd yn llwyr ar gyfoeth a grym.'

'Ry'ch chi'n iawn,' cytunodd Sara. 'Mae angen i ninne herio'r drefn.'

'Efallai taw dyna ystyr damnedigaeth i ni heddiw,' ategodd Helen. 'Ry'n ni mewn perygl o ddinistrio'n hunain mewn ffordd.'

'Mae'r syniad o ga'l pŵer wastad yn denu pobl,' meddai John. 'Bydde'n dda 'da fi alw rhai pobl yn ôl o'r gorffennol i ateb am eu gweithredoedd.'

'Fel gwnaeth Ffawstus?' meddai'r prifathro.

'Bydde'n well syniad gofyn i bobl heddi'n gynta,' meddai Helen.

Canodd y gloch i alw'r gynulleidfa'n ôl am yr act olaf cyn i neb gael y cyfle i ateb y sylw hwnnw. Ar y ffordd yn ôl gafaelodd y prifathro yn llewys John.

'Ro'n i'n ddidwyll yn dweud yn y cyfarfod 'na 'yn bod ni'n gwerthfawrogi dy waith di, John.'

'Ond dim digon, neu fyddwn i ddim wedi colli fy swydd.'

'Dw i'n parchu dy egwyddorion di, John, ond ry'n ni'n byw mewn oes ryfedd. Rhaid plygu gyda'r gwynt.'

43
Cam Ymlaen

ROEDD CYFFRO DRWY'R ysgol gan ei bod hi'n ddiwedd tymor ac roedd pawb mewn hwyliau da. Ar drothwy gwyliau hir yr haf gallai pawb fforddio bod yn hawddgar. Câi'r un drefn ei dilyn ar y diwrnod olaf bob amser, sef clirio silffoedd y ffenestri, cymhennu'r silffoedd llyfrau a chael gwared ar y llwch a'r pryfed marw, a thrwsio'r modelau a'r gweithiau celf a ddefnyddiwyd mewn drama neu arddangosfa a'r rheini bellach wedi'u gwasgu i gefn y cypyrddau.

'Byddwn yn eich colli chi, syr,' meddai Daniel yn nosbarth cofrestru John, a chytunai ei ffrindiau ag ef. Disgwylient am y gloch i alw pawb i wasanaeth diwedd tymor yn y neuadd. Gwenodd John braidd yn drist arnynt.

'Pam y'ch chi'n mynd?' gofynnodd un ohonynt.

'Mae gormod o athrawon yn yr ysgol ac maen nhw'n moyn athro hanes yn Ysgol y Maenordy,' atebodd John yn agored.

'Dim achos bo chi ddim yn hoffi dysgu ni?' gofynnodd Daniel yn betrus.

'Dim o gwbl. Do's dim byd mewn bywyd yn sefyll yn stond. Bydd pawb yn wynebu gorfod newid.'

'Gwrandewch, bawb,' meddai Daniel, ac er syndod i John, aeth y dosbarth yn dawel. 'Ry'n ni wedi prynu anrheg i chi, syr.'

Rhoddodd ei law yng ngwaelod ei fag ysgol lle'r oedd pecyn lliwgar.

Agorodd John y papur lapio a dadorchuddio ciwb gwydr ac amlinelliad o gastell wedi'i ysgythru arno. Bu curo dwylo mawr.

Roedd John yn fud am ennyd ac wedyn diolchodd i bawb yn ddiffuant.

'Ry'n ni'n gwbod bo chi'n hoffi cestyll a hen bethe fel 'na,' meddai Daniel.

Gyda hyn canodd y gloch a thywalltodd y coridor ei ffrwd o ddisgyblion a'u hathrawon i'r neuadd. Cymerodd John ei le ar y llwyfan yn y rhes flaen, gydag athro ac athrawes arall oedd yn ymadael hefyd. Ar ôl adroddiad ar yr hyn a wnaed yn ystod y tymor, sef y gwibdeithiau, y cyngherddau a'r chwaraeon, mynegodd y prifathro y gobaith y byddai pawb yn cael llwyddiant haeddiannol yn arholiadau'r Cyd-bwyllgor pan ddeuai'r canlyniadau ym mis Awst. Yna trodd at y tri yn y rhes flaen.

'Mae'n chwith gennym ddweud ffarwél wrth dri o'n hathrawon heddiw ac ry'n ni'n dymuno'n dda iddynt,' meddai. 'Mae gennym docyn i bob un ohonynt i ddiolch yn fawr am eu gwaith a dw i'n mynd i alw'n gyntaf ar Mr John Williams. Ry'n ni i gyd yn gwybod am ei gyfraniad i'r Adran Hanes a dw i'n deall ei fod am ddweud gair byr.' Rhoddodd y pwyslais ar y gair 'byr'. Cododd John i dderbyn ei rodd a throi i annerch y disgyblion.

'Y'ch chi'n gallu dychmygu byd lle nad oes dim miwsig? Hynny ydi, byd lle nad oes yna ddim o'r pethau aflafar ry'ch chi'n gwrando arnyn nhw, a dim o'r pethau clasurol dw i'n eu hoffi?' Daeth gwên dros wynebau ei gynulleidfa. Roedd wedi cael eu sylw. '… byd lle na fyddai Eisteddfod yn bod, na lluniau, na cherfddelwau. Dim partis, dim addysg i ferched. Byd hefyd heb raglenni teledu i yrru ias i lawr eich asgwrn cefn, nac i lawr fy asgwrn cefn innau chwaith, am resymau gwahanol.' Bu chwerthin ysgafn eto. 'A dweud y gwir does dim angen y pethau hynny i godi ias arnoch chi, oherwydd bod pethau llawn mor ofnadwy yn digwydd yn y byd sydd ohoni. Mewn rhai cyfnodau mewn hanes, chaech chi ddim beirniadu'r llywodraeth, na phenderfynu drosoch eich hunain beth i'w ddarllen, na beth i'w ysgrifennu. Hunllefus, on'd oedd? Ond fe all ddigwydd eto. Mae dynion sydd am reoli bywydau pobl a'u cadw'n gaeth yn bodoli ym mhob rhan o'r byd ym mhob oes. A phan y'ch chi'n meddwl eich bod wedi cael gwared arnynt maen nhw'n dod allan o'u ffau eto yn rhywle. Ac fe fyddan nhw ar eich gwarthaf chi mewn dim os na fyddwch chi'n ofalus.'

Wrth i'r plant wrando yn fwy astud, ychwanegodd, 'Mae'r hawliau bach ry'n ni'n 'u cymryd yn ganiataol, fel mynd a dod o le i le, dweud ein barn, gwisgo beth ry'n ni am ei wisgo, yn mynd law yn llaw â hawliau mwy, hawliau mae pobl dros y blynyddoedd wedi brwydro i'w hennill. Gwyn ein byd ein bod yn byw yma, yn yr oes hon. Ond eto fe all pethau newid mewn dim o dro. Sut mae cadw'n byd fel ry'n ni'n ei nabod? Fel athro hanes, fyddwch chi ddim yn synnu 'nghlywed i'n dweud: cofiwch eich gwersi hanes. Mae'r gorffennol yn dangos beth all ddigwydd os na fyddwn ni'n ofalus.'

Bu saib wrth iddo eistedd. Ni wyddai'r plant sut i ymateb i ddechrau. Yna, curasant eu dwylo'n egnïol gan ddirnad byrdwn ei araith. Yn ôl yn yr ystafell athrawon, roedd bwyd a diodydd ar gael. Roedd yr awyrgylch yn ddymunol a theimlai John wres y croeso a estynnwyd iddo wrth iddo gerdded i mewn.

'Fyddwn ni'n meddwl am beth ddwedest ti, John,' meddai un o'r athrawesau oedd ar y llwyfan gydag ef. 'Os na fyddan nhw'n cofio dim byd arall o'u gwersi hanes, bydd yr hyn ddwedest ti heddi'n ddigon.'

'Cytuno'n llwyr,' meddai rhywun arall o ben draw'r ystafell.

'Gobeithio wir,' meddai John.

Teimlai John ei fod wedi cyfleu ei neges gystal ag y gallai. Fel y dywedasai wrth Daniel yn ei ddosbarth, mae pawb yn wynebu gorfod newid. Yn wir, edrychai ymlaen at yr her newydd mewn ysgol wahanol. Ond yn gyntaf roedd ganddo achlysur teuluol y gallai ymfalchïo ynddo.

44
Priodas

CERDDODD JOHN YN bwyllog at y sedd fawr yn y capel yn y goedwig, a Carys wrth ei ymyl. Roedd aroglau pren pin y capel yn eu croesawu a changhennau'r coed yn siglo'n osgeiddig i'w gweld trwy'r ffenestri. Roedd ochrau'r seddi a'r pulpud wedi'u haddurno â blodau'r maes. Gellid clywed sain gyfarwydd, leddf yr organ wrth i'r tad a'r ferch gerdded i mewn ochr yn ochr. Y tu ôl i Carys cerddai'r tair chwaer, yn edrych yn hardd fel hithau, wedi'u gwisgo fel merched yn chwedlau'r Mabinogi, mewn ffrogiau llaes o sidan golau a'u gwalltiau wedi'u rhwymo â blodau. Roedd digon o le i'r dorf fechan o westeion yn y capel ac i rai o'r bobl leol hefyd a ddaethai i weld y briodas gyntaf a gynhaliwyd yn y capel bach ers blynyddoedd. Sylwodd John ar Helen trwy gil ei lygad. Roedd hi'n sibrwd yn nerfus wrth fam a thad Tom. Edrychent hwythau'n fodlon eu byd. Gwisgai'r ddwy fam yr hetiau mawr angenrheidiol i briodas mab neu ferch a chaent drafferth wrth osgoi closio'n rhy agos wrth sgwrsio rhag i gantel yr hetiau daro yn erbyn ei gilydd. Eisteddai Alys nid nepell oddi wrthynt, mewn gwisg goch drawiadol a het fach o'r un lliw ar ochr ei phen. Gwenai'n ddiffuant. Hefyd, daeth ychydig o ffrindiau Carys a Tom o'u dyddiau coleg ac un ohonynt yn was priodas i Tom.

'Mae'n braf gweld y capel mor llawn,' oedd geiriau cyntaf y gweinidog.

Ar ôl y seremoni gyrrodd pawb i gartref John a Helen. Roedd rhubanau gwyn a glas wedi'u taenu rhwng y coed ffawydd copr ar hyd y dreif i'w harwain at y wledd a gynhelid mewn pabell yn yr ardd. Roedd ffrind Helen, perchennog cwmni arlwyo, wedi trefnu'r holl ddanteithion yn gelfydd iawn a'r babell wedi'i haddurno â phlygiadau o ddeunydd gwyn a chlymau o rubanau glas.

'Mae'r tywydd mor dwym 'ma â'r Bahamas heddi,' meddai Alys tra oedd Carys a hithau yn sefyll yn sipian gwin gyda'i gilydd.

'Mae'n dda 'da fi na aethon ni i'r Bahamas,' atebodd Carys. 'Mae gyment yn well ca'l mwy o'r teulu i rannu'r diwrnod gyda ni. Drycha ar Mam-gu a Tad-cu yn siarad gyda Tom fan 'co. Maen nhw wrth 'u bodd.'

'Dy dad hefyd,' meddai Alys gan fwrw golwg draw i'r fan lle roedd John yn chwerthin ar sylw a wnaeth Arwel.

Aeth Helen at berthynas oedd yn sefyll ar ei phen ei hun.

'O, Mrs Williams!' cyfarchodd Alys hi wrth iddi fynd heibio. 'Mae'n syniad briliant ca'l *marquee* yn yr ardd. Dw i'n joio 'yn hunan shwt gymint!'

Gwenodd Helen arni.

Trodd Alys yn ôl at Carys. 'Rhaid i fi gyfadde 'mod i wedi synnu braidd pan ddwedest ti dy fod ti'n mynd i briodi yn y capel bach 'na. Mae e mor hen ffasiwn, ond eto i gyd ro'dd e'n neis.'

'Ro'n i'n gwbod y bydde Dad yn falch o 'ngweld i'n priodi 'no,' meddai Carys. 'Er 'i fwyn e wnes i fe mewn gwirionedd, ond dw i ddim wedi difaru dim.'

45
Wyneb yn Wyneb

MANTEISIODD JOHN AR y cyfle a roddodd ei swydd newydd iddo yn Ysgol y Maenordy drwy ddechrau o'r newydd a gadael yr hen ragfarnau y tu ôl iddo. Doedd neb yn ei adnabod yn ddigon da yno fel bod unrhyw ddisgwyliadau arno, nac amheuon am ei ddull o weithio. Yn awr, ar ôl dau dymor yn ei ysgol newydd, roedd wedi cyflawni ei addewid i fynd gyda Helen a'r tair merch ieuengaf i dreulio gwyliau'r Pasg yn yr Iseldiroedd. Roedd y meysydd bylbiau yn eu hanterth. Gorweddai stribedi o flodau'r tiwlip dros y tir, fel brethyn yn ymdaenu o'r gwŷdd mewn melin wlân. Roedd y gerddi brenhinol yn llawn blodau eraill hefyd a digon o hadau a bylbiau i'w prynu, fel y gallent hel atgofion am yr harddwch a welsant yno trwy eu plannu yn eu gardd yn ôl yng Nghymru.

Roedd yr adfywiad ym myd natur yn rhoi lliw i bopeth unwaith eto ac yn codi calon John. Penderfynwyd mynd i Leiden a thra aeth Helen a'r merched trwy rwydwaith o gamlesi ar fwrdd cwch, penderfynodd John fynd ar y trywydd hanesyddol trwy'r dref. Câi wefr wrth gerdded yn olion traed pobl y gorffennol.

Tyfai coed tal, deiliog ar y sgwâr y tu allan i Eglwys Pedr Sant. Symudai cymylau tenau uwchben ei dau dŵr. Gloywai priddfeini'r waliau yng ngolau haul y prynhawn. Ond hoeliodd John ei olygon ar y plac o dan un o'r ffenestri bwaog. Wrth syllu ar yr ysgrifen daeth yn ymwybodol bod rhywun yn edrych dros ei ysgwydd. Trodd a gweld gŵr ifanc pryd golau a llygaid glas, clir ganddo.

Tynnodd lyfr nodiadau o boced ei siaced a dechrau, yn ôl pob golwg, copïo'r enwau a sgrifennwyd ar y plac.

'Diddorol gweld sut datblygodd yr hanes,' meddai'r gŵr ifanc ymhen ychydig.

'Mae'n brofiad rhyfedd sefyll ar y tir a brynodd John Robinson fel y gallai'r Piwritaniaid adeiladu cartrefi iddyn nhw eu hunain,' cytunodd John. 'Ond ro'n i'n gobeithio gweld enw Francis Johnson yn rhywle. Roedd e'n un o fawrion y mudiad, on'd oedd e?'

'Roedd e wedi ffoi yma cyn Robinson, a symud wedyn i Amsterdam os cofiaf yn iawn,' atebodd y gŵr ifanc.

'Mwy rhyfedd byth yw gwybod bod rhai o'r gymuned hon wedi hwylio am America a chyfrannu at greu cyfansoddiad yr Unol Daleithiau!'

'Un peth yn arwain at fodolaeth rhywbeth arall, fel gweddnewidiad parhaus. Dyna'r drefn, wrth gwrs.'

'Tybed beth fydd y gweddnewidiad nesa yn ein hanes?' meddai John yn ddwys.

'Rhaid byw mewn gobaith, gyfaill.' Gwenodd y gŵr ifanc. Yna, pan drodd John i symud, holodd, 'Y'ch chi wedi gweld y plac ar lan y gamlas?'

'Dw i ddim yn meddwl 'mod i,' meddai John.

'Galla i 'i ddangos e i chi, os y'ch chi'n dymuno.'

Derbyniodd John ei gynnig ac fe gydgerddodd yng nghwmni'r dieithryn gan sgwrsio ar hyd y daith am yr hyn a ddaliai eu sylw. Safai rhes o dai uchel, cul ar ddwy lan y gamlas a thalcen grisiog yn coroni pob un. Syllai ffenestri'r tai dros y dŵr, yn dystion i'r holl fynd a dod ar hyd y dramwyfa brysur honno drwy'r canrifoedd. Dawnsiai'r haul ar y tonnau wrth i'r cychod lithro heibio. Cyraeddasant safle'r plac ar ymyl y dŵr a sylwodd John taw llun ydoedd i gofnodi'r ffaith bod y trigolion wedi'u hachub gan eu tywysog, William, bedair canrif ynghynt. Bu'r ddinas dan warchae llym mewn rhyfel crefyddol. Trodd John i edrych ar ei gydymaith.

'Yr un hen hanes o oes i oes,' meddai.

'Mae'n cymryd amser i sefydlu nefoedd ar y ddaear,' meddai'r gŵr ifanc a gwenodd yn drist.

'Nefoedd ar y ddaear,' ailadroddodd John. 'Pa mor debyg ydi hynny o ddigwydd byth?'

'Mae amser Duw yn wahanol i'n hamser ni, gyfaill. Rhaid i chi geisio am eich nefoedd bersonol, yn hyderus y bydd Duw yn diddymu'r holl bethau cas sydd wedi digwydd. Yn Ei amser Ei hun.'

Edrychodd John yn syn arno a theimlai'n annifyr am ennyd. Wedi'r cwbl, fydd pobl ddim fel arfer yn sôn am bethau fel hyn wrth siarad â dieithryn. Yna, cyn iddo orfod meddwl am ateb clywodd John sŵn cynnwrf yn y dŵr wrth i gwch dorri cwys drwy'r gamlas a gwelodd Helen a'r merched yn galw ac yn chwifio dwylo. Arafodd y cwch wrth nesáu at y lanfa a chamodd y teithwyr yn simsan i'r lan gyda help llaw y capten.

'Buon ni chwifio arnat ti am hydoedd,' meddai Seren. 'Wnest ti ddim 'yn gweld ni?'

'Ro'n i'n rhy brysur yn siarad â dyn ifanc wnaeth fy nhywys i yma,' meddai John.

'Welon ni mono fe,' meddai Helen. 'Naddo, ferched?'

Trodd John ei ben gan edrych i bob cyfeiriad. 'Ro'dd e 'ma funud yn ôl. Do'dd dim posib osgoi 'i weld e. Ro'dd e'n gwisgo siaced las.'

Ond roedd y gŵr ifanc wedi diflannu ymysg y dorf.

"Dyma epig o gynhyrchiad, nofel uchelgeisiol ar y naw sy'n plethu realiti a rhith drwyddi draw," **JON GOWER**

DADENI

IFAN MORGAN JONES

y **Lolfa**

£9.99

Myfi, Iolo

Gareth Thomas

'Nofel gyfareddol
am berson hynod
o ddiddorol.'
– *Mary Ann Constantine*

y Lolfa

£9.99

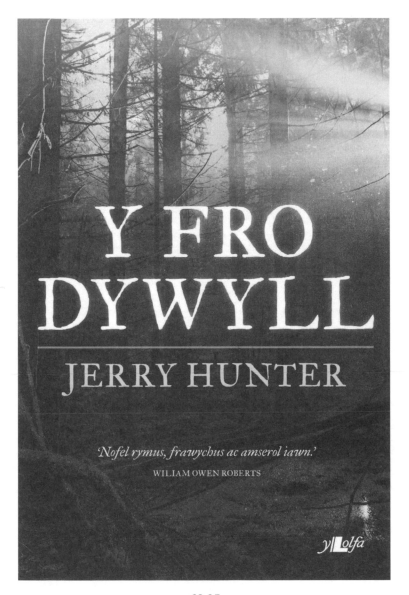

Y FRO DYWYLL

JERRY HUNTER

'Nofel rymus, frawychus ac amserol iawn.'
WILLIAM OWEN ROBERTS

y Lolfa

£9.95

Am restr gyflawn o lyfrau'r Lolfa, mynnwch
gopi am ddim o'n catalog
neu hwyliwch i mewn i'n gwefan

www.ylolfa.com

lle gallwch archebu llyfrau ar-lein.

TALYBONT CEREDIGION CYMRU SY24 5HE
ebost ylolfa@ylolfa.com
gwefan www.ylolfa.com
ffôn 01970 832 304
ffacs 832 782

Argraffwyd gan Y Lolfa
Holwch am bris